智变

一个工业重镇的转型

主编◎ 胡智勇 周满奇

南方日报珠三角新闻中心佛山新闻部
佛山市南海区大沥镇人民政府
出品

策划：谭仕龙 陈志刚

编委：梁江萍 张素圈
赵 进 李慧君
贾 抒 黄琪晨
周冬冬 文聪玲

南方日报出版社
NANFANG DAILY PRESS
中国·广州

图书在版编目（CIP）数据

智变 : 一个工业重镇的转型/ 胡智勇, 周满奇主编. -- 广州 : 南方日报出版社, 2011.12

ISBN 978-7-5491-0337-9

Ⅰ. ①智… Ⅱ. ①胡… ②周… Ⅲ. ①新闻报道－作品集－中国－当代 Ⅳ. ①I253

中国版本图书馆 CIP 数据核字(2011)第 262557 号

智变—— 一个工业重镇的转型　　　　胡智勇 周满奇 主编

出版发行：南方日报出版社
地　　址：广州市广州大道中 289 号
电　　话：（020）83000502
经　　销：全国新华书店
印　　刷：广州嘉正印刷包装有限公司
开　　本：787mm×1092mm　1/16
印　　张：19.75
字　　数：280 千字
版　　次：2011 年 12 月第 1 版
印　　次：2011 年 12 月第 1 次印刷
定　　价：32.00 元

投稿热线：（020）83000503　读者热线：（020）83000502

网址：http://nf.nfdaily.cn/press/

序

名镇天下　中国力量

杨兴锋

人们常说，今天的新闻就是明天的历史。以历史的眼光回望新闻，我们会发现，历史不仅仅是事关社稷江山的宏大叙事，一些在关键时刻大胆闯关、勇于探索的“小人物”同样也可以成为历史的重要角色，不少发端于“江湖之远”的民间事件最终演变为改变时代进程的大事件已是屡见不鲜。譬如，1978年12月安徽凤阳小岗村的18户贫苦农民秘密签下契约，实行“包干到户”，由此拉开了中国农村改革的大幕，小岗村就成为永载史册的“中国改革开放第一村”。

《智变：一个工业重镇的转型》一书所选取的写作样本——广东省佛山市南海区大沥镇，就是这样一个看似平常、实则非常不平凡的小镇。这个位于广佛都市圈核心地带的小镇，在改革开放初期就借助邻近广州的便利，把各种农副产品贩卖到广州城内、沿着广佛路发展各种自由市场，让当时前来采访的新华社记者感叹“看到了中国自由市场经济的萌芽”。

到了上世纪90年代，以大沥镇为典型代表的南海又开创性地实施农村土地股份制改革，把农村土地集中起来用于建设工业厂房，催生了一大批工商企业，南海从一个“农业大县”变为“工业大县”，并以发达的民营经济名扬天下，被誉为“中国民营经济活标本”。其中，大沥则先后被冠以“中国有色金属名镇”、“中国铝型材第一镇”、“中国内衣名镇”等称号，成为名副其实的“中国名镇”。

正如历史不可能波澜不惊地向前进，新闻事件也总会以令人意想不到的形式发生。进入21世纪的大沥镇，尽管保持着与中国整体经济同步发展，铝型材交易量年增速保持20％以上，建筑铝型材产量占全国总产量的1／3，却不可避免地面临了经济增长与环境保护的两难困境。2007年，英国天空电视台一则关于“洋垃圾”运到广东南海的报道，让大沥镇联滘村曝光于全球媒体。虽然最终证实并没有所谓的“洋垃圾”运到广东，但联滘村长年将废旧塑料回收行业作为村级经济支柱的行为，造成了整个区域垃圾成山、污水横流、臭味刺鼻的惊人景象，英国记者Holly Williams甚至称，“联滘村可能是我见到过的污染最严重的地方。”

发展是为了什么？快速经济增长的背后却付出了如此惨烈的环境代价是否值得？中国经济看广东，广东经济在镇（街）。大沥其实是珠三角乃至全国发展的一个缩影。反思改革开放30多年，我们的经济在很大程度上正是依靠土地、人力等要素资源的投入，以消耗环境空间为代价而崛起，但当以“知识流动”为主要特征的新经济时代来临，以广东为代表的中国经济如何在全球经济体系中确立不断向上的地位？

除了经济领域的改革，社会管理改革也成为广东继续深入推进改革开放的主题。作为最基层的治理单元，镇（街）是政府直接联系民众的纽带，面对越来越复杂的社会环境、越来越多元的利益诉求以及难以逾越的二元城乡鸿沟，如何完善社会主义市场经济体制，加强法治社会建设，从单一追求经济效益向经济社会综合发展转变，实现公平公正、共同富裕？

2007—2011年，中国“十一五”规划深入实施并且迎来了“十二五”规划的开局，也是中国继续深入推进改革开放，探索建设有中国特色社会主义市场体制的五年。2003年春，胡锦涛总书记在广东提出科学发展观的思想，要求广东加快发展、率先发展、协调发展，在全面建设小康社会、加快推进社会主义现代化进程中更好地发挥排头兵作用。2007年，在省委十届二次全会上，汪洋书记提出广东要以当年改革开放初期“杀开一条血路”的气魄，努力在实践科学发展观上闯出一条新路。广东要争当实践科学发展观的排头兵，首先必须争当解放思想的排头兵，深刻审视所处环境变化，深刻分析优势与不足，深刻反思思想精神状态，把思想从不适应、不利于科学发展的认识中解放出来，以新一轮思想大解放推动新一轮大发展。在中央和省委的号召下，广东全省上下掀起了新一轮解放思想大潮，积极转变经济发展方式，谋求广东经济社会的科学发展。

五年时间之于中国、之于广东的发展全局，会以怎样的面貌折射到大沥这样一个微观区域中来？可以说，这5年，是大沥镇壮士断腕，大刀阔斧启动产业转型、城市转型、环境再造之时。以2007年“联滘事件”为分界点，整个南海区开始了后来被中国环保部部长周生贤称为“中国特色环保新道路”的铁碗治污，大沥镇更是取缔了2000多家废旧塑料加工企业，关停了175家小熔铸企业、关闭555个锅炉，对所有有色金属企业进行了整治提升。本书就以大沥镇为样本，选取了这五年时间内以南方日报为主的主流媒体对这个镇的新闻报道，以期重温过去5年这个工业名镇为转型所做出的种种努力和探索，从中看到中国城镇化进程的艰辛与希望。

我很赞同《智变：一个工业重镇的转型》一书的写法：把片段式的新闻事件放之于社会发展的整体变局中，以更宽广的视野和历史的眼光对这些新闻事件进行重新审视，把个体命运与现实背景、历史脉络相结合，通过对在大沥这个微观区域里所发生故事的重新描述，把一个工业重镇转型的曲折历程向读者呈现，并从中透视社会变革的全局。

虽然风云总在变幻，但改革大潮必将滚滚向前。我理解，本书之所以命名“智变”，不仅想说明中国经济的未来在于追求智慧、追求知识的成长路径，更试图预示不管是基层改革还是顶层设计，改革永远都需要智者领航。

关注改革、思考改革，为改革鼓与呼，正是这个时代的媒体人必须承担的责任。《南方日报》自2002年提出“高度决定影响力”的办报理念以来，秉持高度的社会责任感和历史责任感，全面记录和深入剖析改革的发展、社会的进程。南海作为改革维新思想的孕育地和改革开放的前沿阵地，更是《南方日报》以全球化视野研究产业转型、政府转型、社会转型的样本之一。本书就是继2008年出版《草根力量：南海民营经济30年》一书后，南方日报南海工作站的记者们关注南海、研究南海的又一成果。

作者系南方报业传媒集团管委会主任、南方日报社社长

目录 Contents

序　名镇天下　中国力量／杨兴锋　/ 001

前言　/ 001

第一章　名镇之忧　/ 007

第一节　名镇转型　前世今生 / 011
第二节　工业向左　城市向右 / 020

第二章　转型号角　/ 037

第一节　全民环保　绿色新生 / 040
第二节　艰难治水　上下求索 / 046
第三节　大沥抉择　未竟之路 / 057

第三章　城市新梦　/ 069

第一节　中心北延　沥桂一体 / 072
第二节　“三旧”改造　城镇新貌 / 092

第四章　农改破冰 / 111

第一节　联滘试验　农地建城 / 114
第二节　改革启航　破除坚冰 / 126

第五章　产业智变 / 141

第一节　产业新路　智慧新局 / 144
第二节　老树新枝　续写辉煌 / 154

第六章　商贸天下 / 173

第一节　马路经济　城镇商贸 / 176
第二节　变革维新　现代交易 / 192

第七章　智汇大沥 / 215

第一节　知识社会　产业再造 / 219
第二节　种好梧桐　引来凤凰 / 230

第八章　文化领军 / 243

第一节　经济向前　文化相随 / 247
第二节　缘聚于此　此处吾乡 / 259

第九章　高峰视点 / 269

第一节　无形之手　行政边界 / 272
第二节　二元融合　制度先行 / 279
第三节　城乡统筹　核心在人 / 289

第十章　第三只眼 / 293

政府与民间的良性互动 / 294
城市化中的乡土味 / 296
媒体之于城市 / 298

代后记　中国式商道／胡智勇 / 300

前言

2007—2011年，时值中国“十一五”计划推进、“十二五”计划开局，期间所经历的全球性金融危机成为这一时期留给人们最深的记忆，而先后迎来改革开放三十周年和入世十周年则成为中国融入世界的最佳注解；这一时期，转型成为中国继续深入推进改革开放的主题词，转变发展方式成为将影响中国很长一段时间的未竟难题。

正如30多年前安徽凤阳小岗村18户农民签下的一纸契约开启了农村改革的大幕一样，中国新一轮的转型之旅也在一些先知先觉的地方露出端倪、展现曙光，这些星星之火接下来能否遍地燎原？中国自古就有管窥见豹、见微知著的说法，本书就试图通过2007—2011年这段时间内新闻媒体对一个经济强镇——南海区大沥镇的报道，来揭示中国沿海地区已经发生而且必将持续推进的转型之旅。

这是一个基于历史但将走向未来的蝶变之旅。自改革开放始，珠江三角洲凭借临近港澳的地理优势，在市场经济的改革潮中大胆闯关，蕴育出了中国最具活力的城市群，尤以广州、深圳、佛山、东莞这几座明星城市最为耀眼。其中，与广州拥有省会城市的强大资源、深圳具有改革特区的特殊政策、东莞凭借位于广深两大城市之间的天然优势不同，独处珠江西岸的佛山以其独具特色的民间市场力量而崛起，呈现出与其它地方截然不同的发展模式。

在佛山自由发展的潮流中，镇（街）成为经济发展的主战场。无论是顺德肇始于集体企业的变迁路径，还是南海一直以来的草根式民营经济，都是以镇（街）为纽带而发育聚集，形成了大批以“专业镇”为特征的产业集群，成为推动佛山向前的主要动力。南海区大沥镇就是其中的典型代表，这个在地理位置上原本相当于广州郊区的镇，夹在广州和佛山两大城市之间，在改革开放初期因发达的“马路经济”而闻名，是改革开放后最早孕育商品经济的区域之一；到上世纪90年代时由于发达的轻工业从农业大镇彻底变为工业大镇，近年来又因为广州著名的城市居住区“金沙洲”有一大部分就在镇内而成为名副其实的广佛同城前沿阵地。

从“马路经济”到工业大镇，从工业大镇又到广佛同城中心，这样的变迁路径某种程度上已经代表了东部沿海地区城镇化的普遍路径——从以农业为主到初步实现工业化，从片面工业化再向城镇化转变。

这是一个充满希望，但也是充满艰辛的变迁路径。

2010年，大沥镇GDP达到326.8亿元，这个数字与内地不少地级市的GDP相当。若单从经济总量来衡量大沥，这无疑已是一个极为发达的强镇。但是，就是这样一个经济强镇，在2007年时却经历了震惊中外的“联滘事件”——中外记者们在大沥镇联滘村发现了堆积如山的废旧垃圾，怀疑是从英国运来的“洋垃圾”，并认为这里是“洋垃圾”的一个集散地。后来虽然经中央电视台记者查证，这些只是国内回收而来的废旧塑料，但联滘“垃圾村”的名号却为外界所知。令人震惊的是，位于广佛中心的联滘片区，从事废旧塑料回收行业已有20多年历史，根据《南方日报》、《南方都市报》等媒体当时刊发的照片，整个联滘村污水横流、垃圾遍地，甚至小孩子们已把垃圾堆当成了日常嬉戏的场所——显然，这样的环境已不适合居住。

此时的中国，环保风暴正在刮起，在经历20多年高速发展期后，人们终于逐渐认识到空气、河流等自然资源并非取之不尽、用之不竭，环境也是有容量限制的，以土地和环境容量换取发展的方式已难以为继。也正是从“联滘事件”开始，整个南海区开始了后来被国家环保部长周生贤誉为“探索有中国特色环保新道路”的节能减排治污，在四年时间内关停了2000多家污染企业。而大沥则是南海这一轮铁腕治污的重中之重，从2007年1月彻底取缔联滘废旧塑料行业开始，大沥关停了500多家小熔铸企业，并完成了镇内所有有色金属企业的整治提升。

对于一个原本以传统产业为支柱的工业大镇来说，这样的环保风暴所带来的冲击无疑是巨大的，甚至足以与30年前那次打开国门时所带来的巨大冲击相提并论。过去30年，中国因为人为压低土地、资金、能源和环境成本的方式，经济走上了投资驱动、大量消耗资源、破坏环境的经济增长道路，这带来了包括环保在内的一系列问题。当人们意识到必须改变这种发展模式时，环保风暴应运而生。但是，环保只是起点，而非终点，整治的目的最终还是为了发展，而唯有发展才是最好的治理。经历过秋风扫落叶搬地治理后，如何重新定位大沥的发展？如何在转变经济发展方式的大潮中谋求自身定位？成为比环保更加艰巨的难题。

这其实也是中国实现城镇化进程所必须面对的核心命题。当北京、上海、广州等大城市的发展已达到极限时，培育和发展一批各具特色的小城镇，以进一步转移农村人口，吸纳非农就业人群，已是中国下一步发展的共识。但与大中城市相比，中小城镇的发展空间有多大？成长动力何在？20世纪30年代，著名人类学家、社会学家费孝通曾预言，对于中国这样一个地少人多的国家，农村工业化将是吸纳农村就业人口的重要途径。改革开放后，大沥等东部沿海地区的经济强镇所走过的路径正是农村工业化，这的确解决了以“农民工”为标志的一大批农村人口的就业，证明了费孝通先生的先知先觉，但由此也带来了土地利用率低下、环境污染严重、创新能力不足等一系列问题，这说明中国下一步的城镇化进程已不可能再依赖农村工业化的固有路径。

然而，旧的优势渐渐远去，新的优势还未建立。过去30年，中国——这个世界上人口最多的国家，依靠着巨大的人口红利和庞大的国土资源，从一个以农业为主体的国家快速步入工业化，成为全球最为重要的制造业基地和经济增长极。但是，根据第六次人口普查的结果，刘易斯拐点已经出现，中国“人口红利”的转变节点将会在2015年出现——如何尽快推动经济结构的转型以应对人口结构性变化带来的冲击？中国经济增长模式的转型该从何入手？如何继续深化改革以实现“改革红利”替代“人口红利”？

新路何在？新崛起的大批小城镇将在中国新的产业布局中承担怎样的功能？大沥镇在大规模的环保治理之后，一方面在联滘片区新腾出的土地空间上开始建设“广佛国际商贸城”，承接一河之隔的“广东金融高新技术服务区”的辐射，并与原有的民间资本优势和产业基础相结合，打造“金融商贸、产业总部、都市生态、人才高地”，把生产性服务业作为提升传统产业和改变城镇形态的支撑；另一方面，则在与城镇中心相隔较远的西部片区，通过与中科院的合作，建设“南海国家中医药生物科技产业园”，以“产业智库”的形式培育新兴产业的成长空间，实现产业发展的自我造血。

同时，城镇也是联系城市与乡村的纽带，中国的城镇化进程不可能只是城市化的扩张过程，也必然是农村与城镇的融合并发展壮大的过程。在大沥乃至整个南海，绝大多数已经开发建设的土地都是农村集体用地，这些土地既是产业发展所必须的生产资料，同时又是大批村民赖以生活的资源保障，其如何开发、怎样开发，决策权、选择权其实都属于村民。也就是说，像这样一个城镇的发展不仅是产业升级、生产力提升的过程，更牵涉着社会关系、生产关系的改善，同时又与农村的民主化进程息息相关。如何使生产关系的发展能够适应生产力的提升？在1992年于全国率先启动农村土地股份制改革后，南海于2011年再一次启动了以“政经分离”为目标的农村综合改革，这样的改革将对大沥的发展产生怎样的影响？

从2007年1月“联滘事件”开启南海环保风暴开始，到2011年10月南海区第十二次党代会明确下一个五年“品质城市”发展目标，这段时期可以算得上是大沥这个经济强镇全面转型的酝酿期。本书选取了这段时期的大沥为观察样本，以此观察一个沿海发达地区的经济强镇在转型期的励精图治和艰辛探索，为中国城镇化进程提供一个典型的案例样本。

第一章

名镇之忧

联滘村却让世人看到了光环背后的暗影，引发了人们对大沥这个经济强镇深深的忧虑——这样的环境，即使拥有富可敌国的经济财富又怎样？这根本就是以人的生存环境为代价的发展模式。联滘虽然只是非常极端的个案，但在2007年之前关于大沥发展隐忧的各种论断就已经此起彼伏。即使没有联滘事件的出现，大沥也迟早将迎来发展的阵痛。

MINGZHEN ZHIYOU

进入新千年后，全球经济一路高歌猛进。在从2003年到2006年的四年中，全球经济的平均增长速度为4.8％，是自20世纪70年代以来全球经济增长最快的四年。

但这样的增长速度与中国经济比起来并不算什么。在2008年全球性金融危机爆发之前，中国宏观经济多年保持10％以上的GDP增长率，外汇储备、进出口总额也是屡创新高，取得令人瞠目结石的成就。此时的中国经济，即使放之于自英国工业革命以来的全球经济发展史，誉之为“奇迹”也丝毫不过分。

这样的全局之下，被称为“广东四小虎”之一的佛山市南海区，其经济更是迎来了改革开放以来的“第二次发展高峰。2007年，南海国民生产总值首次突破千亿元大关，达到1231亿元，成为继顺德之后全国第二个GDP突破千亿的县（区）。从2005年到2007年，南海GDP连续3年增长超过20％，在全国县域经济中独领风骚，称得上是“奇迹”中的“奇迹”。

然而，辉煌并没有掩盖忧患，正如雷曼兄弟的破产揭开了全球经济的伤疤一样，“奇迹”的背后也隐藏着深重危机。2007年1月，在位于广佛同城核心地带的大沥镇——南海当时的经济第一镇，一个名叫联滘的小村庄在包括英国天空卫视、美国CNN、中国中央电视台等全球媒体的关注下，揭开了这个在整个中国都赫赫有名的经济强镇难以承受的发展之痛。

这个离广州市区仅9公里的村庄，地理位置无比优越，但当时却是一个以废旧塑料回收行业为生的村庄。村里大部分屋子都被租出去进行垃圾分拣、回收，聚集了几百家废旧塑料加工厂，从业者达到15000多人，和垃圾共处一地，已经成为村民们生活的一部分。来自世界各地的记者们用镜头记录下了他们在联滘村所看到的恐怖场景——污水横流、垃圾遍地、臭味熏天。一位英国女记者这样描述她见到的景象："尽管我在中国生活已经有8年了，我曾经见识过因为煤矿污染造成的黄褐色河流，以及某些地上的煤渣有好几英寸厚的煤矿镇，但大沥可能是我见到过的污染最严重的地方。"

彼时的大沥镇，其身上的经济荣耀可以说是如日中天，先后获授"中国铝材第一镇"、"中国有色金属名镇"、"中国内衣名镇"等称号。这个并没有铝土资源的南方小镇，在铝型材交易量方面保持着20%以上的年增速，到2007年其市场交易量更是超过1000亿元，建筑铝型材的产量则占据全国总产量的30%。一个小镇拥有这么多光环，大沥早已是名声在外，俨然已经成为中国市场经济改革中镇域经济发展的典型样本。

但联滘村却让世人看到了光环背后的暗影，引发了人们对大沥这个经济强镇深深的忧虑——这样的环境，即使拥有富可敌国的经济财富又怎样？这根本就是以人的生存环境为代价的发展模式。而实际上，联滘虽然只是非常极端的个案，但在2007年之前关于大沥发展隐忧的各种论断就已经此起彼伏。即使没有联滘事件的出现，大沥也迟早将迎来发展的阵痛。

一个颇为典型的案例是，从2006年开始，大沥镇每年表彰的纳税大户名单中，国内赫赫有名的"凤铝"悄然消失，因为其生产基地，已从扎根已久的大沥镇迁往邻近的三水区。在中国乃至世界铝型材行业内都占有重要地位的亚洲铝业，也随后全部逐步迁到了更远一些的肇庆市。与此同时，一些小型铝型材厂开始倒闭，大沥铝型材企业的数量，从鼎盛时的近200多家剧减到后来的50多家。更为严峻的是，从2006年开始在全国范围内愈演愈烈的"节能减排"风暴，让铝型材这一高耗能高排放行业感受到了越来越强烈的寒意。

更为纠结的是，粗放经营模式带来的土地资源告急，让大沥的发展受到根本性制约。2006年的一组数据显示：当时大沥镇黄金路段的大片土地均被上世纪90年代沿用下来的零散厂房和各类专业市场占据，全镇120多平方公里的土地，已开发用地占50%左右，87平方公里的建设用地几乎用尽。当时就有专家预言，若继续按以往模式进行开发，大沥将在两三年内用完所有土地。

一切的一切，让人们看到了大沥在传统制造业领域正疲态显现。原有以土地、劳动力投入以及环境为代价来换取经济增长的模式已经难以为继，传统制造业的粗放经营模式，让GDP节节上升的同时，也逐渐成为高悬在镇域经济发展中的“达摩克利斯之剑”。其最大隐患在于：可开发土地越来越少，产业转型升级缺少空间，低层次产业难以带来人口结构的优化，社会公共服务水平跟不上步伐，最终导致城市化进程滞后。

在中国市场经济改革中拥有无限荣光的大沥镇，走到了非转型不可的关键点。如果说潮起潮落是经济发展的必然规律，那么在高峰时的未雨绸缪和在低潮时的认真反思，都是迎接再次腾跃的必由之路。

名镇大沥，披着光辉，深陷忧患，准备好了吗?

第一节　名镇转型　前世今生

> 央视披露南海有企业进口“洋垃圾”，区政府立即开展全面整治并表示：大沥废旧塑料回收业将被“消灭”。

1. 大沥废旧塑料回收业将被“消灭”

连日来，中央电视台《经济信息联播》栏目连续报道了佛山市南海区大沥镇联滘村等6个村庄，有大批废旧塑料回收企业违规经营，对环境造成严重污染一事后，南海区政府已对这些企业开始进行全面整治。

此外，中央电视台在此前的报道中，怀疑由英国出口到中国的20万吨生活垃圾的侵入地也是大沥镇。本报获悉，海关部门正对该批“洋垃圾”的流向进行调查，而南海区有关部门则否定了这批“洋垃圾”由境外直接进入南海的可能性。

现场：村内河水已呈黑色

联滘村位于广佛路的中间位置，距广州约9公里，距禅城区8公里。这里聚集着上百家回收废旧塑料的企业，“高价回收无毒塑料”的招牌随处可见。2007年2月13日下午，在一些企业的门口，记者看到停着不少5吨以上的外地大货车，车上装满了废旧物品，从车牌可以看出它们来自河南驻马店、广西桂林、江西赣州等地。据一个企业主介绍，他们购回废旧物品后，请工人分拣出有用的东西再卖出去。

一名工人说，对于没有利用价值的废物，很多经营户都只是进行简单的焚烧处理，燃烧产生的有毒气体直接排放到空气里。2月13日下

清理旧塑料加工企业是联滘工业区转型的分界线。

午，记者在村内依然可以闻到刺鼻的塑料烧焦味，而在村内流过的一条河涌，则已经完全变成黑色。

此外，央视记者在这里调查时发现，一些废旧塑料包装袋上的说明文字用的是英文，他们由此判断部分废物来自国外，并怀疑此前由国外媒体披露的从英国出口到中国的20万吨生活垃圾已经流入南海。

据悉，对于这20万吨“洋垃圾”的流向，广东省海关已经展开调查。南海区大沥镇有关负责人表示，大沥的废旧塑料大部分来自国内，虽然存在个别非法企业从别处运来“洋垃圾”偷偷进行处理的事情，但只是很小一部分，这些“洋垃圾”的来源目前已经很难查清，但应该并不是直接从境外运进来，而是在国内其他地方经分拣后再进入大沥的。南海海关也表示，在他们的报关记录中，没有发现“洋垃圾”进入南海的迹象。

回望：塑料回收业已有20年历史

联滘村是南海废旧塑料回收企业最集中的地方，已有20多年历史。从业者将废品分类、破碎、清洗、烘干、加热挤压、冷却、切粒等工序后，形成半成品出售给塑料厂生产塑料制品。

以联滘为中心，塑料回收行业辐射到附近5个村。目前，从事垃圾回收处理的经营户约有400个，共1.5万多人，附近5个村也有人从事同样的工作。

自2003年，南海区和大沥镇两级政府进行了多次大规模的专项整治，共查处案件近300宗，罚没金额超300万元。2004年底，区镇两级成立了“整治大沥废旧塑料收购企业（店铺）工作领导小组”，清拆20多公顷废旧塑料市场，在原来土地上建起了中建博美五金装饰材料城。2005年专门成立“废旧塑料回收行业治理专责小组”，对大沥镇废旧塑料行业进行专项整治。

南海区政府方面表示，整体而言，大沥废旧塑料行业的整治取得了一定的成效，但部分无证企业以“打游击”方式向周边村迁移，流动性大、经营成本低，给该行业的彻底整治带来较大难度。

整治：所有废旧塑料回收企业停产整顿

这一次，南海区政府决定“铁腕”整治。

2007年2月13日下午，记者在联滘村张贴的《停产整顿公告》看到，明确要求所有企业必须在18日前全面停产整顿，违规者将被强行查封。

据悉，自2月12日晚上起，有关部门封闭了大沥联滘村工业区附近，对聚集在这里的废旧塑料回收行业进行全面整治，运货车辆一律只出不进，当晚已截查货车300多辆，并暂扣可疑汽车22辆。

目前，南海区部署了由10多个部门联手进行的大规模整治行动，要求在今年国庆节前彻底整治该行业。南海区副区长冯永康透露，大沥所在的南海东部板块发展定位是商贸和物流业，废旧塑料回收行业本来就与南海的整体定位不相符。在这次大规模清理后，废旧塑料回收行业在南海将被“消灭”。

根据部署，1月18日后，工商部门将会同公安、行政执法部门，严查无牌无证经营；公安、消防部门以整治治安黑点和消防隐患为突破口进场查处；环保部门将加大执法力度，严处“三废”超标排放的企业；海关严禁洋垃圾进关，联合缉私分局加强外围入关的堵截；交通部门会同交警对进入南海境内装载废旧塑料的车辆严加查处；各镇街将防止废旧塑料业在区内扩散；经贸部门将会同规划、建设部门，进行大沥镇商业和物流业的发展规划，原有土地将被置换出来发展商贸业。

（原文见2007年2月14日《南方日报》，作者：何　亮）

2. 联滘，拆迁进行中

搬还是不搬？在大沥联滘开工厂的牛城（化名）一直在犹豫，看着附近的旧厂房接连成为平地，他也开始忙着为自己的工厂寻找新的出路。

事实上，随着联滘拆迁工作的推进，众多原来在这里投资设厂的企业已经陆续撤离，有的已经在三水、清远等周边地区找到了新基地，有的将手上的资本投向了商贸，而少部分企业则还在为未来的出路而担忧。虽然他们也明白，拆掉这些高污染、低产出的旧厂房为高端产业腾出空间乃大势所趋，但面对突然的变动，有些人还是没有完全准备好。

不过，拆迁工作仍然在有序推进，留下的企业为寻求一个更好的出路在积极沟通，而政府也表示愿意协助他们重建工厂，在这样的氛围下，搬不搬似乎已经不是问题。

企业：“早点拆迁，早建新厂”

在桂和路和广佛路口，记者看到一个全新的五金材料销售中心，中心旁立着一块火红的广告牌：中建博美五金装饰材料城。牛城的新厂房就落户在这座材料城内。

牛城是大沥镇某铝型材厂的老板，厂房和生产车间就坐落在联滘村的联滘工业区内，在这行他已经做了十几年。不过，2007年开始联滘村按照上级政府有关政策实行“三旧”改造，对原联滘工业区内的1000余亩旧厂房进行分批拆除，牛城的工厂也在拆除对象之列。为了应对拆迁工作可能带来的生产和经营问题，牛城在博美材料城内提前租下了几个店铺。

工厂拆迁的事，牛城还在与当地政府协商。“现在厂房部分搬到材料城里，生产和销售分隔两地，增加生产的成本，厂房地址的变更对销售也产生了不利影响。”牛城坦言，他知道拆迁是大趋势，也理解政府的工作，毕竟“三旧”改造能改善联滘投资环境和生产、生活环境，也有利于当地经济的长远发展。

政府：“尽量满足各方需求”

“建成后，这里将集中区位优势和规模优势，有望成为新的商业中心”。联滘村党总支书记黄浩华说，2007年，按照佛山市政府和南海区政府的相关政策和精神，联滘对旧城镇、旧厂房和旧村居进行“三旧”改造，拆除联滘工业区内的旧厂房和旧民居，并重新规划，对外招商引资，计划将联滘地区建设成广佛国际商贸城中心区。

谈到“三旧改造”中的拆迁问题，黄浩华表示目前还比较顺利。他说，联滘需要拆除厂房514间，共计1019.547亩，现在已经拆除364间，437.596亩，另有9间较大厂房已经签订了解除合同，166.21亩厂房将陆续拆除，工程量已经完成了将近50%。“对于还未拆迁的厂房，我们还在积极地采取各种措施，协助企业重新建厂，争取今年年底基本完成拆迁。”

不过，黄浩华也坦言，目前拆迁工作还是面临压力，“拆迁工作真的很难做，有的时候上门几次甚至上十次也不一定能达成拆迁协议”，他说，每一间工厂或者民房都有自己的特殊情况，有的厂房土地租用合同并未到期，有的工厂承接了重要生产任务，还有的工厂按照自己的评估方法提出高额补偿。“我们正在积极推进拆迁工作的有效进行，会尽可能地满足大家的需求，但是我们也多么希望大家能理解我们的工作和难处，对拆迁工作多多配合啊！”他说。

（原文见2008年8月15日《南方日报》，作者：赵进　吴智臣　梁江萍）

3. 大沥铝型材已到革新关口

从2007年以来，大沥的铝型材企业老板普遍认为日子不好过，出口退税调整、金融危机等一轮轮冲击使得部分老板萌生退意，而大部分铝企还在苦苦寻找突围之路。大量数据证明大沥的铝型材产业又到了一个革新的关口。

自2007年7月1日起，国家取消铝型材出口退税政策，同时，国外市场需求大幅下滑。这两个因素很大程度上抑制了大沥铝型材的出口，大量的铝型材只能在国内市场消化。据了解，2008年以来全行业企业的出口业务下滑50%以上。以出口为主导的企业，国外订单骤减70%以上。2009年4月1日恢复出口退税政策后，一定程度上恢复了商家信心，但难以产生立竿见影的效果。

2008年以来有色金属价格持续走低，市场波动异常，给大沥铝型材行业的发展提出了严峻挑战。特别是2008年9月以来，以铜、铝为代表的有色金属价格狂泻，铝价跌幅40%以上。

此外，大沥铝型材还不断遭受国外反倾销和反补贴调查的“折磨”，海外市场大门不断在缩小甚至被“堵”。2008年以来，先是南非对中国铝型材企业进行反倾销调查，大沥铝型材企业首当其冲。接着就是加拿大反倾销、反补贴调查立案。据终裁结果，中国铝型材产品基本上是无法出口到加拿大了。行业专家估计，欧美发达国家也有意谋划对中国铝型材行业发起反倾销、反补贴调查。

产业升级是“突围”最好出路

大沥铝业在遭遇重重发展困境之余，节能减排，日益恶化的环境向企业提出的这一诉求也使一部分企业主倍感压力。

目前，镇内少数小型铝材企夜间偷排、偷放的情况屡见不鲜。截至2007年末，大沥镇环保办已接到一百多起环境方面的投诉，其中相当一部分来自铝材企业造成的污染。月初，大沥北部某村居民前来投诉，由于邻村铝材企业排污管道出现问题，导致污水流入他承包的鱼塘内，养了几个月的鱼一夜之间死个精光。

“节能减排是大势所趋。”南海铝型材协会会长、坚美铝型材有限公司董事长曹湛斌在上个星期行业整治会议上表态，他还表示，整治行动表面上看会对企业有所冲击，实际上是为企业、行业赢得更大的发展空间。

记者通过大沥铝型材行业协会的技术专家了解，大沥的铝材企业加工水平在全国处于领先地位，达到排放的标准技术上不成问题，而且成本并不是很高。治污难关键是一小部分企业主缺乏行业自律和远见。

行业专家认为，大沥铝型材行业真正的突破口在于产品结构调整和产业升级，而不是逃避节能减排任务减少企业支出。

大沥铝型材从产品结构来看，整个行业的筑型材所占百分比太高，占70%以上，工业型材占30%。铝材产品结构比较单一，主要集中在铝门窗、工业材、装饰材等，而在铝合金的深加工，如铝的板、带、箔、线、锻、铸、冲、压等半成品方面较弱。此外，技术人才匮乏，技术研发、产品设计等环节还相对落后。

节能减排与产业调整并行

对于此轮专项整治，大沥镇政府寄望其能“一石二鸟”，不仅达到节能减排的目标，同时，还对产业布局进行调整。

根据大沥镇的构想，本次整治同时也在进行产业布局的调整，进一步推动“一脊两翼”产业布局的优化形成和“强三优二”的产业结构调整。针对铝型材及相关行业在大沥镇的布局特点，通过4个控制区域的整治调整产业规划布局。

首先，限期关停及搬迁区域的整治将腾出“广佛国际商贸城中心区”的发展空间，用于发展配套有色金属支柱产业的生产性服务业；其次，作为扶持发展区域的“长虹岭工业园有色金属加工区”，将用于发展铝型材及相关项目，专门用于以后新建铝型材及相关项目的建设发展；最后，其余地区分别划为“严格限制发展区域”和“整治提升区域”，规范新上项目与产业规划布局的吻合程度，进一步优化产业布局，推动支柱产业的集约优化发展，实现区域和产业品牌升值和区域增值。

大沥镇镇长吴绍秋在接受采访时也表示，此轮整治的目的一方面要淘汰不符合城市发展规划要求的能耗高、效益低、污染大、占地多、位置敏感的企业；另一方面，大力扶持行业龙头和有提升空间的企业，通过增强企业自主创新能力，提高企业节能环保水平，推动行业整体素质和核心竞争力不断提升。

（原文见2009年7月24日《南方日报》，作者：吕博雄）

■时评

闯得云开见天明

如果说狮山预示着南海未来的工业发展方向，那么大沥则代表着南海改革开放前30年的工业辉煌。当狮山的发展逐步进入鼎盛期时，由于众多内外因素的结合，大沥这个传统的工业大镇在21世纪后却遇到了前所未有的发展困境。

对比大沥和狮山，它们有着完全不同的发展路径，而在改革开放行进至30年之际，对比这两个镇的发展态势，则能领悟改革的真谛就来自于“敢为天下先”的精神品质。相比于狮山自2003年以来的气贯长虹，大沥则颇有些英雄气短。前两年，面对狮山迅猛追赶的态势，在大沥政商界，有人悲观地认为大沥的经济发展已经到了尽头，有人则阿Q式的不屑一顾：狮山土地面积那么大，又是一张白纸，想不发展都难。

果真如此？事实上，如果不是2003年“东西板块”和“双轮驱动”两大战略的启动，南海极有可能错过全球新一轮产业转移的浪潮，狮山就有可能到今天还是一张白纸。汽配、智能家电、液晶电视，哪一个项目的招商不是经历了与多个城市的角逐？在每一个项目成功谈判的背后，其实都凝聚着战略决策的智慧和勇气。全国范围内比狮山土地资源充足的地方多了去，为何在竞争中频频落败？

因为奋进所以前行，因为悲观所以停顿。有专家就表示，在珠三角很多发达地区，在面对能源紧缺、土地资源不足、劳动力成本上涨等困扰传统产业发展的普遍难题时，失去了改革开放初期敢想敢干的勇气和魄力，而是弥漫着“等”的文化氛围，不是等上级政府就是等外援，没有想过自己怎么干，没有想过自己10年、20年以后要达到什么发展程度，而是谨小慎微地看着眼前。

而实际上，区域经济的盛衰主要取决于它的产业结构优劣，而产业结构优劣又取决于地区主导产业，特别是主导产业在工业寿命周期中所处的发展阶段。以大沥为例，与过去相比，大沥的产业优势、区位优势乃至体制优势渐趋弱化，铝型材这一主导产业便进入成熟或者说衰退阶段，经济结构的活力一度堪忧。对于这种状况，其实大部分人都心知肚明，但却没有人愿意冒着风险走出创新之道。在羡慕狮山飞速发展的同时，不少人都在感叹自己并没有赶上土地充足的好机遇，否则也可以招一个项目就带来1000个亿。

“等”是等不来1000个亿的。幸运的是，在改革的结点上，大沥或许即将穿越历史的三峡，曾经屹立在改革开放潮头之上的大沥人终于再次拿出了改革的勇气。“杀出一条血路”毋宁说是找到破题之路后的信心显现，倒不如说是决战前的豪言壮语。因为谁都知道，开发联滘中心区的最大难题来自土地——即使规划再漂亮、设想多美好，若没有破除一切禁忌的智慧和魄力，谁敢想象在1800多亩的集体用地上建起一座新城?

在国内，这还没有任何模式和经验可以借鉴，大沥唯有一路创新才能主宰自己的命运。这种探索能否成功既决定于政府自上而下的推动力，更取决于自下而上的民间智慧。政府理念如何与民间愿望对接、政策能否保持一贯的延续性、各方利益如何分配，这并不亚于又一次土地革命的难度。

闯出来了就是云开见天明，闯不出来这份勇气也足以获得尊重。因为在历史的长河中，唯有不断创新才能欣欣向荣；因为敢为天下先，本就是大沥前30年功成名就的所有真谛。敢闯，你才能收获凤凰涅槃的光芒。

（原文见2008年1月25日《南方日报·南海视窗》，作者：胡智勇）

第二节　工业向左　城市向右

是力争工业再创辉煌，还是索性向前一步全面发展第三产业？这在21世纪初，成为困扰大沥执政者的难题。一时间，众多专家学者对大沥的发展纷纷建言献策，但面对土地紧缺以及创新能力缺乏的瓶颈性难题，很少有人可以提出具备实操性的建议。

1. 大沥：向左走，向右走？

“要杀出一条血路来！”2008年1月，在“大沥镇联滘地区开发可行性研究报告”（即“广佛国际商务城中心区”）评审会上，大沥镇委书记陈有相这样回应记者关于大沥未来发展是否后劲不足的疑问。

确实，昔日的南海老大，曾经代表着中国工业化进程中的无限辉煌，但进入21世纪后，却在全球新一轮产业转移的浪潮中略显疲态。虽然GDP增速依然超过20%，但其中很大一部分增长来自房地产业，传统产业竞争后续乏力已是不争的事实。

面对土地资源不足的瓶颈，面对狮山等后来者的强势崛起，是继续做好工业，还是往前一步发展第三产业？专家学者的建议莫衷一是，总让人听不明更道不明。在千条万律中，也许“杀出一条血路”才是金律。

工业先行者的困惑

从2006年开始，不少关注大沥经济发展的人已经注意到，在镇政府每年表彰的纳税大户的名单里，国内赫赫有名的“凤铝”已经悄然消失了。知情人士透露，凤铝在三水的生产基地投产后，在大沥缴纳的税收已经大不如前。

而亚洲铝业，这家在中国乃至世界铝型材行业内都占有重要地位的铝型材企业，是“中国铝材第一镇”的标杆企业，如今其位于桂和路旁的厂区内已鲜有车辆进出。2007年，其位于肇庆的工业城已经投产，亚洲铝厂的内部人员称，他们的计划是把大沥的所有生产线都迁往肇庆。

在凤铝和亚洲铝业这两大巨头的背后，不少中型铝型材厂也于2006年前外出设厂建立生产基地，与此同时，大批的小型铝型材厂则不堪成本上涨等各方面压力而倒闭，大沥铝型材企业的数量从鼎盛时的180多家减少至2008年，的50多家。

当然，企业数量的减少并没有导致产量的减少，市场向大企业聚集的结果使大沥铝型材的交易量保持着20%以上的增速，据大沥经济发展办的统计，2007年一年的市场总交易量已经超过了1000亿元。但是，我们应该看到，成交量上升其实只是国内建筑市场的近10年持续兴旺的集中表现，其背后的真正推动力是中国GDP超过10%的年均增速，而并非大沥铝型材产业整体竞争力上升的表现。

另外，不容忽视的事实是，亚洲铝业、凤铝这些知名品牌才是大沥乃至南海前30年市场变革的真正财富，这批企业代表着南海本土企业的核心竞争力，也凝聚着大沥铝型材产业在国内的地位。它们的离开是大沥历经辉煌后的尴尬，也是其30年来工业化路径选择的必然结果。

第三产业是否就是良药?

使大沥足以载入中国轻工业史册的铝型材产业遭遇了前所未有的发展危机，而大沥临近广州，发展第三产业有着先天优势，在南海“东西板块”战略中也把大沥定位为发展商贸物流业。

是力争工业再创辉煌，还是索性向前一步全面发展第三产业？这在21世纪初，成为困扰大沥执政者的难题。一时间，众多专家学者对大沥的发展纷纷建言献策，但面对土地紧缺以及创新能力缺乏的瓶颈性难题，很少有人可以提出具备实操性的建议。

在第三产业方面，随着众多专业市场的崛起，大沥的生产性服务业似乎发展到了顶峰。但是，广东省社科院丁力教授经过研究后认为，虽然大沥的专业市场数量超过了30家，但是这些专业市场与本地主导产业的关系非常疏远，市场优势并没有与主导产业结合起来。中山大学袁奇峰教授则表示，这些专业市场大都还只上小规模经营，其货物的来源和流向以本省为主，物流聚集还不成规模。

虽然房地产业在黄岐迅猛发展，成为大沥近年来的经济亮点。但丁力认为，由于东部地区的楼盘吸引的是广州中低阶层人口的进入，无法拉动当地消费性服务业的发展，从长远看并非长久之计。

更致命的是，袁奇峰认为，无论是大沥的工业还是商贸业，都是沿着广佛路呈带状分布发展的，“进厂不进城，离土不离乡”的乡村工业化路径，导致了分散的人口布局，真正的市民社会并没有形成，这成为大沥从工业化向城市化过渡的历史性阻力。而要发展第三产业，则必须通过政府规划这只“有形之手”促使城市中心的形成。

不同寻常的中间路线

继续做强工业还是转向第三产业？大沥的发展尴尬其实也是珠三角不少发达地区的共同尴尬。广东省社科院科研处处长丁力认为，大沥代表了珠三角的整体发展趋势，在这经济和社会转型的关节点上，如何把第一代人遗留下来的发展难题解决掉，是继续深入改革开放的关键性难题。

而就大沥而言，关于产业发展路径的争论在2007年前后趋于一致。受大沥镇政府的邀请对大沥进行产业规划的丁力认为，铝型材和内衣等支柱性工业，是大沥最大的财富，绝对不能放弃，但必须改变其原来分散的发展模式，可以把主导产业的核心企业迁到西部长虹岭工业园区内，在西部提高产业劳动生产率的同时，腾出东部的有限空间发展第三产业。

在第三产业的发展路径上，丁力和袁奇峰都认为大沥应该着重发展与主导产业相关的生产性服务业，例如有色金属交易中心、企业总部大楼、第三方物流中心、金融服务中心、企业咨询服务中心等。并且发挥政府规划的力量，把这些生产性服务中心聚集在一起，既成为产业聚集的高地，也进一步推动城市经济的发展。

他们的观点得到了大沥镇委、镇政府的认同。大沥镇镇长吴绍秋在接受采访时表示，大沥已经确立了“一脊两翼、东改西拓、强三优二”

的战略定位。“一脊”以位于广佛路和桂和路交叉口的联滘片区为核心区，重点发展商贸物流、总部经济，以及酒店、金融（保险）等商贸物流的后台服务。

东翼以黄岐、盐步为一大片区，充分发挥紧邻广州的区位优势，主动承接广州“西联”辐射效应，推动广佛五金城、盐步家具城、凯民茶博城、以及广佛塑料城等物业的改造提升。西翼则以长虹岭工业园为主，加快中铝南海合金、深圳同心黄金首饰、广东致卓精密轮毂及PCB电子铜等项目上马，促进大沥镇有色金属产业的集聚提升。

（原文见2008年1月25日《南方日报》，作者：胡智勇）

2. 联滘：制造业基地艰难转身

2008年1月18日，在轰动全国的“联滘废旧塑料”事件过后的第368天，大沥联滘这个因该事件而陷入困境的南方小村，终于迎来了新的曙光。

当天，中山大学地理科学与规划学院联合另外两家单位，公布了联滘地区未来的规划设计方案。他们提出，要在联滘废旧塑料行业拆迁过后留下的土地上建造五星级酒店、地标式办公楼群等众多高档设施，重点发展现代服务业，并努力将联滘地区打造成广佛国际商贸城的中心区。

虽然从理想化的方案变成最终的现实，还需要各方花费大量的时间和精力去解决众多难题，但这样一个引起众多专家惊叹的城市未来设想，至少给关注联滘未来的人以信心和慰藉。

身处其中的联滘人，在这一年的等待与探索中，经历了最现实的阵痛和彷徨，尝尽了其中的辛酸和苦楚，而这次转型的经历，将是南海乃至整个中国乡村的一笔宝贵财富。

废旧塑料生态价值链

早上8时半刚过，联滘村村民潘伯就来到了村委会，向村干部询问村里空着的土地何时动工建新厂。

“离当初拆迁都已经一年了，现在那么大片地就空在那里，我们都心急啊！”潘伯说，自从2007年政府将村里的废旧塑料厂都拆掉后，他就一直惦记着那些空出来的土地，隔三岔五就到村委会询问一下工程的进度。

“虽然这里是农村，但是我们已经不是农民，村里把我们的土地都租出去建工厂了，我们可以靠租金分红生活。”潘伯告诉记者，土地出租所获得的租金分红已经成了村民最稳定的一部分收入。

但事实上，这些租出去的土地所产生的地租分红并不能让所有人过上富裕的生活。由联滘村开发得比较早，租出去的土地基本上都用来发展废旧塑料回收等类似的门槛低、收益也不太高的行业，所以土地的租金非常便宜，尽管这么多年来也有一定增长，但现在的地租价格平均算下来也只有每月2元／平方米。

整个联滘村每年的土地租金收入大概有1000万元，但由于废塑料行业卫生状况很差，村委会每年都要从这些收入中拿出二成左右去处理村里的垃圾，算下来每年地租收入这部分的钱要花去200万—300万元。联滘负责国土规划的曾作威表示，联滘常住人口有3000人左右，能够用来分红的这部分地租收入分到村民手上的，成年人每人每年大约是4000元，未成年人减一半，退休的老年人大概能拿到7000元。

能给村民们带来更大收益的，其实是与废旧塑料行业相关的各种工作。“在拆迁前，联滘村大部分的村民都是从事与废旧塑料有关的行业，其中七八成村民自己开有店铺。”曾作威说，有钱的村民就自己开工厂，稍微差一点的则收购废旧塑料卖给工厂，条件差的也能在厂里打工赚钱，基本上每个月都能赚上2000—3000元。一些年纪大了的就在工厂里面做保安，还有一些就做环卫。不仅如此，有村民看中了这里人流量大的商机，做起了小卖部、快餐店等小生意，路边那些出租屋也开始抢手起来，“好的都能租到1000元以上，差点的也要600元左右。”

拆迁冲击村民生活

“废旧塑料被取缔后，村民们也不得不通过各种方式谋求别的出路。”曾作威说，本地一些资金实力比较雄厚的村民，一部分转行去做旧金属回收；一部分则转到增城、博罗等地继续经营；还有一些则还在观望中。

尽管工厂拆迁了，但2007年村民的地租分红并没有减少。因为在工厂拆迁时，上级政府给了联滘相应的拆迁补偿，抵消了村委会相应的地租损失。同时，根据相关政策规定，上级政府对拆迁土地上的建筑也进行了相应的补偿，单层厂房每年每亩补贴7000元，两层的则补贴13000元，建筑物每增加一层就加多6000元的补贴，大部分村民在这次拆迁中并没有太大损失。

然而，突如其来的拆迁之后，土地租金没有了，赚钱的工作也没有了，这让很多村民忐忑不安。

离潘伯家几十米远的联滘村市场周围，原来有不少商铺，现在房门都紧紧关闭着。"那以前都是做废旧塑料的，现在都关门不做了。"潘伯说，由于之前废旧塑料行业在这里已经成行成市，吸引了很多外地人前来经营，而这些外来人流同时也带动了当地商业的繁荣。

废旧塑料厂拆迁之后，这些外地人也离开此地去别处谋生，昔日热闹的市场突然冷清下来。在联滘市场摆肉铺的陈女士明显感觉到生意的变化，"以前每天最少能卖两头猪，现在一头都卖不出去，并不是因为肉贵了，而是因为人少了。"

"我现在年纪也大了，以前还可以在工厂做个看门的，现在只能闲在家里。"潘伯说，今后土地租金的分红将直接影响到他的生活，如果那些土地一直空在那里，就只能靠吃老本来过日子了。

事实上，除了村民们担心今后的生活之外，村里的干部也一直在思考拆迁后的未来发展方向。曾作威说，拆迁后不久，区镇村三级就成立了东翼经济开发办公室，一方面协调剩下工厂的拆迁工作；另一方面也在寻找新的招商机会，"肯定想把好的项目引进来，但这并不能完全由我们说了算，还要看上级政府对这里怎么规划。"

重点发展现代服务业

"其实取缔这些厂是迟早的事情。"村民黄先生说，联滘就在广佛公路、广佛高速公路、桂和公路旁边，地理位置非常优越，这几年经济飞速发展，土地的租金与价值早就不相符了。"废旧塑料行业污染大，如果借这次机会能在重新发展第三产业的同时，又可以提高租金，那何乐而不为呢？"

走在联滘村的一些村道和巷子里，昔日的废旧塑料痕迹还历历在目，来不及清理的旧塑料废品还堆在小巷子里。而这些问题是村民一直担忧的，简易的废塑料、有色金属分拣和处理手段造成了环境污染，给村民的生命财产带来很大的安全隐患。

不仅如此，由于土地采取出租形式，建筑档次低，业态形式低，公共设施配套严重不足。此外，厂房周边的配套（包括酒店、餐饮、居住等）采取自给自足的方式，这样的市场建设对城市功能的培育和丰富、空间的优化乃至土地价值的提升都缺乏拉动作用。

“我们刚刚开过2007年的总结大会，村委会的工作报告中提出，今年的工作重点一方面是招商；另一方面是继续推进剩下工厂的拆迁。”曾作威说，具体以什么形式出租，引进什么产业还没最后确定，但是可以肯定的是，酒店、商业、物流等第三产业将是主流。

“经济是第一位的，但我们更要注重这种经济收益的可持续性。”曾作威表示，费了很大力气将废旧塑料清除掉，若是再做低层次的项目，所有的一切都就是白费了。

对于新出台的规划，曾作威表示现在还没有下发到村里，但他也从很多人那里听说了方案的重点，“想法肯定不会差，问题是看怎么去做了。”

（原文见2008年1月25日《南方日报》，作者：吴智臣）

3. 在集体土地上建城市

从昔日的废旧塑料集散地到未来的新城市中心，大沥联滘要解决的不仅仅是纸上的规划思路，还有更为复杂的现实利益关系。联滘片区的土地分属5个行政村集体所有，权属分散，如何才能既保证片区规划的整体性，又保证村民们的土地收益，让他们一起分享城市建设的发展成果？这个问题直接影响着这片“未来新城”的开发前景。

2008年1月公布的《联滘地区开发可行性研究报告》（以下简称《可行性研究报告》）提出了六种土地整合模式。与此同时，政府与村民也在积极思考，探求利益平衡。在这场事关大局的利益博弈中，所涉各方都希望能够得到一个“多赢”的结果。

规划用地面临权属“壁垒”

专家们在规划中对联滘片区的未来做出了直观的描述——与南边的千灯湖共同构成沥桂新城的“北极”和“南极”。

但一个事实是，千灯湖片区基本上是国有功能性土地，因此容易实现整体规划和连片开发，而大沥联滘片区的土地绝大部分是集体所有，且分属5个行政村，权属分散。此次开发的总占地面积为1837亩，其中只有80多亩土地为国有土地，其他则分属联滘、沥东、沥中、雅瑶、平地五村。

这些地块除了有少量农田外，大多数目前为建设用地。属于联滘村的地块占了联滘片区面积的70%，其中超过1100亩地为废旧塑料市场用地，其余由几家大型铝型材厂租用。分属其他四村的地块则多为简易厂房，租给了铝型材厂、金属加工厂、化工厂。一年前废旧塑料行业专项整治后，许多厂房和仓库逐渐空置，有90%以上的废旧塑料厂已经拆迁。

废旧塑料厂拆迁后，政府对村民们进行了经济补偿，弥补因此而减少的租金分红，但村民们看着工业大道对面日渐荒芜的厂房和空地，心里还是有些着急。村民潘伯说，尽管知道未来将会很好，但是当下日子还是要过，总不能一直依靠政府的补助，这一大片土地一天没有利用起来，心里总是不踏实。

而另一方面，基础配套设施、五星级酒店、写字楼、有色金属交易中心等土地的征用与开发已经箭在弦上，却因为土地权属问题，迟迟未能进入建设阶段。按照《可行性研究报告》提出的计划，联滘地区的整体开发分为三个阶段。从2007年的6月份到2008年是联滘地区土地和区域的培育期，2009－2010年是快速扩展阶段，是项目的丰富期，2011－2012年的第三阶段则是以高品位商业项目和商业设施的配套开发的最后增值阶段。在这三个阶段中，土地问题一直处于核心地位。

各个方面的发展需求都很迫切：政府前期已经做了大量的拆迁和规划工作，区域整体开发需要连片土地，项目的引进需要良好的基础建设条件，而村民们希望分享城市建设的成果。所有这些需求都指向同一个目标——“发展”，但在土地权属“壁垒”面前暂停下了脚步。针对现状，《可行性报告》提出了几条利用原则：用地布局一体化、用地功能复合型、用地形式多样化。在明确土地利用原则的基础上，坚持用地弹性法则，使联滘地区土地利用适应市场经济模式。而具体的探索途径，尚待进一步的利益博弈。

“尝试在集体土地上建设城市”

那么，如何在土地开发问题上平衡各方利益，在使用层面上取得利益的最大化？

在《可行性研究报告》中，负责本次规划的中山大学地理科学与规划学院与UDI国际城市设计有限公司联合组成的设计团队提出了六个可能方案，包括了政府租地模式、政府受让土地所有权模式、政府与农村集体联合开发模式、组建超级合作社模式、开发前土地重划模式及“一地一策”的局部突破模式。

其中，“开发前进行土地重划”模式获得了专家们的首选推荐。这一模式的好处是政府得到的基础设施和公共服务设施用地几乎不支付成本，但必需向土地所有人保证按时序投入建设费用。但是专家也指出，在目前南海农村依然执著于土地物理面积的时候，该方案需要一个强大的、有说服力的商业策划方案来支撑。“政府受让土地所有权”模式也得到了推荐，按着这一方案的设想，如果继续做大做强批发市场，开发公司可以土地使用权参股开发，政府还可以像义乌市政府一样，较好地引导市场的发展。

同时专家们也指出，各种模式之间并不是非此即彼、互相排斥，在实际的操作过程中可以组合使用，比如先用“开发前进行土地重划”的方式拿到必需的国有土地，再通过“组建股份公司”、“一地一策”等方式，在剩下的集体土地上进行开发建设。

“必须采用弹性动态的土地利用模式”，著名规划专家、规划设计团队“总指挥”袁奇峰教授说，联滘地区的开发，既要保证规划的有效性和长效性，又要兼顾农村集体的短期收益。在尚未确立具体项目之前，土地可以采取临时利用的方法，以保证农村集体的当期收益。同时，由于地区面积较大，开发周期也会较长，所以规划本身也必须具有一定的弹性，保证开发过程中实施动态调整的可能性和留足调整的空间。

尽管当地不少村民对征地都比较抵触，但是专家特别点出，此次出台的六个方案，开发过程中都需征用部分土地，这是根据规划和国家法规的限制性规定。但是袁奇峰建议，联滘地区可以在国家和地方法规的框架下，开展土地使用方式的创新，可在集体所有土地上建设的项目和设施就不一定非要采取征地的手段，避免激化矛盾，加大开发成本。“要尝试在集体土地上建设城市。”

村民希望“差价入干股”

但村民们表现出很谨慎。

在联滘片区的几个村里，土地问题是最大的讨论热点。“要有一只会下蛋的鸡，谁想把它杀了啊？”村民潘伯的一句话，说出了许多村民的心声。很多年纪较大的村民都反对征地，而希望通过租金或者其他方式参与分享城市建设的成果，以获得长久的持续的经济收益。“现在物价上涨得这么厉害。要是一次性卖掉，绝对没有办法体现土地的真正价值。”

也有不少年轻人想法比较大胆，他们并不排斥征地，但是更希望政府能够出台更为详细可行的商业方案，并探求出一条互惠互利的合作途径。“比如政府说，今后这里的地价可以由4元钱一亩升到20元，这个过程有多长？目标能否如期实现？在建设完成前，村民的收益又如何保障？这些都是大家最关注的问题。”大沥联滘村委会负责国土规划的曾作威说，现在村民们普遍比较关注风险有多大、谁来承担的问题。

对于《可行性研究报告》中的六个方案，曾作威认为，方案的可行性和村民们的接受度还需进一步检验。“比如里面提到的跨村组建‘超级合作社’，不同的行政村涉及的土地面积不同，决策权怎么分配，将会造成很大的矛盾。”

有联滘村的村民提出了自己的想法：由政府以略低于当前市场价的价格将地租下，村集体以实际租价和市场租价的差额作为干股入股项目，定期分得红利，这样一来不但能获得稳定的长期收益，分享项目建设的成果，还不用承担项目风险。虽然村民们这一“差价入干股”的设想还未与上级部门沟通，但是“低风险”和“持续收益”是他们不变的立场。

而在《可行性研究报告》中，专家们也提到了几个潜在的风险，其中之一就是“农村集体由于收入无法保证导致引进的产业档次低，甚至于废旧塑料回收行业死灰复燃，或当前未被整治的金属回收业乘机做大，地区形象重回过去或更加恶化”。专家建议的防范措施是：政府采取租用或受让农村集体土地的方式，确保各“地主”——农村集体有“无风险收益”，并实行土地的临时利用。

在这一次土地利益的博弈中，村民们很明白，地区的发展与村集体的利益诉求是一致的，他们希望的是政府能够发挥更积极的主导作用。“几个村的人争来争去不会有结果，还是得政府出面才能做好带头人。”曾作威说。尽管目前尚未找到一条得到普遍认可的合作共赢途径，但是大沥镇政府已经给村民们吃了一颗“定心丸”：无论如何，首先要保障农村集体收入及农民收入。

（原文见2008年1月25日《南方日报》，作者：吴智臣　黄文钰　周满奇　梁江萍）

4. 变迁：一座工厂和一个村庄

“这就是亚洲铝厂。”一位当地人说，语气中带着自豪。

在夕阳的余晖里，附近的建筑、路上匆忙的行人和车流，都投射到亚洲铝厂暗黄色的幕墙和玻璃上。

这是南海区大沥镇奇槎村，亚洲铝业这艘富有传奇色彩的业内航母，就是从这里迈出它成就辉煌的第一步。如今，它已羽翼渐丰，走向世界。

不过，不久的将来，这里却要成为“亚洲铝厂旧址”。随着亚洲铝业在肇庆万亩工业园的全面投产，亚洲铝厂将会全面搬迁到那里，和它一起搬迁的，还有亚洲铝厂街道对面的新亚铝厂等五家由亚洲铝业控股的南海铝材企业。

“一个时代结束了！”一位本地人说，“以后这里会是城市中心。”

亚铝搬迁过半

2007年5月初的一天，一辆80个轮子的板车，装载着一台庞然大物，缓缓驶出亚洲铝厂大门。车上是亚洲铝厂以前最大的生产设备——宇部4000吨型材挤压机。几个小时后，它出现在肇庆。

2003年，亚洲铝业开始在肇庆市大旺高新技术产业开发区建设占地一万亩的亚洲铝工业城，在引进新的铝型材生产线的同时，陆续将其在南海的几家铝型材生产企业搬迁过去。

亚铝生产规模迅速扩大，奇槎村总面积有6000亩，就算把它全部用于亚铝，也难以满足企业发展的土地需求。实际上，包括南海区在内的整个珠三角较发达地区，都存在着土地供应紧张的情况。亚铝就是在这种背景下决定搬迁肇庆的。

2006年年底，肇庆的亚铝工业城一期工程试投产，搬迁加速。据介绍，仅亚洲铝厂就有挤压机、加工中心、数控机床、打孔机等重型设备和精密设备共200多台，其中不少重量超过100吨。搬迁工程，基本是上一台设备安装好后，才会开始下一台设备的拆卸，以尽量不影响生产。

有消息称，目前亚洲铝业旗下的三家企业——菲尼斯模具制造有限公司、泛亚金属制品有限公司、新亚不锈钢铝材有限公司已整体搬迁到肇庆。亚洲铝业的主要企业亚洲铝厂60%的设备也已搬迁完毕，整个亚洲铝业集团企业搬迁已经过半。

去留之谜

不过，据住在附近的居民介绍，目前，亚洲铝厂和其对面的新亚铝厂仍然在生产。“至少，据我所知新亚的不锈钢生产线还在正常运作。”奇槎村一位村干部说。

村民们之间流传着种种揣测。有人推测，亚铝不会把所有的生产全部搬过去，“他们在这边还有这么好的厂房呢，不能空着啊？”大家也反映，最近每天都能看到拉原料和产品的车辆在亚铝进进出出。不过住在附近的梁伯看到更多的是前来拉走设备的车辆，“几乎每天都有设备被拉走，看来是铁了心要走”。

根据种种迹象，亚铝此次确实是要将所有的生产全部搬迁到肇庆。但是亚铝在奇槎租用的260多亩的土地和大量厂房的用途成了一个谜。

知情人士透露，按照当年亚铝和奇槎村达成的土地租赁协议，租期为20年，到现在为止还有5年多才到期。当年协定租金一年约700万元，这在当时算是一个天价。但由于没有考虑到地价上涨的因素，今天看来，这个价格同周边的土地租金相比，已经显得比较低。亚洲在奇槎村的土地包括亚洲铝厂180亩和一路之隔的新亚铝厂约80亩土地。经过多年开发，在奇槎像这样大块的连片土地已经找不到了。因此他推断，亚铝的土地和厂房在合同期满之前，肯定不会出让，至于用途，目前并不明朗，会不会将一部分铝材之外的生产仍然留在本地也说不准。

亚铝是奇槎的骄傲

“不管怎么说，亚铝都是奇槎的骄傲。”作为土生土长的奇槎人，黎灿恒对亚铝怀着深深的自豪。他是大沥镇奇槎村一名干部，多年来，他看着亚铝从奇槎这个小村庄一步步成长为一个国际性企业。

“不光我，所有奇槎人都为亚铝感到自豪。”他说。虽然亚铝搬走了，但在奇槎人的心中，亚铝还是奇槎的企业。

在几位老村长的记忆中，亚铝的成长轨迹虽然没有那么明了，但是它带来的荣耀却是真真切切的。“亚铝是大沥、南海的一面旗帜，是铝型材的老大，还是我们这里第一家在香港上市的企业……提到亚铝，我们都觉得脸上有光。”

对于亚铝的搬迁，他们在惋惜之余也感到欣慰：“我们希望它越做越好，越做越大。奇槎地方太小，鸟儿翅膀硬了都是要飞的，我们也高兴。”黎灿恒曾经去过亚铝在肇庆的工业园：“围墙四周都有几米宽的‘护城河’，绿化很好，建筑非常气派……那可是一万亩啊，我们整个奇槎也不过6000多亩。”

据当地人回忆，亚洲铝厂几乎是突然间冒出来的。“以前奇槎基本上没有铝材企业，整个大沥也只有国营厂。”亚洲铝业在1992年突然建起了高规格的厂房，引进了先进设备，一下子带动周围建起了很多铝材厂和贸易公司。这也是奇槎铝材行业的开始。

一位老村长回忆，当时奇槎已经有了一些五金和小铝材厂，而坚美等后来叱咤业界的企业还默默无闻，亚铝的诞生提升了整个大沥的铝材行业档次。从那之后，一批知名企业才先后成立，与之相配套的一些产业也相继被调动起来，当时的桂江路沿线出现大量贸易公司。

亚铝不仅带动了铝材业，它所在的奇槎村罗田村民小组很多人也开始经营形形色色的生意。亚铝发展起来以后，也没有忘记回报。据介绍，在奇槎小学的建设中，亚铝创始人邝汇珍曾经多次捐款；目前，奇槎正在规划修建一个大型村中公园。虽然亚铝即将搬走，但据称邝汇珍得知村中公园的建设后曾说：“所有费用算在我名下。”

“亚铝的成功离不开奇槎，同时，它的成功也带动了整个奇槎的发展。”黎灿恒说。

村庄的未来之路

“虽然亚铝的搬迁对于我们没有直接影响，我们的地租也不会少。但作为奇槎的企业，我们希望它能留一部分在这里发展其他产业。”黎灿恒说。南海区确定了城市中心北延战略。亚铝及所在的奇槎村正好处于规划中的“一河两岸”及千灯湖北延线城市中心的核心地带。按照规划，这部分区域将重点发展商贸业等现代服务业。不过关于大沥南片工业区的存废问题，当时还存在着较大的争议，并没有下定结论。

但是在奇槎人的眼中，这里迟早会成为城市的中心。“我们希望在这里发展商贸业，这样土地会升值，我们也会得到更多实惠。”他们认为，本地工业比较零散，厂房矮旧，土地产生的价值不算很高，还造成一些环境的污染。亚铝作为本地最大的工业企业，它的搬迁，为当地的产业转型提供了很好的机会。

“可以说，现在奇槎发展城市化占据了天时地利人和。”在黎灿恒，奇槎已经成为未来从千灯湖到大沥联胺的南海新城市中心一部分。

“到时候，亚铝作为一个从这里走出去有实力的企业集团，会不会考虑利用现在的土地，开拓商贸业？这也不是没有可能。”黎灿恒说，“我们盼望着亚铝在发展奇槎的商贸业方面也起到带头作用。”

（原文见2007年6月15日《南方日报》，作者：何亮）

◎奇槎·亚铝大事记

1973年，大沥镇奇槎村罗田村民小组二队年仅17岁的少年邝汇珍只身闯荡香港，从事五金及有色金属贸易加工。据传曾以过人胆识和魄力备受霍英东赏识。

1992年，邝汇珍回到故乡南海大沥镇奇槎村，创建亚洲铝厂，开始生产铝型材。当时的亚洲铝厂规模在当地已经非常庞大。亚铝从一定程度上带动了本地以及南海铝材行业发展。

1998年，亚洲铝业在香港上市，成为南海第一家在香港上市的公司。之后成功收购了南海的其他5家铝型材厂。

2000年，亚洲铝业与美国第二大铝型材商鹰都铝业（IndalexAluminumSolutions）组成策略联盟，将产品分销网络扩展至北美。次年，鹰都入股集团旗下主要铝型材厂，占26.2%权益，两家合共产量跃升至全球第二大。

2002年，亚铝入选《福布斯》2002年全球最佳中小企业200强，亚洲铝业从奇槎走向世界。

2003年，亚洲铝业在肇庆投资60亿元兴建亚洲铝业工业城，获得土地10000亩。

2003年，胡润的“中国百富榜”把1955年出生于广东南海的邝汇珍排在了第43位，认为他拥有财富15亿元人民币；而“2003福布斯中国富豪榜”则把邝汇珍排在了第33位，认为他拥有财富2.04亿美元。当年的奇槎少年成为佛山首富。

2006年，邝汇珍回购亚洲铝业，亚铝在香港联交所退市。同年，位于肇庆市大旺高新技术产业开发区亚洲铝工业城一期完工投产。

2007年6月，美国鹰都铝业集团正式从亚洲铝业退股。位于奇槎的亚洲铝厂搬迁过半。

▶▶观点

联滘应成为大沥标杆地区

袁奇峰　中山大学地理科学与规划学院教授

首先，联滘地区是商贸综合发展区的起步区，它应该成为大沥的形象地区、标杆地区。同时，大沥经济正处在一个急剧转型的时期，一个方面是工业结构的优化和提升；另一方面是服务业的发展，其中就包括通过发展生产性服务业来促进工业结构和质量的提升。所以，联滘地区应该成为大沥的生产服务中心；另外，联滘也应该成为广佛国际商贸城的中心服务区，能够为广佛国际商贸城提供商务办公、酒店住宿、餐饮娱乐、金融服务、现代中介、居住等支持功能，这是我们对联滘地区未来功能的几个设想。

不能走义乌道路

丁力　广东社会科学院教授

这个方案确实让人眼前一亮，但我觉得还不够亮。在对联滘这个区域的规划设计中，周边其他地区对这里的约束是客观存在的，我们应该正视这种约束。但也要将眼光放得更高一点，目前将这个区域定位为大沥的商贸综合发展区，这似乎还是太普通了一点。我们的原则应该是"大胆设想、小心求证"，站在大沥甚至广东整个社会经济发展转型的角度上来思考这个问题，通过综合开发、搞试点的方式来解决第一代创业遗留下来的众多问题，这样不但能让大沥获得突破性的发展，也能成为整个珠三角发展的样板，从而去争取获得省市上级政府的支持。

另外，如何通过在当地发展生产性服务将原来的第二产业做大做强，这也是这次规划中应该考虑的问题，因为第二产业和第三产业的有效互动是保持一个地区健康持续发展的重要途径。如果现在只想着走义乌那条道路，应该是走不通的。

打造大沥总部经济平台

吴绍秋　大沥镇镇长

对联滘地区的定位，主要有两个考虑，一是打造成产业集聚的高地，同时也要成为大沥城市建设的标杆。大沥的产业优势很突出，特别是有色金属、内衣产业等主导产业，在整个华南地区乃至全国都具有很强的影响力和竞争力。但在面对众多产业的第二次转移大潮时，我们能做的就是留住市场。我们希望联滘的建设能为大沥有色金属交易创造一个平台，也希望其成为大沥总部经济的平台。有平台就有空间，联滘这个区域正好是我们最理想的地方。

另外，我们希望通过联滘商贸中心区的启动、发展，拉动大沥产业结构升级。联滘这个区域位于千灯湖轴线上，而千灯湖将建设成一个金融高新开发区，可以说是金融集聚的高地，联滘的商务中心区将成为有色金属产业的高地，南有金融高新技术开发区，北有有色金属交易中心，两者遥相呼应。

（原文见2008年1月25日《南方日报》，作者：胡智勇）

▶▶后记

告别过去，走向未来

2010年，中国GDP超越日本成为全球第二大经济体，这在中国经济发展史上无疑具有标志性意义，是对中国市场经济改革的肯定。实现这一成绩，是走在时代前沿的改革者们上下求索共同努力的结果，其间所经历的彷徨、所经历的艰辛、所展现的智慧，都将永久镌刻在中国改革开放的光荣史册上。

但是，振奋之余，几乎没有任何人会天真地认为经济总量第二就意味着经济实力也达到世界第二。当中国的经济高速发展之时，我们的河流、湖泊正以前所未有的速度被污染，我们18亿亩的耕地红线正不断受到严峻挑战，南海本田停工事件的出现也让人开始重新审视我们曾经认为取之不尽、用之不竭的劳动力资源。

人类已经进入以科技和信息为主体的知识经济时代，但即便辉煌如大沥这样的产业名镇，其经济发展在多大程度上是依靠科技创新来拉动的？2007年的联滘村向一味沉迷于经济发展速度的人敲响了警钟：我们的土地资源和环境资源都是有限的，不惜以环境为代价来换取财富增长的方式只能让一个区域走入死胡同。

联滘村已经成为联结南海过去与未来的标志。在这里，南海打响了其节能减排治污的第一枪。随后几年，南海在全区范围内开展了声势浩大的环境整治运动，即便在全球性金融危机最为严重的2008年也没有退缩，被中国环保部长周生贤认为探索出了“以环境保护优化经济增长”的“中国环保新道路”。

这是对南海的赞誉，也是对大沥的鞭策。环保的目的是为了更好的发展，当疾风骤雨式的治理运动过后，联滘将向何处去？大沥将向何处去？而以大沥为样本，我们需要探索的核心问题其实只有一个：在经济一体的全球化时代，中国需要怎样的经济增长模式？

第二章 转型号角

一些平常事件所孕育的巨大潜流足以说明，环保之于中国的意义也许并不亚于30年前的那次打开国门。在2009年，普通市民对于环保的关注突呈井喷之势，网络上关于环境污染的投诉层出不穷。与此相呼应，政府强势推动的节能减排治污行动并没有因为金融危机的到来而放缓。关停漂染企业、整治陶瓷厂、提升有色金属行业，政府节能减排治污的强势与民众的环保诉求结合在一起，构成了一幅壮士断腕式的环保图景。

ZHUANGXINGHAOJIAO

这是一场新与旧的对决，更是一次破与立的变革。

2009年9月27日，时值新中国60周年国庆大典前夕，全球性金融危机还没有完全消除的迹象。美国著名专栏作家托马斯·弗里德曼在《纽约时报》上撰写评论说：“大多数人都会认为，20年后，当历史学家们回首2008年和2009年时，他们将得出以下结论：这一时期发生的最重大事件是经济大衰退。而我则不敢苟同。我认为，过去18个月里发生的最重大事件是红色中国决定成为环保国家。”

环保对于中国究竟有多重要？在南海，一些平常事件所孕育的巨大潜流足以说明，环保之于中国的意义也许并不亚于30年前的那次打开国门。在2009年，普通市民对于环保的关注突呈井喷之势，网络上关于环境污染的投诉层出不穷。与此相呼应，政府强势推动的节能减排治污行动并没有因为金融危机的到来而放缓。关停漂染企业、整治陶瓷厂、提升有色金属行业，政府节能减排治污的强势与民众的环保诉求结合在一起，构成了一幅壮士断腕式的环保图景。

但中国的环保路径又注定将与其他国家不同。在中国，城市经济与乡村经济并存的二元结构在长时间内难以改变，而国有土地与集体土地并存的产权制度又决定了中国的环保路径不可能是政府力量包打天下。30年前，打开国门的中国迎来了全球性加工贸易产业转移的浪潮。时至今日，那些遍布珠三角乡村的工厂，解决了中国数以亿计的农民就业问题，同时这些工厂也成为珠三角村民赖以生存的财产基础。因此，像大沥这样的珠三角经济强镇要环保，乡村工业的转型就成了必须同步解决的问题，因为这决定了一大批农民和村民的就业与生存。

在中国之前的任何发达国家，包括德国、日本在内的环保治理都是在国家层面上以企业为主体来推动，这是因为在这些国家的工业大都是在城市发展起来的，没有任何一个国家的工业像中国这样与乡村经济的基础联系得如此紧密。说白了，其他国家的工业转型和环境治理只是工厂或者工人的事，而中国却不仅如此，还关系着村庄和村民的利益。

因此，其他发达国家的环境治理或许通过政府和企业的努力就可以达到，而中国的环境治理却注定是一场全民运动——当村民们愿意并且有能力摒弃过去的生活方式时，环保之路才能全方位推进。而这显然是一个长期的社会工程。

而作为南海经济最活跃，传统制造业最为发达的区域，大沥镇从改革开放初期开始的“村村点火、户户冒烟”的乡村工业化模式，以及其所从事的有色金属等支柱行业的产业特点，都决定了“环保”与这个工业重镇的全局命运紧紧联系在了一起。这个经济强镇自2007年取缔2000多家废旧塑料加工企业，打响南海节能减排治污第一枪后，所有产生污染的行业都被列入整治之列。从关停镇内仅有的3间陶瓷厂，到175家小熔铸企业全面关停、555个干锅炉关闭，一场“立体式”的环保战在大沥全镇蔓延。

显然，这需要极大的决心、勇气与气魄！

事实上环保运动从来就不只是一个技术问题。从更早期的反对核能威胁开始，环保运动就被认定为不是“由专家来决定”的科学问题，“它取决于公众的意见因此是一个政治问题而且是一个道德问题”。而20世纪60年代在美国爆发的环保运动，其实就是发端于女作家蕾切尔·卡逊在《纽约客》上连载的《寂静的春天》，随后引发了关于化学杀虫剂的全民大讨论，并拉开了改变世界图景的一场环保运动的大幕。

大沥因产业而生，大沥也因对财富的片面追求而付出了环境的惨重代价。如今，与环保相伴的是大沥这个经济名镇整个区域的转型升级。大沥虽小，但却是整个中国探路产业、城市与环境良性互动、包容成长的缩影，其所代表的是原有发展模式的终结和全新发展模式的崛起。

第一节 全民环保 绿色新生

> 若缺了民众的支持和参与，政府部门单兵推进的治污行动依然会力不从心。在中国城市与农村二元经济现实存在的情况下，要根本解决污染问题，关键在于村民自治的水平和能力的提升。村民意愿必须与政府治污的决心协调一致才能标本兼治。

1. 全民环保有多远？

岳利沙工业区所在的岳利沙村小组隶属河西村委会，位于佛山水道北岸，与桂城街道千灯湖隔河相望。

2009年10月份，住在桂城江南名居楼盘中的业主在网上发布投诉信息，反映每到傍晚后，河对岸经常飘来难闻的气体。该网帖反响巨大，政府部门随后决定对包括岳利沙工业区在内的周边5个村的污染企业进行整治，包括桂澜路北延线、联河路以西区域，涉及河西、水头、奇槎、盐步、联安五个村委会。

污染主要来自“两无”企业。大沥经济活跃，人流物流频繁，无证无照小作坊长期大范围存在。这些小作坊为了躲避监管，往往分散在村里工业区内，与大沥接壤的广州城区成为它们主要的销售市场。为此，大沥也饱受广州媒体的攻讦。现在，随着越来越多广州市民在广佛交界的楼盘中居住，“两无”所带来的污染问题又成为新的投诉对象。

“大沥一直在积极取缔‘两无’企业，每隔几周就会端掉一些黑作坊。”大沥城管执法分局分局长杜炳添说，“随时与多部门联合采取取缔行动，已经成为我工作的常态。”

但是，“两无”企业却与其所在地的村民、村小组有着紧密的利益联系，这为其顽固存在创造了土壤。大沥广播站的相关报道显示，被依法取缔的黑作坊大部分都隐匿在出租屋内。

一位基层环保人员说，村民如果愿意站出来举报污染行为，或者村小组根本就不把物业租给“两无”作坊，那么污染早就被消灭在“人民战争”的汪洋大海里了，怎能还有立足之地？

南海区副区长冯永康在一次清无整治活动中说，“清无”工作最大的阻力来自既得利益者，即物业出租人。南海区环保局副局长游远荣也认为，一些村民的收入依赖租金和分红所得，经济来源的单一性导致村民在没有新的替代项目维续租金和分红时，就对污染企业有了依赖性。

正如外界所分析的，许多“两无”厂企的业主是村民、村小组或者村委会，物业是这些人的租金来源。如果将这些企业都清除掉，至少在短时间内大批物业将失去租金，村民的经济收入会受到影响。但来自村小组和村民的阻力难以消除，这成为“清无”工作的症结，也成为环保行动能否顺利推进的最大影响因素。

村民意愿的分化

红万元奖励举报偷排废气企业后，村民参与举报的人数不多，即使有人举报，也不愿意透露身份和姓名，举报者70%以上是外地人。

在对岳利沙工业区的整治中，网络民意的监督通过政府的快速行动取得阶段性的成效，让各界看到了全民环保的希望。

身处污染中心的村民，并非没有意识到污染的危害和清除污染企业的必要。河西村的一位村民就对记者说，这里的无牌无证企业早就该搬迁了。从农田菜地变成工业区后，附近的环境越来越差，成堆的垃圾散发出难闻的味道，让人很难忍受。看着对岸的桂城，新的高楼多了，马路也漂亮了。他也希望能尽快把村里的环境搞好，与桂城环境能尽早实现同步，“关了这些企业，就算分红会减少我们也愿意”。

梁国辉，这位河西村的党支部书记则从经济角度进行了分析。他说，虽然这些企业的土地都是租用村集体的，但这些土地租金在村集体收入中占的比重很小，所以即使铲除了这些企业，对村集体收入的影响也很小。这些企业的存在反而破坏了村里的环境。此次整治，为发展腾出了空间，今后在区、镇的规划指导下，可以谋求更大的发展。

只从利益来分析村民对污染的态度，也未必能反映村民的真实内心，村民不愿意站出来与污染对抗还有更深的邻里感情在起作用。

2007年10月26日，南海区副区长冯永康宣布，区政府悬红，对每宗排放废气废水的成功举报奖励一万元，且为举报者保密。

1万元的奖赏超过了很多村一年的个人分红，然而，据南海区环境监察分局局长邢丰良介绍，悬红万元奖励偷排废气企业后，村民参与举报的人数不多。即使有人举报，也不愿意透露身份和姓名，举报者70%以上是外地人。

“除了本村人一般生活区域离工业区较远外，碍于情面也应该是较少人举报的原因之一。”邢丰良说。

与此相对的是，悬红举报消息传出后，工业区以外的城市社区却响应者众。有人在网络上发言说，是否可以考虑取缔一家污染企业，奖励给环保局一万元。

“这样的怪话是对我们环保工作的批评，但从中也可以看出群众对环境整治的急切。”游远荣说。

自2007年以来，南海区政府从关停狮山解放涌两岸的漂染厂开始，接连启动了对陶瓷、玻璃、有色金属等重污染行业的整治提升。甚至在遭遇全球性金融危机的情况下，节能减排治污的行动也没有放缓。来自区政府的统计数据显示，仅今年上半年，全区主动关停的污染企业近300家。

但若缺了民众的支持和参与，政府部门单兵推进的治污行动依然会力不从心。“我们希望听到来自基层村民的举报。”游远荣说。

就在2009年初，南海区区长区邦敏在《政府工作报告》中也强调，今年，要使环境治理“政府主导”的做法变为“政府主导，全民参与”，发动社会各界加强对政府和企业的监督。

村民自治下的全民环保

在中国城市与农村二元经济现实存在的情况下，要根本解决污染问题，关键在于村民自治的水平和能力的提升。村民的意愿必须与政府治污的决心协调一致，才能标本兼治。

黎治平，这位奇槎村的老资历村支部书记，近年来觉得支部书记一年比一年难做。“以前村民穷，做一件事情大家意见很快就能统一，但现在声音就越来越多了。”在此次整治行动中，他尤其感觉有些烦躁。

此前，奇槎村已经被认为是重视环境治理的样本，但在此次整顿中，16个村小组中只有一个没有涉及到。“闹得最凶的一个村民小组，村小组组长来闹，其他村民也过来吵。”黎治平说。这个村小组的村民说，他们小组27家企业是无污染的，即将领到牌证，在此轮风暴中也被“一刀切。”

目前南海的“两无”污染企业主要在农村工业区，这些农村工业区土地又属于农村集体建设用地，具体如何使用这些土地，由村民代表大会决定。政府虽然在规划、环保等方面对土地的使用拥有审批权和执法权，但如果村民从自身经济利益角度出发，默许甚至支持这些污染企业的存在，政府也很难根除这些污染企业。

有专家认为，在中国城市与农村二元经济现实存在的情况下，要根本解决污染问题，关键在于村民自治的水平和能力的提升。村民的意愿必须与政府治污的决心协调一致，才能标本兼治。

但现实中，村民自治在环保治理方面却还没有显示应有的威力。据一位半年前刚调离大沥镇环保办的人士介绍，以往在上经济项目之前，大沥环保办会对范围内村民进行问卷调查，但村民自治在环保项目审批中发挥突出作用的例子，还没有听说。

与大沥的环境治理相对比的是，去年被环保部树立为典型的长沙“金塘模式”，就是村民环保自治的模式。

2007年，地处长沙市区和浏阳市区之间的金塘村成立了“环保促进会”。村里任何一项对环境可能存在影响的项目动工前，“环保促进会”都要组织村民召开“环保行政审批公众意见征求会”，村民讨论所依据的文本是《金塘村环境保护村规民约》。这份民约由村民代表大会通过，是该村有约束力的环保“土宪法”。此外，该村还推行了“乡村环保听证会制度”。

“如果能够有一种模式理顺村、村小组、村民和污染企业之间的关系，环境整治肯定是事半功倍。”游远荣说。

因为金塘村是传统养殖村，与南海产业结构不同，游远荣认为“金塘模式”不可能适合南海。

南海在巩固推进环保效果的做法上，更倾向于建立问责制。冯永康不久前在一次整治行动中提出，建立共同管理责任制，实施问责制的监管措施。具体的责任已经细化落实到规划、建设、村委会等各个部门。

记者从大沥镇组织办获悉，最近大沥正在尝试建立农村的规范化管理模式，并将农村的管理分为党务、村务、经济三部分，各部分建立规范化的程序。这样的基层民主尝试最近也得到了省、市认可。

目前，黎治平的治污办法，主要是去村小组转悠。“如果哪家企业有污染，村民自然会指给我们看。”他说。

（原文见2009年12月11日《南方日报》，作者：吕博雄　胡智勇）

▶▶链接

岳利沙事件回放

2009年9月下旬一名自称居住在江南名居的网友fsgleen愤而上网爆料：大沥废气影响桂城居民。此后这个帖子被网友不断跟帖回复点击率达3万人次以上。

不久后南海环保部门开始“卧底追凶”南海区、大沥镇两级政府也在10月23日成立调研组。随着调查的深入污染区域终于露出冰山一角最终锁定污染主角不是一个而是一批小作坊的“集体行为”。

11月12日南海区、大沥镇出动千人执法“阵容”将该片区内336家“两无”厂企货物、设备和人员全部清空。而后清“两无”行动在周边的河西、盐步、联安、水头、奇槎5村陆续推开。

11月25日开展了第二次大规模清“两无”行动。为防止死灰复燃大沥“清两无”行动组加大巡查力度让整治厂企最后自行搬迁限时实施强制清场。同时为根治彻底南海区副区长冯永康提出要建立问责制将责任细化落实到各个部门。

▶▶观点

网民监督执法已成社会常态

黄岩　华南师范大学公共管理学院副教授

如今的珠三角地区寸土寸金，南海政府此次大规模“清无”行动，虽然短期内给少数人带来疼痛，但是长期来说对大多数人有益。

群众在网上对废气污染发帖投诉，表达对更高生活质量和环境的诉求，而且一呼百应，这是一种进步。可见随着生活水平的提高，群众对生活环境的要求越来越高，对产业升级的要求也越来越迫切。

南海政府看到网友的投诉后迅速展开调查，并在短期内拿出解决方案，开展行动，动作之快，力度之大，态度之坚定，给了网民一个满意的答复，体现了政府对群众生活的关怀，也体现了政府很强的应急能力。

可以说，通过网民举报投诉，促进政府行政执法，这种机制已经成为网络社会的一种常态的管理手段。我们知道，科威特石油公司与中石化原本计划在广州南沙区合资兴建大型石化项目，但是考虑到环境容量问题，人大代表和网友们发出不同声音：南沙是广州仅存的湿地和原野，是最后的肾，如果没有了，那么珠三角的生态环境也将全面崩溃！南沙地处广东省中心地带，一旦环境遭遇污染，其他地方包括港澳都难幸免……反对呼声一浪高过一浪，后经过多方代表和专家层层论证，政府决定将此项目迁出南沙。网民力量之大可见一斑。

网络投诉不同于一般的写信或上门举报，因为网络传播速度快，传播面广，一旦没有妥善处理将影响政府的形象，因此网民监督执法也是对政府执政能力的一种考验。而南海政府主动采纳网民建议，整治污染，治理环境，这也是一个很大的进步。

具体到清理无证无照经营、保护环境方面，我认为除了大规模的运动战，更多的还是应该体现在平时的监督和检查工作中，例如可以借机尝试着建立起一种群众举报的常态机制，以发挥群众的积极性。另外，在取缔这些小作坊的同时，如果能拿出长期的规划和方案，让群众看到新的希望，效果一定会更佳。

（原文见2009年11月13日《珠江时报》，作者：邓勋德　黄艳姿　赵艳丽　伍新宇　周满奇）

第二节　艰难治水　上下求索

绿色是个美丽的梦想！在环保中国拉开大幕时，曾经的“南海模式”创造者——佛山市南海区再次领风气之先，提出全面实施“绿色美丽家园计划”，确立了完善的“绿色城市”发展理念。

而作为南海经济最为活跃，同时也是南海节能减排治污压力最大、产业转型压力最大、城市改造压力最大的镇，大沥拥有“南海模式”曾经的荣耀，也背负着工业化初期积累的创伤。大沥如何实施“绿色美丽家园”计划，其背后实乃“南海模式”的突围和重生。

1. 一条河流与一个名镇的命运

从一湾碧水变成一条“黑龙”，又从黑臭难闻趋向鱼虾回游，处于汾江河下游的大沥镇见证了这条河流的两次“变脸”。汾江河变化的同时，沿岸的厂房物业也随之变化，从菜地民居到小厂房林立，再到商贸城、专业市场、房地产项目；汾江河的“变脸”催化和印证了大沥产业经济的转型和大沥人从村民向市民的华丽变身。

汾江河的一次次“变脸”正是大沥命运的变奏曲，也是在过去的20多年里，中国工业先行区经济增长模式探索历程的缩影。

新的阶段，大沥要走新的发展之路。汾江河也将实现一次新的变

三年中，大沥投入约26亿元用于汾江河大沥段及内河涌综合整治，到2010年底，大沥城乡污水实际处理率达到77％，图为盐步污水处理厂。

脸。“2010年实现河水变清”，2009年9月，在南海区全面启动建设“绿色美丽家园”后，作为南海节能减排治污压力最大、产业转型压力最大、城市改造压力最大的工业强镇，大沥也随之出台大沥版的“绿色美丽家园计划”。

在以汾江河（大沥段）治理为核心的环境整治中，大沥拟实现产业转型升级，重塑大沥这个全国著名工业强镇的持续竞争力，此外，在广佛同城版图中位置显赫的大沥镇，也将努力打造成一座人居新城。

铝业兴起与汾江河之殇

20世纪80年代早期，在汾江河沿岸的谢边诞生了大沥首家铝型材厂，而后铝型材厂在大沥遍地开花，铝企在最高峰时达到200多家，而汾江河上游流域也纷纷建起诸如陶瓷厂、玻璃厂之类的重污染企业，成为汾江河不能承受之重。村镇经济发展起来，沿岸村民富起来了，在汾江河的变化不被纳入官方视野的情况下，这里的经济发展模式成为全国争相效仿的“南海模式。”

“二十多年前的汾江河可以游泳。”生活在谢边村汾江河岸边的张伯感慨说，而最近这些年他很少再去河边转悠，连家里朝向河的一扇窗也钉死了。汾江河的污染和日渐富足的生活一样，对于大沥人都是刻骨铭心的。

但传统产业初期都是通过高耗能、高排放的方式发展起来的，加上截污治污设施落后，无论是工业污水或是生活污水很多都没有经过处理就直接向河涌排放，直接造成了区域内河流和河涌水质恶化、水体发黑发臭等环境问题。

“工业污水和生活污水一起排放到河涌里起了化学反应，加剧了污染。”谢边村委会主任梁敬周认为，2004年，梁敬周在谢边尝试生活污水自净装置，成为南海安装装置的第一个村级单位，虽然投入只有24万元，但并未获得太多的支持，为此，梁敬周“再安十个装置”的计划只得搁浅。

显然，科学发展的理念风起中国，如今与几年前的环保做法遭受冷遇的背景早已不同，大沥已经下了“治污”的决心：三年间将投入约26亿元用于汾江河南海大沥段及内河涌综合整治。大沥镇境内将拥有4个生活污水处理项目，年内可完成110多公里的主干管网建设，2010年完成约87公里的配套管网铺设，确保到2010年底城乡污水实际处理率达77%（日污水处理量约为19万吨），2015年全镇污水处理率达80%以上。此外，大沥正筹备建设工业污水处理，实现污水统一收集、集中处理。作为乡镇一级而言，拥有如此多的污水处理项目实属少见。

产业升级浪潮

治理汾江河已经不只是一种环境诉求，也是一种产业升级的呼唤。过去汾江河水浊在另一层面上见证了大沥铝业群星璀璨的胜景，而将来汾江河水清也将是大沥铝业做强做大的昭示。

近两年来，行业性的大规模整治行动在大沥镇是“一波未平一波又起”，而每一场整治都需要在“爱”与“痛”之间挣扎。对“中国铝材第一镇”大沥来说，要让镇内174家铝型材厂及相关行业或关停或整治，这需要很大的魄力。

但不得不清醒地认识到，大沥这个“中国铝材第一镇”的招牌已经没有以往那样炫目，到了不得不整治提升的关口。

经过20年的发展，大沥铝型材的竞争力渐渐下降了：从企业发展本身看，龙头企业不突出，只在数量上占了优势，大沥有130多家铝型材企业；从产品质量方面看，由于受到资金和人才的制约，国内铝型材产业在未来相当长一段时间内，工艺流程、设备水平和技术特征都基本上会保持稳定，因此大沥铝材近年来也逐渐受到了来自国内其他后进区域的挑战，技术领先的优势可以说越来越不突出。此外，一些企业由于发展空间的制约，有一部分已经外迁，迁往外地的企业扩产起步标准比较高，投产后形成的规模也比大沥原有的铝企大。

作为南海行业治污最关键的一场战斗，铝型材整治几个月前已经开始，目前大沥已有174家铝材及相关行业签订了整治承诺书。

按照大沥的规划，大沥将进一步扶大扶优扶强，通过节能减排，淘汰一些落后的产能，将淘汰企业腾出来的空间转移到那些品牌好的、规模大的企业。

以往缺乏节能减排这一杠杆，规模小的企业因承担不起处理废水废气的环保成本，偷排现象较严重，品牌企业却在节能减排上比较主动地去实施污染治理，但也因此使生产成本变高，这样使优质企业在竞争方面面临压力。

大沥将陆续把有实力的企业集中迁往西部的有色金属产业园，培育企业的集聚效应，利于企业统一治污的同时还为企业的做大做强提供足够的土地空间。

（原文见2009年10月21日《南方日报》，作者：吕博雄　梁江萍）

2. 三年磨剑：广佛重镇治与变

2010年6月21日，盐步内衣龙头新怡内衣集团有限公司成立，除总部基地外，另有三大品牌生产厂，初步实现研发销售与生产的分离。至此，大沥蓄谋已久的“总部经济”，终于有了现实载体。

然回望过去，便会发现此前几年大沥发展增速放缓。彼时大沥的决策者们就已意识到，经过几十年的粗放式发展之后，大沥现有的产业结构、环境容量已无法产生足够的动力，继续推动大沥高速发展。而为蓄养后劲，大沥在告别GDP至上论之后，正以卧薪尝胆般的隐忍与魄力，数年如一日地开展节能减排淘汰落后产能、强势“清无”等各类整治行动，积蓄力量再度起航，全力驶入“乐活”时代。

“大沥城市、环境、产业发展取得阶段性成果。”时任南海区区长区邦敏如是评价大沥转型。的确，历经数年的潜心整治后，包括内衣总部经济、中科院中医药生物科技产业中心在内的一大批重大项目即将启动，大沥转型谋变已经见到曙光。

不得不为的整治大战

一个早被说透的事实是，由于起步早规划缺失，大沥早期发展起来的“爬行类”建筑低矮简陋，建筑密度大，土地开发强度早已逼近南海中心城区。另一方面，由于产业结构不合理，大沥能耗始终居高不下。在此情况下，唯有通过节能减排、“三旧”改造等一系列强力措施调整发展模式，方能杀出一条生路。

近年来的一场场环保大战，使大沥镇的发展轨迹悄然转变。

上午9点，黄岐北村水闸附近，一间7千平方米左右的破旧厂房悄无声息，与周边车水马龙的热闹形成鲜明对比。这是大沥雅瑶村的一块飞地，几个月前，这间名为豪懋的铝型材厂还响彻着机器的轰鸣声，氧化、着色、电泳几个生产环节产生的废水汩汩排出。

这一变，源自2009年掀起的一场横扫全镇的182家铝型材及相关行业企业整治。一年之后，大沥已关停52家相关企业，剩余进入技术验收阶段的119家企业，也已有112家通过验收。经此一役，该镇一季度空气质量中的二氧化硫和空气中可吸入颗粒浓度值较去年同期分别下降了7.8%和9.0%。

实际上，这只是大沥近年来综合大整治中的一个部分。2007年的联滘废旧塑料取缔及“两违”用地整治、2008年的170多家小熔铸整治、2009年起的清理无证照经营、2010年伊始就已大张旗鼓的“全镇综合环境大整治”与打击违建抢建行为……不论是看得见的还是看不见的，大沥始终默默地在转型之路上奔跑，重塑着优美的生态环境、公平的营商环境与可持续发展的“游戏规则”。而坚持至此的原因无他，乃是为了谋求更长远的发展。

隐忍多年的转型执念

然而转型是艰难的，大刀阔斧的整治之下，是一片血淋淋的伤痛。南海区各镇街2010年第一季度主要经济指标显示，大沥1到3月招商引资项目计划投资总额和总投资超千万元以上项目增幅，均低于全区平均水平。

在不少仍然“重经济增长、轻社会发展”的地方政府看来，以上最能彰显决策者“政绩”的数字，看上去无一利好。

但在大沥镇决策者的眼里，对于告别“GDP至上”，坚持“环境、产业、城市”和谐发展的思路没有丝毫迟疑。对他们来说，所要思考的只是如何更务实地转型，如何提高综合竞争力，将大沥打造成“能赚钱更能生活”的“乐活”新城。是以，大沥有了深深埋入地下的150多公里污水管网，将45个村居的生活污水一一截入污水处理厂进行处理；是以，大沥不惜痛斩腐骨，整治关停环保不达标的企业……但这些本应看不见，甚至是自损利益的“政绩”工程，百姓们都看进了眼里。

河西岳利沙村一位不愿透露姓名的村民力挺政府这一做法。在他看来，虽然因为去年的一场大整治，赶走了以岳利沙工业区为核心的300多家无证照污染小作坊，使得村里分红减少，但相较于村里的环境改善，还是值得的。“以前臭味能把人熏得流眼泪，经常可以看到烧东西冒出的黑烟，就怕呼吸多了得上什么病。那时虽然钱多，但天灰了，水黑了，我们连最基本的健康都保障不了，怎么算得上发展好？现在不同啦，起码看到蓝天星星的时候多了，住着都安心。”

村组企业需共同担责

事实证明，大沥转型谋变之路没有走错。继得民心后，卧薪尝胆般的隐忍付出为大沥再度腾飞积蓄了足够的后劲，一大批重大项目即将启动：新兴产业龙头项目——占地六千亩的中医药生物科技产业中心规划已经通过初步评审，作为整个产业中心孵化器的临时实验室正在紧张装修中，年中即可完工迎来中科院进驻；金融高新区D区（岳利沙片区）初步方案已经出炉，目前正在征询意见；位于广佛国际商贸城中心区几大项目计划于下半年动工，将成为有色金属企业总部汇聚之地……

在今后的过程中，大沥镇政府亦将付出良多。以“三旧”改造为

同一时间，4个大型污水处理厂在一个镇内建设，这在全国镇级区域中都不多见，大沥治污的决心可见一斑。

例，大沥在调整了两次让利的基础上，于2009年再度出台《大沥镇三旧改造项目资金扶持办法（试行）》，拿出镇级的八成出让地价款，对立项的旧改项目原土地使用权人进行补贴，以鼓励个人、企业申报旧改。

但仅靠政府单打独斗，村组、企业仍旧守着自己的“一亩三分地”不撒手，显然不能达到预期效果。然而现实是，当前许多行为仍是政府强制主导，企业、村组处于被动的位置，直接结果便是政令难行。一个最现实的例子，便是在一大批无证照低端落后产能清理后，部分村组、村民为了自身租金收益，仍然将土地租给他们，导致无证照经营行为死灰复燃，屡禁不止。

内因才是事物发展方向的决定因素。不论是环境、产业还是城市，其转型再造更需要源自内部的力量。政府作为决策者，仍须思考如何在把握规划等要素，引导调动村组、企业自觉地高标准改造升级。而在此时，就更需要村组、企业乃至普通大众调整心态，树立长远的眼光，更多地承担起可持续发展的自身责任后，才会有更值得期盼的未来。

（原文见2010年6月22日《珠江时报》，作者：周满奇　华水平　黄艳姿　梁江萍）

3. 3年投26亿元治水，工业重镇面临重大转型

大沥镇谢边涌，全长3.2公里，此前由于河涌两边小熔铸、铝型材企业林立，曾被认为是南海最“黑”的河涌之一，也是汾江河沿线的几大乌龙之一，整条汾江河有15%的污水量来自这条河涌。

自2009年9月开始，数艘清淤船进入谢边涌工作，2010年6月前，这条河涌将完成清淤、护岸绿化等综合整治。与此同时，广佛接壤区域秀水涌的清淤工人也紧张忙碌了一个月，而附近花地河、滘口涌的综合整治也将在接下来的日子里陆续展开。

大沥，这个广佛路旁的工业重镇，计划在3年时间内投入约26亿元资金，对汾江河南海大沥段及内河涌进行综合整治，具体包括25条总长约81公里主干河涌和104条总长约60公里的村属河涌。截污清淤的同时，全镇规划中的4个污水处理厂也全部动工建设，收集污水的管网将遍布城乡，到明年年底前全镇污水处理率将达到77%。

这样的决心甚至获得了时任广州市长张广宁的认可。在2009年广佛市长联席会议上，张广宁表示，广州看到了南海治污的决心，原来在花地河大沥段内修建水闸的计划将不再考虑。此前，广州为了迎接亚运会，因担心上游流来的污水污染本区域水质，坚持要在交接河涌上建水闸“截污”。

一个镇建4个污水处理厂

这是一场消除旧债、连接未来的战役。

2009年6月，大沥镇盐步污水处理厂首期工程投产，二期工程同时启动。这个远期规模将达20万吨／日的污水处理厂位于盐步平地村新基村小组，主要收集大沥盐步片、黄岐片以及大沥片城北居住区的生活污水和部分工业废水。在该项目首期未投产前，盐步片区没有污水处理厂。

而现在，浑浊的褐色污水经沉淀等环节处理后，出水口的水质清晰透亮。据负责该项目的工程师介绍：“这些水可实现中水回用，用于浇花、养鱼、冲洗设备等。”

这只是大沥投产的第二个污水处理厂，在此之前的2006年12月，大沥城南污水处理厂首期工程就已经投产，污水处理能力1.5万吨／日，服务4.1平方公里范围内的3.5万人口。

不仅如此，城西污水处理厂一期工程、城北污水处理厂二期配套管网收集系统都已动工建设。同一时间，4个大型污水处理厂在一个镇内建设，这在全国镇级区域中都不多见，大沥治污的决心可见一斑。

建设覆盖城乡的污水处理系统已经成为大沥建设“绿色美丽家园”的重要组成部分。根据计划，今年大沥启动建设5个污水处理项目，年内将完成约110公里的主干网管建设，明年再完成约87公里的配套网管铺设，计划到明年年底实现实际污水处理率达77％以上，2015年全镇污水处理率达80％以上。

大沥的思路是，对内河涌的截污清淤和岸线整治是消除历史积累的旧债，而对有色金属等传统行业进行整治提升、培育都市型产业、建设污水处理系统则是从源头上解决问题的长久之策。

“水清岸绿”目标的背后，正是大沥转型之路的浓缩。当污染已成为不可承受之重时，转型治污已是这个工业重镇的宿命选择。

突破融资难题

城南污水处理厂是大沥投产的首家大型污水处理厂，也是佛山市首批公开招标BOT污水处理项目之一，由佛山水业集团投资建设，特许经营20年。

治污工程的推进，首先面临的是资金问题，即便是大沥这样的先富区域也不例外。按计划，大沥镇将分3年全部完成镇内河涌的整治，仅清淤及岸线整治一项就需超过3亿元的资金，截污管网和污水处理厂建设费用将超过8亿元。项目建设时间紧，一次性投入大，单靠公共财政短期内难以安排足够资金。

如何统筹各级财政，并吸引盘活社会资金用于水环境治理，则成为大沥治水的当务之急，也是关键所在。

经过多年探索，大沥已经在治污领域建立了多层次的融资渠道。首先，在财政资金投入方面，大沥按照“市级统筹、区级落实、镇级推进、部门协同”的工作机制，落实政府投入，同时采取统贷统还的模式，明确由区级政府出面贷款，由镇级政府负责还款的责任后，向银行进行融资。

与此同时，向社会融资的BOT模式也被普遍应用，与城南污水处理厂一样，各大型污水处理厂都采取了特许经营的形式，交由专业的污水处理公司进行建设和经营。这些企业将获得未来20年的污水处理经营权，通过向居民和企业收取污水处理费获得收益。

借助这些方式，保障治水经费的同时，还将各级政府以及社会力量和居民紧密联系在一起，结成了河涌治理的利益共同体。

跳出镇级污水处理厂怪圈

谢边村横滘村小组，有一个地埋式的小型污水处理装置，从2005年2月开始建成投入使用至今，解决了横滘500多人污水处理问题。虽然这个污水处理装置加上管网改造，整个资金投入当时只花了40万元，但每年的污水处理量却可以达到43800吨。经过环保部门检测，该装置处理的水质符合国家相关标准，生活污水经过处理排入河涌后，不会对环境造成污染。

据统计，大沥镇目前每天的工业污水、生活污水排放量大概是30万吨左右，如果这些污水在污水处理厂附近集中排放，很容易就可以收集起来进行处理。如果要实现30万吨污水的收集，就必须建设大量管网。而管网的建设成本却比污水处理厂的建设成本高得多。

对于那些大型污水处理厂来说，如果管网过长则前期成本太高难以承受；如果管网覆盖范围不够，其所收集的污水大大低于其处理能力，那么其收取的污水处理费又不足以支撑其日常运作，出现“建得起，用不起”的尴尬情况。

是集中建立大型污水处理厂，还是分散建立村级的小型处理装置？

大沥的办法是，一方面加大管网建设的投入，尽量扩大各个大型污水处理厂的纳污范围，确保污水处理厂今后日常运作；另一方面，在一些村建立小型污水处理厂，对村里污水单独处理，以避免网管铺设过长使污水处理成本过高。

此外，大沥也在考虑将相应的排污企业搬迁到产业园区内，通过集中治污降低成本，而部分无法搬迁的企业也将被要求自置设备，将工业污水处理达到相应标准再排放。

同时，大沥也在考虑进一步完善污水处理收费制度，完善污水处理收费标准，使污水处理费逐步由按处理水量转向按COD削减量计算，使收费更加科学合理。

（原文见2009年11月6日《南方日报》，作者：吕博雄）

■时评

村镇“治水”，不能照搬城市模式

不仅在大沥在全国范围内工业镇因其人口和工厂分散的现实情况要解决其污染问题都成为一个极大的挑战。

城镇环境治理和管理体制滞后于城镇经济的发展而且其经济水平、产业格局以及居住布局都不同于城市主要适用于城市地区的各种污染控制技术难以在这些地区实施使城镇污染治理出现或沿用城市集中处理手段投资太高或放任污染排放造成更严重的环境危害等问题。

城镇污染源比较复杂、分散、涉及面广既有生活污水又有工业污水。而且具体到村、组一级环境基础设施建设更加滞后且缺少市场化机制缺乏相应的污染治理激励政策和机制资金来源和城市相比也更加不容易获得。更重要的是适合村一级环境污染防治的技术应用太少实用性差效果参差不齐。

在城镇污水治理尤其是解决农村污染问题上大沥做出探索的先行者。在具体过程中大沥因地制宜经济发展的实际情况来确定污水处理方式将集中处理与分散处理相结合分散处理立足于源头削减、回收利用和全过程控制。

目前这些探索虽然遇到了一些难以突破的难题但对于遍地是工厂的大沥来说这却是转型的必由之路。而对于依靠农村工业化而发家致富的珠三角地区来说这样的探索无疑将为后来者积累经验。

（原文见2009年11月6日《南方日报》，作者：吕博雄）

第三节 大沥抉择 未竟之路

不论是奇槎村的“自选动作”还是南海区的“环保风暴”，我们都能从中找到此前南海民营经济蓬勃发展的影子。这些遍地丛生的小企业和小作坊在二十多年前以野草疯长的态势为南海在全国经济版图中打下一片天。然而时至今日他们面临被淘汰的命运，乡村产业经济也面临着一次关键的转型。

1. 大沥抉择：东改强三西拓优二

融入广州，还是坚守佛山？这是一个艰难的抉择，但对大沥人来说，这并不是一个简单的二元对立的问题。

“大沥的核心竞争力一方面离不开我们原来的传统产业，另一方面则是在原有专业市场基础上发展起来的商贸业，我们将在这两个领域全力打造大沥的产业双核心。”大沥镇党委书记陈有相说。

园区经济撑起二产支柱

从2006年开始，有“中国铝材第一镇”之称的大沥遇到了危机，凤铝、亚铝这两家全国大型铝材企业悄悄地从大沥撤出，不少中型铝材厂也于2006年前后外出设厂，建立生产基地。与此同时，大批的小型铝型材厂则不堪成本上涨的压力而被迫关闭，大沥铝型材厂的数量从鼎盛时期的180家减少到现在的50多家。

面对问题，大沥提出了建设有色金属产业平台的对策。“大沥确定了建设有色金属产业园以集中发展有色金属产业的思路，我们的目的是想把大沥的工业、有色金属的生产车间部分迁移到产业园中，而不是让大沥的工业外迁。”陈有相表示。

2007年，大沥长虹岭工业园正式更名为“大沥有色金属产业园”。6月29日，国内铝业巨擘中国铝业公司正式进驻园区，计划在当地投入3.8亿元建设它的华南产销基地。而此前的6月21日，总计划投资4.5亿元的深圳同心黄金首饰项目、广东致卓精密轮毂项目及PCB电子铜项目联袂宣布落户有色金属产业园。

随着中铝的进驻，其与大沥铝型材行业将携手共建“铝棒、铝板锭产销、熔铸配套”为一体的“华南产销基地”，实现以铝棒代替铝锭的销售模式，这将有利于提升行业技术水平，解决能耗和环保问题，并大大推动大沥甚至华南地区铝材行业的优化升级。

并且，大沥为了通过产业园实现产业升级的目标，还制定了《大沥有色金属产业园区进园标准》，进园企业都必须符合诸如环保要求等标准。同时，大沥还计划用一两年的时间，在园区建立有色金属交易中心，为镇内有色金属贸易性企业集中提供商贸服务。

另外，为了有利于行业有色金属流通，大沥还计划在西翼建一个几百亩规模的物流基地，方便有色金属进出口。而为适应产业升级的需要，加强有色金属行业内的协调，大沥镇还计划建立有色金属行业运作规范，建立有色金属协会。同时，建立一批与有色金属产业有关的新市场，带动生产企业，丰富有色金属产业内涵。

以第三产业为突破点

大沥发展第三产业是有基础的，多年来沿着广佛公路布局的各种专业市场，打响了大沥商贸业的名号。大沥的商贸业主要由专业市场、酒店、以及小部分的房地产等几部分构成，其中专业市场是大沥发展第三产业的主要项目。目前，大沥已经拥有30多个商贸市场，市场所涉及行业多样，有装饰材料城、农产品市场、五金城、小商品城、摩托车市场等。

同时，大沥加强了对城区旧物业的改造力度，通过拍卖一些旧专业市场后建设新的商业中心，大沥原有的商贸经济资源得到了有效的整合，凤池装饰材料市场二期、黄岐岐发市场和太平鸿得利休闲美食广场通过改造后重新焕发生机，而南海新都会大型商业广场甚至吸引了麦当劳、大润发等众多国内外商业巨头进驻。

但广东社科院教授丁力认为，虽然大沥的专业市场数量超过了30家，但这些专业市场与本地主导产业的关系非常疏远，市场优势并没有与主导产业结合起来。中山大学教授袁奇峰也表示，大沥的这种商贸业都是沿着广佛公路呈带状发展，在空间布局上比较杂乱。并且这些专业市场大都还只是小规模经营，其货物的来源和流向都以本省为主，物流聚集还不成规模。为此，大沥希望通过成立专业市场协会从一定程度上解决商贸业存在的问题。在政府的设想中，协会将对专业市场行业进行科学分析，从而避免企业个体自身无序发展，推动企业之间的良性竞争。同时，进一步整合全镇各类资源，优化产业布局，努力形成与广州、佛山等周边地区优势互补、错位发展的“大市场”格局。

其次，政府将通过专业市场协会的作用，使整个专业市场行业形成合力，从而做好大沥商贸市场的整体策划和包装推介，增强大沥商贸市场在珠三角、华南地区乃至全国的影响力和辐射力。

“政府将依托行业协会为专业市场营造一个公平、有序的经营环境。”大沥镇副镇长高海涛说，政府将在规划经营的基础上，不断完善金融、公安、信息、代理、电子商务、物流配送等配套服务，努力营造一流的环境和管理，以吸引全国乃至海外客商，吸引专业市场行业的龙头进驻，推动整个行业质量的提升。

联滘新发展带来新希望

事实上，大沥还面临着另外一个机遇。去年，南海“城市中心北延”战略出台，该战略提出以千灯湖区域为南海未来的城市中心区，同时将城市中心向北延伸，大沥联滘因此也被纳入南海城市中心发展的范围，这意味着不但大沥的城市建设将因此跨上新的台阶，大沥梦寐以求的现代服务业发展也因此有了更加坚实的基础。

而在2008年的南海两会期间，南海区区长区邦敏透露，广东金融高薪技术服务区的第三期项目将延伸到大沥，政府首先将以基础设施建设为突破口。目前，南海区正着手准备修建桂澜路北延线，届时桂澜路将跨过佛山水道，延伸至大沥甚至里水，将大沥联滘地区与千灯湖区域连

在大沥镇一些村庄，原来有许多从事旧金属收购的小企业。

接起来。

这样的想法在2008年的1月18日有了更加具体的思路。当天，中山大学地理科学与规划学院联合另外两家单位，公布了联滘地区未来的规划设计方案。他们提出，要在联滘废旧塑料行业拆迁过后留下的土地上建造五星级酒店、地标式办公楼群等众多高档设施，重点发展现代服务业，并努力将联滘地区打造成广佛国际商贸城的中心区。

具体来说，该规划范围涉及桂和路以东、广三铁路以北、雅瑶水道以南、城约路以西共4.2平方公里的土地。根据规划，整个区域以广佛公路为界，分为南园和北园两个部分。其中的北园将建设五星级酒店、有色金属交易中心、金属批发市场、政府行政中心、SOHO创业园等多个功能建筑。而在南园则将引入铝材行业总部聚集区、大型批发市场、地标式办公楼、中央水景公园等功能区域。整个地区在功能上被分为六大功能区：有色金属国际贸易区、商业区、公共服务区、居住区、现代批发市场区、滨水绿化带等。

目前，大沥政府已经将这样的发展理念与联滘地区的5个村委进行了沟通，有望在政府的统一规划指导下，与各村互动发展。而对于联滘建设面临的土地问题，相关专家提出了六种可能的方案，包括政府租地模式、政府受让土地所有权模式、政府与农村集体联合开发模式、组建超级合作社模式、开发前土地重划模式及“一地一策”的局部突破模式。

"联滘一方面将打造成产业聚集的高地，同时也将成为大沥城市建设的标杆。"大沥镇镇长吴绍秋表示，目前大沥正在和有意向的企业谈几个项目，只等相关的土地问题一解决就可以立即动工，"而在土地问题上，什么模式都可以采用，只要能有效解决现实中的问题。"

（原文见2008年3月28日《南方日报》，作者：吴智臣　周满奇　梁江萍）

2. 财富"蒸发"背后的产业前路

十几年前，这里是一片偌大的工业区，低矮的厂房，废气弥漫，污水横流。81家小企业和小作坊遍地而生，用最粗糙的方式进行着乡村产业资本的原始积累。

十几年后，还是这片工业区，企业数量从81家锐减至7家。但区内绿树成荫，低矮的厂房被双层甚至多层的物业所代替。在这里，再不见污水排放，也难闻到刺鼻的气味。

伴随着这片工业区变化的，还有周边景象生活的改变。原来的空地被建成了村民休憩的小公园，池塘周围栽种着柳树，还有一栋栋单门独户的小别墅。

这些都是真实发生在南海区大沥镇奇槎村的事情，在村党支书黎治平看来，工业区及周边在这十几年来的变化，就是一部缩减版的乡村巨变历史。而面对当下环保中国之大势，南海下一个乡村巨变路在何方？

环保风暴前的乡村先觉

奇槎村，在南海大沥这个中国铝业名镇，有着自己特殊的江湖地位。这并非因其产业经济多么发达，而是更多因其在全国"环保风暴"之前独到的先觉眼光。

奇槎村委会党支书黎治平告诉记者，上述工业区位于汾江河岸，早在1992年便已存在。6万平方米的土地上，集中分布了81家各种小企业。"大多是小五金厂、小作坊，而且大多数没有证照"。

黎治平回忆，在这81家小企业中，大约一半是外地人办的，还有一半是本地村民办的。但总共只有20余家企业具备相关证照，另有60多家属于“两无”企业。这些小企业在发展初期，为奇槎村的经济发展的原始资本积累作出了贡献，但其粗放式的无序发展，一方面带来大量的污染问题，另一方面也在发展后劲上渐显颓势。这一点，是当时沿海先富地区共同面临的问题。

在其他村仍沉浸在“村村点火、户户冒烟”所带来的利益余热中时，奇槎村开始了一轮轰轰烈烈的乡村环保风暴。

2004年6月，奇槎村开始对该工业区小企业进行拆迁动员，然后在两个月内就将81家企业清理完毕，当年9月便开始重新招商引资，并迅速吸引了7家较大规模的五金物流企业入驻。这些就发生在全国环保风暴的前夕，而当时上级政府尚未要求村里对高能耗、高污染、低产出的企业进行清理整治，一切都是奇槎村的“自选动作”。

该工业区原先的小企业被清理后，由村集体向工业区所在村民小组进行经济补贴，保证了村民的收入没有减少。而因为工业区新的定位也适应了当时产业发展形势，新的企业很快被吸引进来。“现在虽然企业数量远没有之前多，但产值却高出许多，五金物流的污染小，土地租金还变成了原来的三倍。”这次自选动作，无疑让奇槎村尝到了环保整治带动产业发展的甜头，随之而来的则是村民分红收入的翻倍和生活水平的进一步提升。

据大沥镇政府有关负责人介绍，在上述工业区被清理的小企业中，有半数是本地人开办的。由于原先自己办厂的收益空间逐渐被压缩，而清理改造后土地物业价值上升空间又很明显，不少人此后依靠土地物业出租所获的收益并不比自己办厂所获收益低。因此，不少原先的小作坊主进入本地其他铝型材企业谋职，加上村里的分红，收入有增无减。

二度“自选动作”遭遇尴尬

五年前奇槎村的那次“自选动作”，无疑是南海乡村在环保大势下有益尝试的典型。然而，在2009年11月份南海刮起“佛山水道‘两无’企业整治”的“环保风暴”前夕，奇槎村再度进行清理污染小企业的“自选动作”却遭遇了尴尬。

奇槎村委会主任黎灿垣介绍，因为印花厂对水体污染比较严重，村民生活也受到影响。这年10月，奇槎村对仇边村民小组内的27家“两无”印花企业进行了清理整治，并重新吸引了一批新的企业入驻。然而

经过治理后的大沥镇九龙涌，已是小桥流水、绿树成荫。

这些新企业不少正忙于办理环保、工商等手续时，却遭遇了南海佛山水道“两无”企业专项整治行动。

这一年的9月份在佛山本地C2000论坛上一则投诉岳利沙工业片区废气污染的网帖，引发了轰轰烈烈的南海佛山水道“两无”企业专项整治行动，而由于奇槎村对印花企业整治的区域毗邻岳利沙工业片区，其新招商入驻的企业尚未站稳脚跟，便受到了专项整治行动停水、停电的影响。

仇边村民小组负责人算了一笔账，受停水停电影响，这些新招商回来的企业半年内就将损失60多万元。而该村民小组约有300名本地村民，目前人均年分红约为7800元。“刚把旧的污染企业清理出去，如果新进来的企业又面临停水停电，村民的年均分红将要减少1000—2000元”，熟悉该村情况的一位村领导告诉记者，这样一来，奇槎村此次与“清无”行动本质上一脉相承的“自选动作”，便遭遇尴尬境地。

对此，一位在南海基层工作多年的人士指出，基层乡村工作的一个核心内容便是保障村民的收入。在乡村自发的环保整治与区里环保行动发生错位时，直接影响的就是村民的分红收入，而村民收入的减少，又势必反过来阻碍环保进程的推进。对于目前这种状况，黎灿垣也有些无奈。“区里的决策我们肯定支持，但村民首先关注的不是长期效益，短期利益的损失就很容易让村里的工作难做。”上述人士也认为，重新招商回来的低污染企业便遭遇“一刀切”，很容易让基层环保工作陷入被动。其背后则是基层环保进程中长期效益与短期利益对接的问题。

记者也了解到，新招商入驻的企业，除了工商证照外，还要办理消防、环保等手续，而因为办理各种手续所需时间较长等原因，不少企业都选择了先开工再办理或者边开工边办理的方式，这在原则上属于违规运作，但在基层乡村，这种现象又尤为普遍。对此，有关业内人士指出，南海可以考虑采取发放临时或限期证照等方式，给予轻污染或无污染企业更早的生存机会，也可以让基层乡村面临经济真空期时能有更多回旋余地。

“南海模式”下的乡村产业前路

实际上，不论是奇槎村的“自选动作”，还是南海区的“环保风暴”，我们都能从中找到此前南海民营经济蓬勃发展的影子。这些遍地丛生的小企业和小作坊，在二十多年前以野草疯长的态势，为南海在全国经济版图中打下一片天。然而，时至今日，他们面临被淘汰的命运，乡村产业经济也面临着一次关键的转型。

上述在南海基层工作多年的人士认为，在南海的基层，因为经济发展起步早，缺少长远规划和长远目标，所以急需进行重新规划，而环保则为这一求变之举提供了契机，“三旧”改造则为其搭建了现实平台。

仍以奇槎村为例。“以前星星之火的时候有100多家小企业，基本都是污染比较严重的，现在基本没有了，有烟囱的基本都改造过了，还有几家大一点的铝型材厂，也要进行节能减排改造”。黎治平告诉记者，通过清理整治旧的小污染企业和引进新的大中型企业，奇槎村的产业经济其实已有了一次质的变化，村民的生活环境也面貌一新。这些，记者在采访见闻中已感受到。

然而，新的问题又出现在基层。“六个轮子一起转”的模式曾经带动了传统产业在南海的急速发展，但由于附加值低、能耗环保问题，被认为不再能够代表南海未来的产业方向。为此，2008年8月22日，南海下发《南海区产业发展指导意见》，这份执行至2010年的《意见》指出，按照“优一、强二、快三”的产业发展序列，调整产业结构和区域布局。“加快形成以高新技术产业为先导、先进制造业为基础、支柱产业为支撑、服务业务快速发展、现代城郊型农业不断优化的产业发展新格局。”

上述人士指出，按照《意见》，传统制造业将不再是产业发展重点，但在基层乡村，要引进高新技术产业和先进制造业，又面临着诸多现实难题。“对于新兴城区，我们不论在环境、产业配套还是政策方面，都没有什么优势，高新技术产业和先进制造业为什么要进村里？而且，对于大项目的招商引资，从来都不是一个村或者村民小组可以独立完成的。”

“要让乡村产业再来一次巨变，首先要有政府政策上的保障和支持”。上述人士认为，在对仇边村民小组的“两无”印花厂整治过程中，就应该进行政策上的灵活处理，而不应对村里新招回来的企业进行“一刀切”，这样既可以保证村里对环保整治的信心，又不影响环保大业的推进。

（原文见2009年12月11日《南方日报》，作者：赵进　梁江萍　黄小平）

▶▶个案

从洗脚上田到“坐立不安”
一位农民企业家厂房关闭前后的生活

早上6时起床6时30分出门晨运一个小时7时30分到茶楼喝个早茶8时30分从茶楼出来后老沈（化名）就不知该去哪了。今年11月2日老沈的厂关闭后从以前为厂子东奔西跑到突然间变得没事可干老沈形容是“站着不是坐着也不是很不自在”。

上世纪九十年代初期大沥镇很多村都涌现了不少农民洗脚上田白手起家开办各种各样的铝型材厂、小熔铸或者小五金加工厂。老沈也不甘人后向银行贷了40万元在村里开办了一家铝型材厂。

开办之初老沈的铝型材厂只有30人左右的规模为了让新生的厂可以发展下去老沈可谓厂家不分经常是几天几夜待在厂里不回家；为了追讨款项和拉生意老沈需要跑到山西、湖南等地跟客户交流；为了节省开支厂里机器坏了老沈还经常挽起衣袖自己修理……

“第三年我们就还清了银行的贷款。”老沈回忆起创业时的场景时眉宇之间有一丝自豪。他说厂子第三年就开始盈利厂规模不断扩大“规模最大的时候年产值差不多有两千万元工人过百呢”。

厂子发展上了轨道两儿子读高中、大学的学费自然是不成问题老婆也可以不用干活帮补家计老沈一家生活水平一下子提高了不少。而且老沈的铝型材厂在上世纪90年代末在自己村里风光一时毕竟拥有上千万元生意这在村里是屈指可数的不少村民都羡慕不已。

2000年初老沈的铝型材厂发展出现了瓶颈由于厂的管理制度一直保持着上世纪90年代初的模式加之资金和人才的制约工艺流程、设备水平和技术特征一直没有突破老沈的铝型材厂一直保持着高投入、低产出的粗放型发展模式难以与国内先进水平的铝材厂竞争厂效益开始走下坡路并时不时出现亏损现象。

2009年7月大沥镇开展了一场“上大压小、扶优汰劣”的铝材及相关行业企业整治行动计划用一年多时间对镇内174家铝型材及相关企业进行分区域分阶段整治。老沈的铝型材厂在被“汰劣”的名单上。

2009年11月2日老沈回忆起这天呢喃着这么一句话“想起来就想流泪”。就是这一天他不得不关闭他辛苦经营了16年的铝型材厂。

“我当时用计算机不停地清算着工厂的得失”再次想起被迫清走时的场景60岁的老沈眼里不无无奈。“当时需要遣散差不多上百个工人有一些伙计是厂里的元老了厂开张的时候他们就在这里干现在厂关闭了也在这里。”老沈说他的儿子们和老婆都劝他早点关闭厂子也免得太操劳但他自己还是觉得很不自在。

老沈表示厂关闭后一些朋友劝自己去炒股虽然自己也投了一些钱去玩他始终觉得股票是“虚的”比不上自己亲自干活赚钱来得实在所以他很少去买股票即使去了也是为了凑个热闹。

现在老沈会偶尔去探望儿子和孙子听一下股票行情又或者时不时独自驱车到四会、清远等地探望以前的老伙计大家一块叙叙旧、喝喝酒。即便如此老沈直言自己“始终有点寂寞”。此前英德、广宁的几个朋友好几次都向他招手让他去那办厂由于离家远等原因他始终没去成。

“还是想再办一个企业不需要很大规模也是干回铝材或者五金行业肯定是没污染那种让我再好好发挥一下不然几十年经验就这么没了。”老沈对记者如是说。

（原文见2009年12月11日《南方日报》，作者：赵进　梁江萍　黄小平）

▶▶后记

环保之路　任重道远

2010年9月，广佛国际商贸城在大沥镇正式奠基建设，这将承载起“中国有色金属名镇”、“中国铝材第一镇”向产业总部转型的梦想；2011年2月，位于广佛国际商贸城中心区的广佛智城项目正式奠基，将打造成广佛、珠三角地区乃至华南地区中小民企的总部基地，作为未来佛山城市中心高端都市生活第一城。

若干年后，当这个承载着南海中心城区北延梦想的新区域崛起之时，恐怕很多人不再记得这里是曾经名扬海内外的“垃圾村”——联滘。

随着沥桂组团的提出和推进，大沥与桂城这两个经济总量超过600亿、人口超过百万的经济强镇正在以“广东金融高新技术服务区”纽带，以金融、科技、产业融合发展为主题，在当年污水横流、垃圾遍地的联滘村和岳利沙工业区建设新的城市区域。当广佛商贸城成为沥桂乃至广佛之间的一个新地标，当岳利沙工业区跃身成为广东金融高新区D区，我们不得不感叹，没有之前的铁腕整治，哪来今天的发展空间？

铁腕治污的魄力为大沥的华丽转身奠定了基础，大沥在整治环境的同时，也正是在为产业革新铺路。而今伴随汾江河水质变化，河涌所围绕的大沥125平方公里土地上，新的产业正在替换过去的高污染、高耗能行业。广东金融高新区，这个全球金融后台服务业的布局中心，广东金融强省的重要筹码，其一旦跨过河流从桂城延伸到大沥，一个现代制造业和现代服务业相融合的城市中心就有望在大沥崛起，带动产业和城市的双转型。

历史学家汤因比说：“一部人类文明史，不过是人类面对自然和社会的挑战而不断应战的历史。”自工业革命以来，发达国家在环境保护上经历了先污染、后治理，先破坏、后恢复的过程，其间付出了惨痛的代价。最早的工业国英国，其首都伦敦在二氧化硫等污染物的笼罩下一度成为“死亡之都”；最大的工业国美国，其国土曾被“黑风暴”肆虐十年，浩瀚的五大湖至今仍“鱼生凋敝”。

我们的近邻日本，其历史文化和经济发展模式与中国都有更多的相似之处。在协调经济发展与环境保护上面，日本经历了三个阶段。其中

20世纪60年代以前可以归纳为第一阶段，以经济发展优先；第二阶段是20世纪70年代之后，环境与经济并重时期；第三阶段是走可持续发展优先，确立循环型社会。上世纪90年代，日本的环境管理发生了理念上的变革，政府颁布了《环境基本法》、《节能法》、《再循环法》等一系列法规，推动了日本社会、经济和环境向可持续方向发展。

对照日本，目前南海还处于环境与经济并重的第二阶段，环境治理和产业升级只是取得了初步成效。国际已有的经验表明，在人均GDP5000～10000美元之间，经济发展和环境之间的关系开始出现拐点，进入同步发展的良性状态，即著名的“库兹涅茨曲线”。2010年，佛山全市的人均GDP已接近1.2万美元，这从另一个侧面也说明了在经济发展与环境保护之间确立和谐共存的包容性增长模式，已是整个城市的主题。

这是工业先行者的命题，当然也是大沥的命题。

第三章 城市新梦

30多年前，贯穿大沥的广佛路培育出了南海市场经济的萌芽，由此催生出了后来被称为“南海模式”的自由经济发展路径。“村村点火，户户冒烟”的乡村工业带来了后来“城不城，乡不乡”的半城市化路径；今天，当广佛国际商贸城开始崛起、广东金融高新区D区开始建设，大沥能否走出温家宝总理所提出的探索出“有中国特色的城镇化新路”？

2011年3月5日，国务院总理温家宝在全国“两会”上作政府工作报告中指出，“十二五”期间，我国城镇化率将从47.5％提高到51.5％，完善城市化布局和形态。按照这一设想，五年之后，作为传统农业大国的中国，将一改几千年来以农村人口为主体的社会结构，城市人口将变成国民主体。

在此其中，小城镇将会成为未来五年我国推进城镇化的重要力量。从一组数据可以看出中国小城镇的发展潜力：按镇区人口排序的前1000名强镇，虽然数量仅占全国小城镇的5.2％，但却创造了全国62％的财政收入。显然，小城镇具有上连城市、下连农村的特殊地位，在未来中国的城镇化进程中小城市和小城镇将成为发展经济、吸纳就业“主战场”。

接下来的问题是，中国需要怎样的小城镇？中国城镇化道路将如何推进？在佛山，有着“敢为人先”精神的南海大沥人，自2007年取缔联滘废旧塑料行业、打响南海节能减排治污“环保风暴”第一枪开始，就已经进入了这个战场，开始了一场以城镇化为目标，产业、城市、环境和文化融合发展的道路。

2011年南海区“两会”，政府报告明确提出了沥桂一体化的战略目标，提出南海将把大沥与桂城这两个经济总量超过600亿元、人口过百万的城市组团组合发展的思路。这意味着大沥城镇化的整体目标是要在广佛同城背景下，承接南海中心城区北延，与桂城一起在广佛之间打造全新的城市发动机。

历经多年整治后的联滘村和岳利沙工业区，现在已经被定位为建设广佛国际商贸城和广东金融高新区D区。承接来自广东金融高新技术服务区的辐射，实现“金融、科技、产业”的融合发展，在提升大沥传统优势产业水平的同时，引入新兴产业尤其是现代服务业，实现从“汗水”到“智慧”的经济转型目标，是大沥在推动城市化进程中的产业发展目标。

当联滘片区及周边经营了30多年的废旧塑料回收加工行业成为历史，清理出来的1800亩土地被确定用来发展“广佛国际商贸城”项目，有色金属交易中心、总部经济商务大厦等现代服务业项目在这片曾经的“垃圾地”上拔地而起，我们在一场新与旧的对决中，见证了大沥从“破”到“立”的城市发展路径。

当然，大沥不仅仅属于大沥，其发展更将为整个南海的区域转型探路。2010年，佛山市委常委、南海区委书记邓伟根指出，南海整个城市的发展路径，将在坚持“东西板块、双轮驱动”两大战略的基础上，实施“中枢两翼、核心带动”的发展新战略。按照规划，南海东翼主要包括桂城、大沥、里水三个镇（街）。作为广佛同城前沿阵地，“金融商贸、产业总部、都市生态、人才高地”，是南海区对大沥今后发展的整体定位。在此其中，大沥从“制造”向“智造”转变、从农村向城市转变的产业与城市双转型路径已然清晰可见。

30多年前，贯穿大沥的广佛路培育出了南海市场经济的萌芽，由此催生出了后来被称为“南海模式”的自由经济发展路径。“村村点火，户户冒烟”的乡村工业带来了后来“城不城，乡不乡”的半城市化路径；今天，当广佛国际商贸城开始崛起、广东金融高新区D区开始建设，大沥能否走出温家宝总理所提出的探索出“有中国特色的城镇化新路”？

第一节　中心北延　沥桂一体

南海未来城市中心将从千灯湖城市中轴线向北延伸，跨过佛山水道，一直到达大沥建设大道，大沥联滘地区作为新南海中心城区的一部分，将发展成为新的综合商贸区。

1．未来南海中心：千灯湖往北

南海未来城市中心将从千灯湖城市中轴线向北延伸，跨过佛山水道，一直到达大沥建设大道；而大沥联滘地区作为新南海中心城区的一部分，将发展成为新的综合商贸区。2008年5月，记者从南海中心城区北延战略规划汇报会议上了解到这一信息。

佛山市规划局南海分局负责人介绍说，未来南海城市中心发展战略及基本方向从规划环节来讲已经确定，需要进一步完善细节并报区政府批准。

“大十字”搭建南海城市骨架

“南海中心城区北延战略”由佛山市规划局南海分局、大沥镇政府、UDI国际城市设计公司和中山大学地理科学与规划学院联合完成，并由中山大学袁奇峰教授执笔。

规划中的南海新中心区位于南海东部地区桂城、大沥的行政区界内，主要包括建设大道以南、佛平路以北、桂和路—南海大道以东、佛一环以西的区域，总面积约35平方公里，主要呈南北纵向发展。

规划中的新中心区将由“一核两心”构成：广三铁路以南、海八路以北“一河两岸”地区将作为都市核心区。该区域沿佛山水道两边，基本呈东西走向，用地规划范围1446公顷，城市设计范围达944公顷。初步设想将该部分打造成为南海行政会展中心区，作为南海办公区、会展中心区、高尚居住区，具特色风情与魅力的都市游憩区。

广三铁路以北、雅瑶水道以南的地区作为“北极”，定位为“综合商贸发展区”，远期目标要打造成为“华南国际商贸城中心服务区（CSD）”。该区域主要发展现代化的专业市场和酒店服务、商务办公等商业功能，同时配套相应的市民活动、行政服务、产业博览等公共服务功能。

与“北极”对应的是中心区的“南极”，即佛平路以北、海八路以南的千灯湖——南海大道地区，该区域初步定位为南海的中心商务区，重点发展金融服务、商务办公、零售商业、科教文化等功能。

在规划图上，中心区呈一个“十字形”：东西走向的“一河两岸”地区是一横，而“北极”和“南极”遥相呼应，构成一竖。这个大十字形将构成未来南海城市发展骨架。

联滘将建综合商务区

2008年1月以来，南海区及大沥镇取缔了联滘地区的废旧塑料加工企业，腾出了一大片宝贵的空地，该地块的再次开发成为大家瞩目的焦点。此次中心区北延规划将这一区域划入南海未来中心城区，将发展成为现代商贸综合区，规划面积122.50公顷。

在该份规划中，联滘地区被作为“华南国际商贸城中心服务区”（中心城区“北极”）的北区，主要提供行政、商务、金融、酒店、产业博览、居住等生产性服务功能和休闲娱乐、餐饮等消费性服务功能。

规划提出要在此区域内发展“批发市场3.0”模式，即一个结合产业、消费、娱乐和居住等功能的整合型商贸园区。方案认为，沿街式发展的“批发市场1.0”模式和中型单一功能面状发展的“批发市场2.0”模式使土地功能单一化，影响城市的其它功能发展，最终破坏了城市的宜居性，甚至威胁到批发市场的整体发展。以商贸园为平台的批发市场不再恶性地消耗城市资源，反之形成一个高度有效率商贸平台，并且最终形成城市的新核心区。

南海中心城区由千灯湖向北发展已成定局。

规划初步提出三个可能的发展方案，在大方向下功能定位各有区别，目前具体方案正在作进一步完善。

城市化进入泛“千灯湖”阶段

袁奇峰教授认为，目前随着广佛都市圈的一体化，南海正从两大城市的边缘隔离地带转变到大都市区的次都市核。如果南海能够积极构筑服务业高地，就有机会凭借区位优势和土地储备成为“广佛都市区”一体化进程的最大受益者和最大的赢家。

但是由于南海从社区工业化起步，“进厂不进城、离土不离乡”的分散就地城市化模式导致地区呈现半城半乡城市化的格局，而现有中心区经济和人口规模小，缺乏带动能力。这不仅造成土地利用不集约、产出率低、环境压力大。还严重制约服务业发展。

另一方面，他认为北部重镇大沥实力不断增强，其产业转型和商贸综合区规划启动也拉动了轴线的北延，为南海新中心区建设带来了难得的机遇。

“南海城市化将由‘千灯湖’发展阶段步入‘泛千灯湖’发展新阶段。”袁奇峰说。

“目前主要是将成果深化并征求政府意见。”佛山市规划局南海分局一位负责人说。

▶▶访谈

服务业助南海成广佛一体化赢家

袁奇峰　中山大学教授、博士生导师　国家注册城市规划师

记者：报告中谈到南海是广佛一体化的中心，但又有说南海有被边缘化的危险，这是否有自相矛盾的地方？

袁奇峰：这个问题很有意思，从字面上看，好像有点矛盾，其实不然，这两个观点是从两个不同的层面提出了。从广州、佛山两市政府既定的发展战略上来讲，广州重点向东、南方发展，佛山在2+5战略中，新城区也向南拓，因此讲南海有被边缘化的危险。但从市场的角度看，广州与佛山的商贸联系非常紧密，“行政有界，经济无疆”，商贸的发展正在促进广佛一体化、推动广佛融合，而南海东部地区正处于“广佛大都市区”地理核心区。南海必须也应该作“广佛都市区”一体化的积极倡导者。如果南海能够积极构筑服务业高地，就有机会凭借区位优势和土地储备成为“广佛都市区”一体化进程的最大受益者和最大的赢家。

记者：研究报告实质上是使得南海再造一个新城区，这方面有没有成功的先例？

袁奇峰：南海扩张城市中心区，可以切实加速广佛一体化，可以一定程度上避免因为广州、佛山发展战略带来的边缘化危险。为带动城市中心区北拓，规划建议将区委区政府办公区迁到千灯湖以北、佛山水道北部。事实上，国内也不少城市都采用了政府办公区带动新城区建设的办法。如杭州钱江新城、青岛东部新城、南昌红谷滩新区建设都是类似的成功案例。一般来说，老城区的土地价格都比新城高得多，政府搬迁可以通过土地置换减轻资金压力，另一方面，政府搬迁新城区，可迅速带旺新城区周边土地升值，南海应该可以借鉴。

记者：南海缺少白领阶层，金融商贸也不够发达，一定程度上是由关联的，我们是先建设好城市吸引白领还是先让白领来建设城市呢？你如何看到这个“先有鸡还是先有蛋”的问题？

袁奇峰：南海已经有了强大的工业经济，有着良好的产业基础，但还没有完善的服务体系，我们建设新城区的目的不是建房子，而是要发展现代服务业，推动产业结构升级优化，实现南海向“城市经济”转型的目标，使之成为南海未来经济持续繁荣的引擎。打造“城市南海”新名片，培育现代化的城市居民，成为推进南海社会、经济、文化全方位城市化的重要基地，吸引大型的金融、商贸、服务企业的进驻，那么随之而来的就是大量的白领阶层。

（原文见2008年5月12日《南方日报》，作者：何亮）

2. 一脊崛起　两翼齐飞

●联滘片区：重点发展商贸物流、总部经济和金融等后台服务
●黄岐盐步：重点发展房地产和商贸业
●长虹岭工业园：重点发展有色金属为主的制造产业

在产业规划上，大沥坚持“东改西拓、强三优二”的发展战略，在铝型材、内衣等传统制造产业优化提升的基础上，做强商贸业、房地产等第三产业。

而在大沥的空间发展规划上，大沥提出“一脊两翼”的发展思路，根据东部、中部、西部地区不同的产业发展基础和区位情况，有针对性地打造各个地区不同的特色产业，在各个区域发展的基础上，实现整个大沥的腾飞。

根据相关规划，“一脊”是指位于广佛路和桂和路交叉口的联滘片区，重点发展商贸物流、总部经济，以及酒店、金融等商贸物流的后台服务。而“两翼”又分东翼和西翼，东翼以黄岐、盐步为主，重点发展房地产和商贸业。西翼则以长虹岭工业园为主，重点发展有色金属为主的制造产业。

具体来说，大沥东部将成为城市型经济的新亮点，充分发挥紧邻广州中心城区的区位优势和地缘优势，主动承接广州“西联”辐射效应，，形成与广州及桂城产业对接、错位发展的格局。

同时，激活午阳大厦和怡兴花园等广佛公路沿线的闲置物业和烂尾

楼盘，大力发展高星级酒店、写字楼宇和优质房地产项目。加快推进黄岐激表联建仓库、广佛五金城、盐步家具城、凯民茶博城、大转弯夹板市场和盐步广佛塑料城等物业的改造提升，促进城市型经济的繁荣。

另外，还将在东部加速发展商贸物流、城市商业、房地产和现代服务业等第三产业，适当发展优质都市型工业，全力促进东部发展。

而包括颜峰、兴贤、横岗、谭边四乡的西部地区，将成为大沥跨越式发展的新起点。大沥将一方面加快中铝南海合金、深圳同心黄金首饰、广东致卓精密轮毂及PCB电子铜、广东电缆厂和大型多功能车检场等项目的上马，促进大沥镇有色金属产业的集聚提升。另一方面，加快大浩湖度假区的开发建设，推进休闲观光、文娱康乐、星级酒店、商业中心和房地产的发展，使之成为大沥镇经济发展的新亮点。

另外，大沥还将充分考虑西部产业配套和当地发展需要，规划建设一个西部商业中心，形成二三产业良性协调发展的格局。

对于备受关注的中部“一脊”，大沥将积极承接南海千灯湖北延和金融高新技术服务区辐射效应，加快联滘、沥东、沥中、雅瑶和平地五个村的征地拆迁，实施连片集约整体开发，重点发展商贸物流、金融保险、城市商业、会展中介、星级酒店、写字楼宇和房地产等优质项目，全力打造大沥商务中心区。

大沥镇镇长吴绍秋表示，2008年大沥将加快“一起两飞”，推动“三旧”改造和节能减排取得重大突破，同时促进大沥产业转型提升、城市形象提升、文明程度提升、管理效能提升和生活质量提升，强势推进大沥的振兴和崛起，为建设“五星级南海”增光添彩。

（原文见2008年9月19日《南方日报》，作者：吴智臣）

3. 对接千灯湖　深挖沥桂潜力

从桂和路上看去，广佛国际商贸城的办公室矗立在一片空地上，后面整个联滘片区显得格外的平静。然而，在经历了2年的谈判后，这里即将发生变化。

从当初“1公里外就开始闻到臭味”，到规划发展为未来大沥的中心区，目前整个片区是华丽转身的准备前夕。“现在包括土地的出让手续及相关的土地证、所有权办理等都在紧张地进行中。”大沥土地资源开发公司经理谢章燕说。

一切都还在计划之中。在跨越了土地经营模式“第二栏”后，作为第三道栏的招商引资赫然摆在了面前。显而易见，目前确定的模式最大的风险在于政府，而在运作的过程中，规划招商更是重中之重，将直接影响到整个区域接下来几十年的发展。

征用部分土地：将建成大沥新标杆

一切的规划和招商均是围绕着联滘片区的定位而展开。2009年年初，联滘片区的规划设计方案公布，按照该规划，该片区的定位确定为“广佛国际商贸城的中心服务区”、“大沥的生产服务中心”和“南海城市中心区的北部重要节点”。在土地经营模式确定后，其规划昭然而出。

据了解，根据现行的开发模式，政府征用20%的土地，返租80%土地。目前已确定在征用土地部分建设有色金属交易中心，包括五星级酒店、地标式办公楼群等众多高档设施，重点发展现代服务业。鉴于广佛国际商贸中心是作为大沥镇的核心地区，包括酒店、高级商务办公楼等都将建设成为大沥镇的形象地区和标杆地区，将成为展示大沥的“窗口”。

大沥镇招商投资促进局的相关人员表示，目前广佛国际商贸城的目标之一就是作为大沥的生产服务中心，要为大沥支柱工业，特别是有色金属产业的发展提供完善的服务支持。

这一定位主要以大沥现有的产业为基础。目前大沥从事有色金属行业的工商企业约2000家，其中铝型材加工业更是居“龙头”地位。建设有色金属交易中心，能为企业商户提供一个产品展示、信息发布、采购交易的平台，沿产业链把有色金属加工的上下游配套企业集聚起来。

在此基础上衍生出商务区等配套建设。可以预见，随着有色金属交易中心的落成与发展，大沥镇批发市场规模的做大和业态的提升，项目的商务办公物业将为国际采购商、金融保险企业、物流企业、会计审计法律等中介服务企业提供高档次、强配套的商务办公服务。

而且，大沥镇及周边镇从事制造业的民营企业、外资企业也需要市场为他们提供配套能力强的办公场所。而五星级酒店的建设，则可以成为大沥新中心区以为商务、政务人士提供住宿服务为主，兼顾康乐、娱

广佛国际商务城的建设，最终选择“镇政府租赁及征用村委会土地，统一规划开发”的模式。

乐、休闲餐饮功能的设施。

返租部分土地：以公共配套服务为主

对于政府返租部分土地的规划建设，记者从规划方案中了解到，主要是用于发展公共设施、大型商业项目，包括行政服务中心、市民广场、大型批发市场、商务办公楼等。

据了解，大沥在三镇合一之后，还没形成一个核心居住区消费的区域。而不少市民也反映，需要一个位置居中、能够为原三镇群众提供休闲活动的场所，建立一个新的办事中心和会议中心，方便企业和群众办事以及举行大型会议和文体活动。

除了发展公共设施外，围绕着中心区的功能定位，在该地块上建立的专业市场在布局上还将成为园区化、集中化的典范。据大沥规划办的相关人员透露，建设的专业市场将融入现代流通业和配套物流、零售商业、居住、酒店服务等功能。

在批发市场建立后，随之而来的则是经营户将大幅增加，还有不少的经销商、代理商和采购商，商品房和商务公寓也自然纳入了规划中。

值得注意的是，鉴于该地块属于租用村集体土地，并没有征为国有土地，在房地产业方面的招商引资还有待商榷。

进入广佛商贸城中心区的第一个项目是由广州二汽投资建设的大沥

镇公交总站，设在800亩返还土地中。

南海中心区的北部重要节点

实际上，早在2007年4月，南海规划局就委托中山大学完成《南海城市中心区北延战略研究》，并明确提出南海为了打造服务业发展的载体，城市的中心区必须跨佛山水道向北部发展。

根据《南海城市中心区北延战略研究》成果，南海的中心区空间结构为“一核两极四区”。“一核两极”的地理位置和功能定位分别是：中核——都市综合功能核心区，是广三铁路以南、海八路以北的“一河两岸”地区，打造成为南海行政会展中心区。

南极——千灯湖南海金融商务中心区，是佛平路以北、海八路以南的千灯湖—南海大道地区，是南海的中心商务区和金融服务区。而北极——大沥商贸综合发展区，位于广三铁路以北、雅瑶水道以南，包括大沥商贸中心区、商贸物流园区。

广佛商贸城其中一个定位正是成为南海中心区的北部重要节点。目前规划的商务办公、行政服务、有色金属交易中心、酒店服务、现代化专业市场等功能，也正是围绕着南海中心区北延而定位。

按照规划，南海中心区北延将促进千灯湖—南海大道地区与佛山水道以北的大沥商贸综合发展区的融合，而广佛国际商贸城目前已作为大沥镇的商务中心区和生产性服务中心区，其区位价值也将显著提升。

而另一个事实是，根据南海区关于“广东金融高新技术服务区”的规划，金融区第三期将被引入“广佛国际商贸城”，除了金融区的办公设施建设外，相关部门还计划在其周围建设为其配套的高档商业住宅和其他商业项目。

金融区项目建设负责人对此表示，到2015年，金融高新区的金融从业人员将超过10万人，如此大量高端金融人才的进驻，也将为南海现代服务业的发展提供高端消费群体，并推动该地区高端城市型消费市场的成型。

（原文见2009年7月17日《南方日报》，作者：李慧君　梁江萍）

4. 沥桂一体化，助推金融高新区发展

广东金融高新技术服务区成立三年，截止2011年2月，已吸引了41个国内外知名金融企业落户，总投资额逾120亿元，也先后获得“中国最佳金融服务外包基地”和“中国软件和服务外包杰出园区”等称号。

而沥桂一体化将为广东金融高新区下一步的发展提供强大的后盾支持。南海区政务委员、广东金融高新区管委会副主任冯政祥表示，金融高新区接下来将重点围绕“金融、科技、产业融合发展”思路，力争通过3—5年的努力，将金融高新区建设成为国内一流、金融创新、科技创新活跃的“金融硅谷”、“金融之核”。

同时，充分发挥金融高新区核心带动作用，有效推动“沥桂一体化”进程及东翼片区发展，将东翼三镇建设成为高度城市化、高度产业化、高度国际化、以金融为核心的现代服务业与科技产业聚集区。

沥桂一体化提供扩容空间

2011年，金融高新区已经制订了未来三年的产业载体建设目标，将重点加快粤港金融科技园、广发金融中心、新鸿基华南国际金融中心、友邦保险亚太区后援中心和中国银监会南方国际培训中心等载体和项目的建设，特别是加快公有产业载体的建设速度。争取到2013年金融高新区可使用产业载体达到200万平方米，金融高新区城市形态初步显现。

显然，沥桂一体化的推进可以为金融区达到这个目标提供强大的支撑。根据南海区推进“沥桂一体”建设的思路，其重中之重就是金融高新区A、B、C、D区的开发建设。目前，核心区经过3年的努力，已经初具规模，位于大沥镇岳利沙的金融D区拆迁顺利推进，C区拆迁也完成了10多万平方米，这为金融高新区北延提供了土地载体的支撑。

不仅如此，沥桂城区中间的主干道海八路正在建设下沉式隧道，其上盖广场及周边区域将一跃成为“沥桂一体”的示范城区。连接“沥桂一体”的南海金融广场将在两年内建成，大沥岳利沙一河两岸的建设也已提上议事日程，将重点加快金融广场、文华路北延、华翠北路等建设。

据了解，南海区在2011年上半年将启动迎宾广场、佛山水道（桂江桥—佛山一环段）岸线改造工程，连山连水、做好“水”文章，以优化金融高新区生态环境。7月份要启动连接三山、金融高新区核心区、大

沥、里水的新轨道交通工程建设。

金融高新区统筹三镇发展

按照金融高新区的建设目标，2013年将引进高端金融后援机构达20家、总投资额达200亿元；私募创投机构100家，募集资金规模达300亿元；科技型企业从业人员达到8000人，产值达到50亿元。

同时，建立包括新三板在内较为完备的地方资本市场体系，及包括村镇银行、金融租赁等创新型金融机构及中介服务机构的地方金融体系，金融业增加值占南海GDP比重从4%提高到6%；金融高新区从业人员达到3万人。

据悉，目前省政府已确定将金融高新区建设成为金融后台服务产业园区、现代服务业发展示范区、金融产品研发和服务创新基地、深化粤港澳金融合作的重要平台。结合南海区“中枢两翼、核心带动”的发展战略，金融高新区管委会将统筹桂城、大沥、里水三镇规划和重大项目协调，这也为金融高新区未来发展开拓了空间。

目前金融高新区已聚集金融、科技、产业资源，在此基础上，南海将在金融高新区核心区大力构建以金融为龙头的现代服务业产业体系，辐射带动东翼片区桂城、里水、大沥三镇建设新材料、新能源、生物医药、电子信息、节能环保等若干新兴产业集群及强化有色金属、机械制造、内衣纺织等传统产业竞争力。

记者了解到，粤港金融科技园、珠江科技数码城、广佛·智城三个重点项目会在今天破土动工。这是在广佛同城的背景下，以一环东线产业带推进沥桂一体产业升级。接下来，政府将参照瀚天科技城建设模式，以政府资本吸引沥桂一体内丰厚的民间资本进入，打造一批都市型产业载体，吸引都市型产业快速聚集，形成一条都市型产业长廊，以此全面推动沥桂一体的产业结构转型升级。

（原文见2011年2月18日《南方日报》，作者：李慧君）

5. 金融版图现雏形，大沥“金谷”再提速

三年前，大沥老板梁锡华还没想到自己能与金融沾边。与大部分传统民企老板一样，他埋头打理有色金属企业，在制造业的土壤中掘金。如今，他转身一变，成为华亚房地产开发公司董事长。其在大沥投资的华亚国际金融大厦2012年竣工后，将为大沥镇金融产业的聚集提供高端平台。

“华亚故事”只是大沥由车间生产向生产性服务业演进过程中的一幕。过去两年间，这座曾以批发市场、有色金属和内衣闻名全国的制造业重镇，吹响打造“广佛商都”的集结号，并以其独特优势描绘出一幅商贸、制造与金融业融合互动的“金融版图”，泛千灯湖金融区概念正在南海东部慢慢变成现实。

“金谷”效应初显

大沥九龙不锈钢交易中心的一栋商铺前，“广发证券”四个大字格外醒目。一楼营业大厅装修一新，刚一进门，身着西装的工作人员便热情地招呼：“先生，请问您需要什么服务？”而在其对面，是即将开业的光大银行。落户南海3年后，光大银行将佛山首家支行开进大沥。

在大型货柜车穿行不息的广佛路边，大沥人越来越多地看到银行、证券、期货以及小额贷款公司等金融机构的牌子。除了机器与工人，西装笔挺的理财经理、投资顾问也开始融入大沥的经济血液。“沥桂一体和千灯湖金融区北延，给大沥金融业发展带来前所未有的机遇。”大沥镇党委委员唐赛光说。

早在数年前，大沥已有2家证券公司、2家期货公司及21家银行支行，金融基础良好却仍停留在传统金融阶段。当“现代金融风暴”在整个大佛山风起云涌之时，毗邻广东金融高新区的大沥镇，也开始大手笔谋划其“金融版图”。

“大沥的金融应该是与商贸业、制造业关联，能够改变传统商贸业的交易手段，引入电子交易、大宗商品交易、仓单质押等金融工具，同时带动制造业企业的转型升级。”唐赛光说。

在这一思路指引下，广东有色金属交易中心、广佛智城、华亚国际金融大厦等服务业项目相继破土动工，广州期货、广发证券、光大银行

争先落户，广佛智城与9家PE金融服务机构（含8家投资基金和1家产权交易机构）达成合作意向，而首批具有上市潜力的19家企业也将进行上市辅导培训。一系列大手笔的改造，让过去工厂、城中村林立的大沥东部，初步崭露现代都市型产业聚集的全新面目，并着力向金融、商贸和总部经济迈进。

“民资”暗流涌动

考察大沥前，广州期货有限公司董事总经理郭智勇先到几家银行“摸底”，结果令他很惊讶。“银行系统显示，佛山期货客户的开户量占全省1/4，而大沥开户量又占佛山的大部分。”

这是大沥“藏富于民”的佐证。2010年该镇工业总产值800多亿元，银行类金融业机构已超过千亿元，居民储蓄存款多达425亿元，人均可支配收入为2.9万元。

多年发达的制造业、商贸业积累的财富，逐步产生溢出效应，向更宽、更广的投资领域拓展。梁锡华就是首批“吃螃蟹者”。“大沥总部经济与城市化发展必然催生企业强大的金融服务需求。”看准这一商机，梁锡华将制造业积累的资金投入金融地产，为金融机构进驻大沥提供高档的写字楼。

资金流动量巨大的传统产业和商贸业，早已在大沥民间形成借贷、期货等自发金融行为。以有色金属产业为例，其一年交易量约200万吨，交易金额近1000亿，如此庞大的金额仅靠现金流难以承担。

国家金融政策的进一步放宽和佛山金融产业的兴起，逐步将这些自发金融行为归拢至正规渠道。近两年，不少传统企业试水金融产业，自行组建小额担保公司、民间银行等。比如坚美、一百、华创等企业共同出资成立的“广东同盈融资担保有限公司”和“南海鸿业小额贷款有限公司”。

暗流涌动的民资也成为吸引金融机构进驻的重要筹码。“按照桂城居民30%的证券化率计算，大沥目前至少有120亿元的证券化空间。”广发证券大沥营业部总经理梁海涛说。光大银行佛山分行副行长劳岚也毫不讳言对大沥民间财富的兴趣，其对光大大沥支行的定位为全功能型，尤其将致力于为民间闲置资金寻找投资出口。

“两个转型”双赢

每天傍晚，联滘村民黄伟强都会到九龙涌公园散步。经过三年多的改造，这条曾经的臭河涌和遍布周围的废旧金属回收作坊，已被绿树、墙雕所取代。距离公园不远处，是正在施工的广佛商贸城工地。黄伟强说，那里今后是高级白领工作的地方。

根据南海“中枢两翼，核心带动”新战略，大沥镇虹岭路以东区域被划分为东翼片区，定位是“金融商贸、产业总部、都市生态、人才高地”。“在接下来的三到五年内，大沥东部，要形成金融服务业、产业总部、现代商贸业的都市型产业业态；而从中长期来说，桂和路以西虹岭路以东的大沥西部被划入南海中部的区域，也将与大沥东部融合发展，形成统一的城市型产业业态。”大沥镇有关负责人说。

经过一系列的改造，谁来填补东部的产业空白？千灯湖金融片区北延带来的金融聚集效应，被大沥人寄予厚望。在唐赛光看来，大沥有承接金融区北延的空间和能力，而金融业的聚集不仅能为大沥的商贸、制造业转型提供动力，也将助推人才结构变化和城市化进程。

政府的急切推动，与金融机构的转型需求不谋而合。在郭智勇眼中，中国期货公司将从传统的套期保值、大宗商品买卖业务，逐步向投资咨询、资产管理等全新业务转型，而制造业基础雄厚、民间资本丰富的大沥镇，有望成为其转型的试金石。

一直青睐政府业务的光大，也将大沥作为转型拓展中小企业业务的“试验田”。劳岚认为，在竞争激烈的今天，银行转型势在必行，光大大沥支行将重点加强中小企业渗入，加紧推出适用于大沥模式化的经营方式。

值得期待的是，在大沥这片充满革新的土地上，产业、城市转型将与金融业转型碰撞出智慧的火花，并最终实现产业与金融深度融合的双赢格局。

（原文见2011年6月9日《佛山日报》，作者：纪可　赵岚　梁江萍）

▶▶访谈

大沥有底蕴容纳金融业

劳岚　中国光大银行佛山分行副行长

大沥已有22家银行的支行网点，业务开展得都不错。目前大沥人均可支配收入达2.9万元，而前几年全国百强县之首的江苏昆山，人均可支配收入也是2万元，这说明大沥发展金融业非常有潜力和底蕴。

弃传统金融中心选大沥

郭智勇　广州期货有限公司董事总经理

广州期货没有选择季华路、千灯湖等传统金融中心，而选择大沥，有自己的考虑。大沥有雄厚的制造业基础，虽然近几年很多工厂搬迁，但他们的根在这里，大沥仍然有条件成为产业决策、销售、展示、贸易中心。

期待尽快融入大沥商圈

梁海涛　广发证券大沥营业部总经理

大沥营业部是广发证券在佛山的第9家，南海的第3家营业部。大沥这些年的经济总量、居民收入的排名前列，且具有强烈的投资需求；随着广佛地铁的开通，广佛同城化、沥桂一体的推进，千灯湖金融板块对大沥的辐射加强，广发证券希望能抢占市场先机，融入大沥商圈。

（原文见2011年6月9日《佛山日报》，作者：纪可　赵岚　梁江萍）

▶▶个案

传统民企大踏步进军金融业

烈日当空，大沥城南片区中心区的两幢写字楼建设如火如荼。在建的华亚国际金融大厦是由大沥民企投资、冠名的一幢超甲级商务写字楼。目前已有担保、银行、证券、期货等十余家金融机构向华亚表示出进驻意向。这里将成为大沥金融产业新平台。

“不仅是金融机构，大沥本地民企也需要这样的高档办公环境。”作为华亚国际金融大厦的投资人，梁锡华还有另外一个身份——一家有色金属企业的老板。他说，大沥有色金属企业规模、资金积累到一定阶段后，需要一个相对高档的办公环境，将行政、销售与生产分离，提升企业形象档次。但他环顾当时整个大沥，都没有找到合适的写字楼。

“既然没有，那我就自己建。”梁锡华想，全镇有6000多家企业，即使有三成企业有和他类似的需求，这一数字也足够惊人；再加上“沥桂一体”、东翼片区泛千灯湖概念的推出，“城市过河，河对面的金融产业迟早要过河”。

按照梁锡华设想，华亚国际金融大厦将建成15层的金融高端写字楼，地下设2层停车场，总面积达32000平方米，总投资超过2亿元，2012年5月竣工，计划通过提供良好的高新技术与后台服务支撑，与广州及其他区域金融中心实现功能互补、错位发展，吸引国内高端金融机构进驻。

6. 做足软环境　促“双金”联姻

“国字号”中国工商银行选择在大沥冠名全国首座“工银大厦”，光大银行选择在大沥开设南海首家一级支行，广州期货有限公司选择在大沥布点广东省内、广州市外首个营业部……南海大沥镇的金融业以快速聚集之势迅速壮大！

值得关注的是，聚集的背后是这么多家金融界“拳头”机构都愿意将在佛山、乃至在全国的“首个选择”交给大沥，这需要双方之间高度的信任和充分的肯定！

以制造商贸业著称的大沥镇，是否已经做好承接金融产业快速转移延伸的准备？目前尚有哪些发展瓶颈亟待解决？社会各界纷纷对打造大沥“金谷”建言献策。

环境配套亟待完善

广州期货有限公司大沥营业部计划在2011年7月份开业，目前项目还在审批中，从北京“空降”来的高管郭智勇和南海项目负责人陈海霞正在为人才招聘、场地布置忙碌着。“场地难找，装修成本较高，人才招聘还要一步步来。”郭智勇坦言，大沥不差发展金融业的基础，但是配套环境明显不成熟，“不过这块‘蛋糕’实在太诱人，还是要抢个先机。”

为了找大沥营业部办公地点，郭智勇来来回回跑了很多趟。虽然大沥镇的交通区位优势都非常好，距离广州也就十几分钟，但此前镇内还没有一座成型独立的金融业写字楼，所以刚开始选择布点时他们还曾考虑过到桂城。

后来，办公地点选好，郭智勇还要继续为装修和人才招聘住宿等问题“头疼”。陈海霞在大沥营业点周边张罗一圈以后，很难找到合适的公寓，而且稍微好点的房子租金比桂城还贵。

不少金融机构都看好大沥这个区域，但如何在这里运作心里还没有底。即将在大沥镇开设南海首家支行的光大银行佛山分行副行长劳岚坦率地说，大沥支行该怎么“走”，自己心中还有不少困惑。她说，作为金融机构争相竞夺的区域，光大银行进驻后到底该用什么模式来适应大沥的需求？比如联保项目在佛山其他地方做得很好，但不一定适应在大沥推广，大沥人容易接受新产品，银行也要推陈出新。

就地取“才”可成新优势

“政府要‘腾笼换鸟’，能换成‘麻雀’还是‘凤凰’，还是依靠政府提供的‘软政策’。”劳岚说，其实政府有很多“杀手锏”，比如办公场地租金的优惠、人才户口问题的解决等，这些都可以成为发展金融业的优势，“金融是个产业，要靠政府的扶持。”

针对人才缺乏问题，成功转型的陈海霞以自己经历现身说法。“现在大沥金融业缺人才，但不是没有人才，就地取‘才’也是办法之一。”在到广州期货工作以前，陈海霞原本就是在大沥一家有色金属企业做实业，后来才“转型”做期货。

他说，大沥营业点招聘员工，当然最好就是既懂有色金属产业，又懂金融的人才，但这样的人才肯定缺乏，不仅是在大沥，在中心城区也难找到这样的人才。“但是大沥有这么多有色金属企业，就有很多人已经拥有了一半经验，这就能变成很好的优势，因为人才本地化很重要。”

除了做好“软环境”，“初来乍到”的金融机构还建议大沥政府需要多搭平台。“现在是大沥的企业很多，有金融需求的企业也很多，但是我们不认识他们，他们也不认识我们，所以政府搭台很重要。”劳岚说，金融业的发展需要政府的扶持，还需要政府针对业态发展不同阶段制定不同政策，比如现在起步阶段，政府应该多搭一些平台和通道，让企业和金融机构有效对接。

拟出台政策扶持“双金”发展

一年工业总产值800多亿元，银行类金融业机构已超过千亿，居民储蓄存款多达425亿元，人均可支配收入为2.9万元的大沥镇，目前尚无一家上市企业。“所以，发展金融业不仅是大沥的条件和趋势，也是大沥所需。”大沥镇党委委员唐赛光说，大沥金融业除了传统的借存贷款业务外，需要考虑如何与千灯湖金融区A、B、C区错位发展，更重要的是如何“落地”，为传统产业服务，让证券、保险、期货等向传统制造加工产业链条延伸，和大沥的商贸业发展关联，提高改变商贸业的交易手段，形成大沥特有的“双金”形态，即：金属和金融。

大沥计划以广佛国际商贸城为核心和金融D区，先建一个半封闭的金融业聚集区域，循序渐进地推进金融业发展。所谓的“半封闭”，是指这里的建筑形态、市政设施、治安、文化系统等都要城市化，让制造业的制造生产和财务、营销分离，以实现人才的聚集。

2011年金融D区经营性的物业已经基本完成规划，住宅拆迁部门也全部入户登记了资料，制定了拆迁方案。力争2011年年内D区内将有部分市政设施动工。此外，大沥镇还计划出台扶持企业上市及产业发展扶持办法两个文件，将成立上市顾问组，对拟培育上市的首批19家企业进行上市辅导培训，初定引入摩根大通广州分行等高水平的金融机构进行上市辅导。

（原文见2011年6月13日《佛山日报》，作者：赵岚　纪可　梁江萍）

▶▶访谈

政府应挖掘潜力，做好配套和服务

王燕鸣　中山大学岭南学院金融系教授

大沥镇面对城市化和产业升级的环境，一是需要转变观念，突破“镇”的地域局限。在大佛山甚至大广佛的框架内考虑问题。可以利用毗邻广东金融高新区，距离广州仅10多分钟车程的优势，在土地的使用、产业的置换升级方面做好规划，在配套和服务方面做一些前瞻性的安排，吸引金融服务业和金融人才。人才方面，可以充分借用大广佛的人才。在业务方面，要充分发掘现有的潜力，在产业升级方面做好规划，在金融物流，金融创新方面按市场规律自然升级。利用原有的企业资源丰富的优势，在电子交易、大宗商品交易、仓单质押等金融工具的应用上寻求示范性突破。

二是要机制创新，以民间资金为立足点，盘活民间资金，促进民间投融资。大沥镇工业总产值800多亿元，银行类金融业机构存款余额超过千亿，居民储蓄存款多达400亿元。这样的基本数据完全可以吸引众多银行、证券、期货、保险等金融服务机构落户提供金融服务。民间的自发金融行为有强劲动力，但升级的压力和现代物流与现代服务需要更有效率的金融服务。小额担保公司、PE是民间资本和产业资本及产业升级联系的很好的渠道，可以期盼实现产业与金融深度融合的双赢格局，同时可以培养和成就大量的金融人才。

三是需要着眼长远，抢占先机。在广东金融高新区自然延伸的大环境下，高起点、高要求地引进一些示范性的金融机构，产融结合的新型企业，政府助力创造环境，帮助一批从企业创业到企业上市生态链中的各类金融服务企业成长发展。

金融业聚集需要　大项目带动

郭智勇　广州期货有限公司　董事总经理

要让大沥金融业上一个台阶，政府要引入有实力的资金做三产服务，这是金融业的催化剂。一方面把投资环境做好，另一方有大项目带动，大项目需要资金和金融配套服务，从而把大的、集中的、现代化的业态做出来，否则即使地方再有钱，也很难产生金融聚集效应。鉴于大沥目前还没有上市企业，我也建议引入PE，建设PE大厦，由专业人士来发掘大沥这一块的潜力，如果能够做好，可以走出自己的路，做出自己的金融特色。

金融机构最看重服务

劳岚　中国光大银行佛山分行　副行长

深圳、上海是传统私募的聚集地，这几年广州高新技术开发区也做得不错，千灯湖金融板块从硬件、环境配套上有这个能力吸引私募，但如何提供更好的服务、政策，让私募企业愿意从传统聚集地过来佛山发展，这是政府必须考虑的事情。

想在家门口揾份工

叶卓辉　大沥镇联滘社区居民

三年前，我看着家门口那片土地开始清理，到今年陆陆续续已经有多个项目开始建设了，对于联滘社区来说，大家都希望尽快看到新项目拔地而起，尤其是金融、商贸等高端的产业能进驻。我正在广东商学院读大三，毕业以后如果在家门口就能找到一份薪水不错的白领工作，这是最好的，每天还能回家吃“住家饭”

（原文见2011年6月13日《佛山日报》，作者：赵岚　纪可　梁江萍）

第二节 “三旧”改造 城镇新貌

以大沥镇政府为起点，沿着广佛路往东，一路上各种各样的专业市场和购物中心纵横交错，其间有现代气派的高楼大厦，也有低矮杂乱的老旧平房，现代和陈旧在这条带状的商业“黄金走廊”上共生共存。老旧的平房代表着南海改革开放前30年“就地工业化”的成果，而高楼大厦则代表着新形势下走“土地集约化”道路的城市改造，前者是南海的过去，后者是南海的未来。

1. “三旧”改造：改出城镇新天地

变化，在繁荣的广佛路上悄然发生。

大沥镇，新豪歌剧院的白色法式拱门还没有拆除，在拱门里面，原歌剧院地块上已经修建起了中国五金名牌产品展贸中心，与广佛国际五金机电城连为一体。这里，将建成一个集五金机电产品展示、交易为一体的市场平台。

在经济内生的发展冲动以及外部的政策推动下，大沥“三旧”改造的大戏正在上演——旧产业迁出、新产业崛起，原有以村、组为主导的乡村经济模式逐渐被更具全局观念、更有长远意识的都市型产业所替代。

绿色美丽家园的建设当以绿色经济为基础，在广佛路两旁不断演绎

在经济内生的发展冲动以及外部的政策推动下，大沥“三旧”改造的大戏正在上演。

的商业故事，自改革开放以来就被认为是中国市场经济变革的先声，在此轮以“三旧”改造为主题的基层政经关系大调整中，大沥的探索道路注定非同寻常。

旧改是唯一出路

不进行‘三旧’改造，就意味着没有新的发展空间。没有新的空间，所谓的新兴产业就不可能在大沥出现。

“差别太大了，他们像是一个穿西装打领带的，而我们还穿着农民衫。”在参观了义乌的专业市场后，黄岐六联村委会的何志炜发出了这样的感叹。义乌专业市场在业态、布局、配套等方面的差距让包括何志炜在内的六联村干部们“大开眼界”。

何止是六联村？整条广佛路都被誉为“黄金走廊”，商机无限活力无限。但是，历经改革开放30余年的自由发展，经济活力得到释放的同时，缺少统一规划所带来的弊端却也暴露无余：低矮厂房、小作坊遍布，造成土地利用率低下，环保问题突出。

在广佛同城的背景下，这种模式显然已不适合大沥今后的发展方向。“接下来改造一定要往高档次去改，不能继续保留这种低水平业态。”何志炜说。

事实上，航拍图片上的大沥，密密麻麻的低矮厂房挤占了几乎所有土地。统计数字显示，大沥的土地开发强度已逼近南海中心城区。经济想要再发展，唯一的出路只能向旧改要土地。大沥镇党委书记陈有相表示：“对于大沥这样工业高度发达的区域来说，不进行‘三旧’改造，就意味着没有新的发展空间。没有新的空间，所谓的新兴产业就不可能在大沥出现。”

“一两年改造完30年的东西是不可能的，但过程肯定越短越好。”陈有相说。在邻近广州的东部片区，大沥实施“东改”战略已有三年，仅高级专业写字楼项目就引进了6个。去年南海区获佛山市“三旧”改造100万资金奖励的村委会共14个，大沥镇就占了5个。

根据2009年上半年统计，大沥镇已认定的重点改造项目共有97个，涉及土地面积约3359亩，总建筑面积约360多万平方米，预计投入资金约70亿元。在这些重点项目中，已竣工的项目有21个，改造面积12万平方米；已启动建设但未竣工的项目有9个，改造面积95万平方米。

利益平衡难题

在集体土地上建新城，一方面要尊重村、组的产权利益，另一方面又要服从政府的统一规划、统一开发。

南海桂城千灯湖，全球金融后台服务业的布局中心，“广东金融高新技术服务区”的定位让其成为广东金融强省的重要筹码。与千灯湖隔河相望的，正是规划中的大沥中心区——联滘片区。几年前，这里还是远近闻名的废旧塑料集散中心，有人形容“其臭味1公里外就可以闻到”。

但是，这里的命运即将发生改变。根据规划，这个全市最大的“三旧”改造项目，将承接千灯湖金融区辐射，打造成为“广佛国际商贸城的中心服务区”。其产业定位被描述为，“大沥的生产服务中心”和“南海城市中心区的北部重要节点”，既要做本土制造业的总部基地，也要成为千灯湖金融区的延伸腹地。

这样的前景令人无限憧憬，但摆在政府规划和设想面前的，却是一个极为棘手的现实难题：联滘片区几乎全部是农村集体建设用地，其未来发展和产业定位，必须由拥有其产权的村、组决定。更为重要的是，这些土地分属不同村委会的十多个权属单位，各方利益如何平衡？

这一难题在中国城市化进程中从未遇到。因为，在中国改革开放进程中，在此之前的城市开发采取过两种不同的路径：一是政府主导的开发模式，以广州、深圳等大城市为代表。其本质是政府将农民土地征为国有土地后，再以拍卖的方式交由开发商进行开发；二是乡村工业化拉动的城市化，以大沥等珠三角发达城镇为代表。这种模式以村、组为利益主体，把农村集体土地租赁给投资者建工业厂房或专业市场，由此带动土地开发。

与这两种模式不同，联滘片区开发的难点在于：在集体土地上建新城，一方面要尊重村、组的产权利益，另一方面又要服从政府的统一规划、统一开发。而实际上，广佛国际商贸城中心区可使用土地约1600亩，仅80亩为国有土地，其余土地分属沥东、联滘、沥中、雅瑶、平地5个行政村。要使5个行政村、10多个产权单位的村民和股东认可政府的规划、定位、开发模式和利益分配方式，对农村现状稍有常识的人都能意识到这是一个巨大的挑战。

最终，历经两年多的谈判，2009年7月，大沥政府终于与各产权单位达成共识：由大沥镇政府注资成立开发公司，除约200亩征地外，其余1000多亩土地全部由开发公司向村、组统一租赁，再按规划建设公共设施和引入商业项目。土地租金在各村原有的租金水平上有所上浮，且每3年增长10%，租赁期限为40年。

2009年该项目土地涉及的主要村、组已签订协议，解决了首期租赁土地问题。185亩征地工作进入尾声，可进入区土地储备中心公开流转。

政府职能再定位

整体规划由政府定，产业方向利用公共资源进行引导，引进项目时政府参与协调。

前30年的发展中，大沥镇是“南海模式”的典型：政府以“无为”的姿态基本不涉及具体的市场行为，作为最重要生产要素的土地，由村、组直接经营，租赁给外来企业主建厂房。但政府的“无为”导致了城市规划和经济发展的整体性无序，为今天的“三旧”改造埋下了伏笔。

目前，大沥镇经南海区认定的近191个“三旧”改造项目里，村、组集体项目占据非常大的比例。政府是不是像以往那样“无为”，任由村、组自己改造？

“与改革开放初期相比，现在的经济形势已不可同日而语。以前引进小作坊小工厂，单靠村、组的力量是没问题的，但现在要发展现代服务业，建高楼大厦，要实现整个区域的连片开发，还靠村、组单打独斗肯定不行了。”陈有相表示，如果政府不发挥主导作用，继续任由村、组自由发展，势必带来新一轮的无序，那么“三旧”改造就没有任何意义了。

六联村的例子颇能说明情况。2000年，六联村以高于周边地价近四成的价格，将土地租给了抢滩大沥的商家们，且租金按年限以10%—15%的比例递增。但是，在短暂的喜悦之后，六联村的干部很快就发现，由于规划缺失，当初建起来的“爬行类”建筑已明显不能适应引进新产业的需求，不仅建筑低矮占用大量土地，而且建筑密度大。

陈有相认为，在“三旧”改造中，政府扮演的是规划、引导和协调的职能，“整体规划由政府定，产业方向利用公共资源进行引导，引进项目时政府参与协调。”比如，在产权这一“三旧”改造的核心问题上，由于原来的土地产权模式有多种形式，包括明租暗买的土地，和集体建设用地确权等遗留问题，这些都必须依靠政府突破政策障碍才能解决。

“可以说是摸着石头过河，一个项目一个对策。”大沥镇镇长吴绍秋说。由于无经验可循，只能针对每个项目的实际情况采取不同的策略。

这调动了村、组参与的积极性，各种创新的手段也随之而来。例如，在南海已被视为典型的凤池村，就在改造过程中引进开发商以租金的形式投入改造资金，将76亩木材加工市场改造成为“凤池二期装饰材料市场”。这种“以地引资、以租抵建”的“BOT”模式，以前只在城市可经营项目中出现。

在此其中，政府通过以奖代补的形式进行引导非常重要。2009年9月底，在两次调整土地出让金收益比例的基础上，大沥镇再次出台《大沥镇三旧改造项目资金扶持办法（试行）》，拿出镇级的大部分出让地价款，对2009年立项的旧改项目原土地使用权人进行补贴，按照“早改造，多受益”的原则，逐年减少补贴比例，以“加速、加力、加快推进旧改”。

（原文见2009年10月30日《南方日报》，作者：李慧君　梁江萍）

▶▶个案

太平村：先改好环境再引进项目

在325国道旁密密麻麻的厂房中，大沥太平大道牌坊旁绿树广场，显得有点“另类”。这里是正在建设的太平牌坊广场，而之前这里是万余平方米、年租金收入超百万元的厂房。

据了解，太平村目前有两大旧改项目要上马，一是将旧厂房改成绿化休闲广场，另一个是将旧厂房改成学生宿舍，新建幼儿园。两个项目中，村集体无一例外地放弃了原有的租金收益。

“改造中不仅有经济项目的改造，还有村政的改造、公共项目的改造。”大沥镇党委书记陈有相说，太平村目前正在进行的是市政项目和公共建设项目改造，下一步将进行经济发展项目的改造。“先把市政改好，提升了整个区域，下一步经济改造项目的起点就更高了，对周边物业的价值有一定的提升作用。”

旧厂房变身公共建设项目

太平牌坊广场位于原太平大道牌坊后，占地约20亩，从325国道边呈倒三角形往村落深处延伸。目前广场地面已经部分铺设完毕，一座宽达20米的牌坊主体已经建成。

地方虽然不大，但由于紧邻325国道，广场位置一直被视为“金三角”。“这里的地理位置非常好，交通便利，以前全部是一层和三层的厂房，每年租金有100多万元。”太平村村干部许方照说。

今年初，村里决定将这片旧厂房改造成休闲绿化广场，新建一座牌坊，并进行绿化改造，设置休闲凳椅等设施。据悉，连同太平大道改造，总投入约800万元，其中太平村投入400多万元。

另外一个旧改项目是太平墟片区改造。据介绍，该项目包括新幼儿园、学生宿舍、太平公园和商业综合楼。其中新幼儿园、学生宿舍等的建设，占用的是太平村东潭村民小组的土地。而这里原先同样曾是旧厂房和仓库，面积6000多平方米，每年租金收入约70万元。为了这项改造，太平村要从村一级收益中补偿东潭村民小组，以确保村民小组的收益。

“最开始村里也考虑建物业，但是太平村靠近大沥城区，现在的物业已经很密了，环境面貌的改造应放在首位。”许方照说，现在只是改了太平大道的两头而已，以后太平大道还要拓宽。

对于原先“能赚钱”的物业没有了，村民们显得非常理解。不少村民都表示，建了广场和幼儿园之后，村民们可以去耍太极、跳舞，平时休闲也有了好去处。

带动引进都市型产业

“如果大沥大多数村都像太平村那样进行‘三旧’改造，那么老百姓的生活将会有质的提高。”对于太平村目前的项目改造，大沥镇镇长吴绍秋显然很满意。

他认为，对于旧村居的改造，近几年实质性推进和具体的措施、投入不多。因此，村、组方面的投入很重要，村的投入才能最直接解决百姓的生活问题，进而改变和提升百姓的生活习惯和思想意识，从农村的生活习惯和意识向城市生活转变。

“虽然短期的收益是少了，但是对于长远来说，环境的改造也必然会带动经济项目的改造发展。”太平村一名村干部认为，在公共建设项目和环境项目改造之后，其他经济项目的改造将会站在更高的起点。“这里的交通方便，地理位置优越，在配套环境上去之后，项目招商就能引进一些都市型的产业项目。”

（原文见2009年10月30日《南方日报》，作者：李慧君　梁江萍）

2. 漖表村：民企老板的机遇和风险

李卫民是华南花卉世界的老板，2008年11月左右，他几乎每天都泡在工地，看着一幢幢建设中的商铺，他又喜又忧。喜的是华南花卉世界虽然还在建设中，但七八成的商铺已经被预订出去了；而令他担忧的则是工程的进度，虽然开工才5个月就完成了80%的建设任务，但如果不能赶在今年春节前开业，那这个项目就错失了一年中最为重要的商机。

而随着花卉市场日益成形，住在周围的漖表村村民也开始忙活起来，他们中不少人计划将家里的房屋改造成商铺，等着市场开业后再租给来这里做生意的人。而另外一些有实力的村民，则早早地在花卉世界预租了商铺，只等市场一开业，他们就将在这里把自己的花卉生意做得更大。

“这已经不单单是一个项目进驻的问题，整个村都因此而盘活起来，这是我们把这个项目做大做好的一个机遇。”李卫民说，现在的情况证明，当初选择将这个“三旧改造”项目做成花卉市场是正确的，虽然未来可能会面临不可知的经营风险，但在村民们的支持下，这个项目未来的发展潜力巨大。

“三旧改造”吸引众多民企

华南花卉世界占用的这块土地属于黄岐街道办漖表、向阳等10个村级单位所有，占地面积90亩左右。这里东面临近广茂铁路，西面是广州西环高速，南面是广佛新干线，北面是广州窖口，建设中的窖口地铁站近在咫尺，如此优越的地理位置让这里成为商家眼中理想的商业地带。

但在花卉世界动工建设之前，这里曾经是一排老旧的仓库，村里就靠这些仓库的租金给村民分红。由于建筑档次低，使用年头久，这些仓库的租金并不高，一般都在每平方米6元左右。

2007年，南海提出在全区推进“三旧改造”工作，在此背景下，大沥镇要求下辖各村都要拿出“三旧改造”项目，这让漖表这些村很快将目光盯上了村里的旧仓库。

当时，李卫民在黄岐已经拥有一家经营园艺的公司，每年的营业额在2000万元左右。得知村里要改造旧仓库的消息之后，李卫民马上意识到这是一个巨大的商机，“在黄岐，多年的发展已经将这里的土地资源消耗得差不多了，要想再找这么大一块地理位置这么好的土地，几乎不可能了。”

同时，在花卉生意圈中摸爬滚打多年的他也了解到，在这块地附近的广州荔湾岭南花卉世界已经人满为患，很多花贩想扩大生意都没有地方。于是，他向村委会提出，在这里建设一个现代化的花卉交易市场。“借助岭南花卉世界已经形成的市场氛围，打造一个档次更高、服务设备更先进的花卉交易平台，两者之间形成互补，这是一个非常合适的项目。”李卫民说。

但当时的竞争者并不少，李卫民记得，正为此事犯难的村委会将本地一些企业的负责人召集起来，看大家有什么好的发展项目，一些企业就提出了做夹板城、做杂货等众多项目。最终经过村民的投票，李卫民提出的建设花卉市场的建议被采纳。

根据建设规划，华南花卉世界建设用地近7万平方米，预计总投资7000万元，分三期建设。建设完成后，整个市场将拥有800多个铺位，2000多个摊位，比目前旁边的岭南花卉世界更大。并且，李卫民还计划建设大型冷库，方便进驻花商的物流和仓储，同时，还将引进检验检疫系统，提升这里的货物品质，“希望将这里建成华南最重要的花卉交易平台之一”。

项目机遇大于风险

按照双方的合作协议，李卫民和激表、向阳等10个村单位分别签订了租地合同，合同期为20年。对于项目中涉及的一些旧村居拆迁问题，村委会根据政府的政策进行补偿，李卫民并不用操心。而在旧仓库拆除方面，李卫民将它全部交给了拆迁公司，对方免费拆除这些旧仓库，同时拥有回收拆除过程中产生的废旧材料的权利，李卫民也没有因此产生额外的拆除费用。

相反，由于是“三旧”改造项目，华南花卉世界的建设得到了政府的大力支持。由于之前这些土地为农村集体建设用地，建设用途为工业用地，现在需要将它转换成商业用地，如果按照一般的程序，这其中存在着不小的困难。但通过南海区三改办的现场办公，这一问题顺利解决。同时，大沥政府在审批程序上，也给这个项目提供绿色通道服务，这让华南花卉世界的审批以及规划报建一下缩短到2个月，在短短的5个时间内，华南花卉世界已经完成了80%的建设进度。

另外，华南花卉世界还被评为南海“三旧改造”的重点项目，在前不久举行的佛山投资环境推介会上，这个项目还成为了19个重点推介项目之一。

“这些支持让我们成为了南海的一个明星项目，相比于其他建设项目来说，‘三旧改造’为我们提供了一个更好的平台。”李卫民说。不过，也并不是完全没有风险。

根据租地协议，李卫民按照每平方米8元的标准给付月租，协议同时规定，每3年租金就要增长10%，这样算下来，9年之后，地租租金就将超过每平方米10元，而目前周边的厂房租金都仅仅在7元左右。

“由于是‘三旧改造’项目，所以必须保障村民的收入不能减少，这样才能得到他们对项目的支持。”李卫民说，“现在土地的租金算是比较贵的，同时今后还要按照协议递增，所以这给我们比较大的经营压力。”

不过，之前黄岐村委会书记彭桂强曾算过一笔账，华南花卉市场建成后，这里铺位的租金至少可以从原来的每平方米6元提升到70元，相对于地租来说，这样的收入提升更加可观。

市场建设带动村民发展

“事实上，我们这个项目可以带动整个村的发展，这是村民当初选择我们的一个重要原因。”李卫民说。

大沥镇黄岐村委会自古与广州芳村（现为荔湾区）一起被誉为“花卉之乡”，村民多以鲜花种植、贸易为生，目前该村6000多名村民总收入中的30%来自花卉。早在20多年前，芳村与黄岐的花农就在黄岐五羊大厦附近零散集聚进行鲜花贸易，后来广州在窖口划了一块地，成了现在的岭南花卉市场，当中不少花商是黄岐人。

“我们估计，华南花卉世界开业后，本地鲜花将占整个市场的1/3左右，”华南花卉世界另一名负责人说，这样本地那些花农和花商在花卉世界这个平台的组织下，可以获得更好的销售渠道，有利于他们形成更大的规模化经营，“重新打造黄岐鲜花产业的影响力”。

而从更大的范围来看，黄岐周边的丹灶、小塘等地都有鲜花种植基地，如果能将这些资源都有效整合起来，在南海建立一条完整的鲜花产供销产业链也并非不可能。“省里已经将里水和顺的万顷洋定为现代农业生产基地，其中鲜花种植在其中占有很大一块，我们如果能和他们建立合作，那这个市场将非常诱人。”李卫民说。

另外，李卫民还计划在三期建设时，在市场旁边建设一座商务酒店，一方面为前来做生意的客人提供更完善的配套，另一方面，在周边形成相关产业的聚集，在这个区域打造广东鲜花交易的规模和品牌影响力。

“今后，这里将建成一个社区化的鲜花产业区，各种配套服务业都可以在这其中发展，对本地村民来说，这里面有很多致富机遇。”李卫民说，“这可以让村民更加支持我们的项目，而获得村民们的支持，这也是我们这个项目成功的基石。”

（原文见2008年11月21日《南方日报》，作者：吴智臣　赵进　梁江萍）

3. 岐东：民间资本参与“三旧”改造

梁兆洪是大沥镇黄岐村岐东村民小组的组长，跟他说起正式营业不久的岐发市场一期，他就有点兴奋难耐，话特别多。2007年的9月前，他却是眉头紧锁，因为村外的黄岐鄱阳东路在实施拆迁改造，旁边的岐发市场借助此机会正好可以进行改造。然而，改造需要3000多万元，村小组哪有那么多资金？此外，村民会支持改造吗？

经过多方努力，最后，梁兆洪找到了一条不花集体一分钱建设新市场的路，村民的分红还有所增加。

改造旧物业，钱从哪儿来？

岐东村民小组位于广佛公路黄岐段北侧，广州西环高速公路横贯而过，地理位置得天独厚，道路四通八达，外来人口比较多，这里自然地形成了一个热闹的“小城镇”。

2008年年初，政府决定对穿过村外的黄岐鄱阳东路实施拆迁改造，拆迁改造后的鄱阳东路，长200多米，宽31米，直接与广州西环高速地面公路的连接贯通。

旧的岐发市场正处于该道路规划建设拆迁红线范围，紧邻的旧仓库、旧厂房和小商铺都是一些砖瓦结构的低矮物业，由于已使用20多年，档次较低，物业的收益微薄，土地利用价值没有得到充分发挥。

不仅如此，由于旧物业建筑简陋落后，交通道路狭窄，地面污水横流，乱摆乱卖现象十分突出，严重影响了村容村貌，更有部分建筑物因年久失修已出现安全隐患，村民对此也颇有微词。此次旧市场清拆，显然是实行周边连片建筑物整体改造提升的好机会。

“道路拆迁成了改造的重要突破口，这不仅是大势所趋，而且也是提升市场档次，增加集体收入的一个大好机会。”梁兆洪说。

黄岐村和岐东村民小组的干部都意识到改造的重要性，然而困难出来了：2006年岐东村民小组年集体收入只有300多万元，而改造约需3000万元，改造的资金从哪里来？

外来资本引入集体经济

苦恼之际，潘练彬出现了。作为大沥本地人，潘练彬是做铝型材起家的，在节能减排的大环境下，他正有意试水第三产业。在朋友的介绍下，双方一拍即合。接下来的最大问题是，如何在保证村民利益的同时保证开发商的投资收益呢？

梁兆洪说，最后协商的结果是，由岐东村小组出租土地给开发商，潘练彬及合伙人负责市场改造和经营，建成后由开发商经营使用20年，之后市场所有物业和经营权归岐东村民小组。这种“出租土地，引资改造”的发展模式，既不会让集体收益减少，同时开发商也有投资收益，村民小组和投资者的利益就能实现最初的平衡。

然而，改造的方案并不是一帆风顺，毕竟物业和土地租金收入占了岐东村小组总收入的95%，此番改造可谓只能成功不能失败。如果物业的拆迁改造损害集体收益，降低收入分配怎么办？

梁兆洪深有体会地说，在方案刚开始公布时，不少村民都存在疑虑。对此，村、组两级干部大力开展“旧改”政策宣传，多次召开村民代表会议，除了分析现状，讲解项目发展前景和进行改造前后对比外，还一直坚持重大事务由村民决定的原则，将改造方案上升为村民的集体意志。

梁兆洪说：“因为稍有不慎就有可能引发不稳定因素，所以在维护村民利益的同时，必须还要得到他们的大力支持。”

商谈进入最后阶段，有村民提出周边有的村曾经在出租土地给开发商建厂房时，由于老板资金短缺，厂房半途停工，最后变成烂尾楼。

针对这个风险，双方多次协商后想出了一个新方式，就是“基建保证金”。具体是村小组向发展商收取基建保证金1000万元，其中500万元由双方共同管理并用于支付第一期建设的部分工程款，余下500万元由村小组单方管理，待市场建成取得各项验收合格证明后全部返还给开发商。有了这个坚强后盾，工程烂尾的风险得到了有效规避。

由于村、组干部在合同规定的各项条款和相关细节方面做足功夫，有效维护了集体和村民的利益。经过3个多月的谈判，改造方案在2007

年12月底时终于获得多数村民的支持，最终在村民户主会议上以80%的赞成率通过。

分红增加，皆大欢喜

随着居民生活水平的提高，新市场的档次也必然要与之相对应。梁兆洪说，在规划设计阶段，村、组干部和开发商多次到广州、番禺、禅城、顺德、中山等地参观调研专业市场情况，最终确定以“高起点规划、高标准建设、高效能管理”的原则建设新的岐发市场。与此同时，他们明确了项目投资额下限、物业的建造档次及装修标准，使新市场的建设规模和物业档次得到了有效保证。

2008年11月，投资1500多万元第一期已基本完工，3393平方米的单层农贸市场区已投入使用，旁边的三层商铺区也进入了最后装修阶段，招租也已经在进行。在商铺区旁边配有198个停车位，以后旁边还会建起一个绿化广场，绿化率将达到30.3%。

据悉，投资800万元第二期五层综合商场已开始动工，村里还准备第三期建起一家酒店。届时，这里将会是一个集农产品交易、商贸和休闲娱乐于一体的大型综合性市场。尤其是农贸市场区，布局合理，设施齐备，在通风采光、卫生保洁和购物环境等方面都大大超过传统意义上的肉菜市场。

记者在新的岐发市场看到，所有店铺都已抢租而空。卖杂货的刘老板说，市场里很多的都是之前的老街坊，因为之前的经营户都可以优先租赁。每天都要光临的伍小姐，更是对市场赞不绝口，“一直都盼望着有新市场啊，之前那个环境太差，根本都不想走进去”。

据了解，新市场土地以每月每平方米14.5元的起始价格计租，年租金收入由原来的250万元增加至现在的320余万元，并从第6年起每3年递增10%。此外，由政府返还的8亩土地每年可收取租金56万元。两项租金收入合计每年增加120万元以上，集体经济收入实现大幅度增长。比2006年集体经济总收入341.7万元增长了近三分之一，人均股份分红也将由原来的6000元涨到近8000元。

“三旧”改造涌现四种模式

目前，大沥各村、组的旧市场、旧厂房、旧店铺分布零乱、档次低下、收益较差，并占用了大量珍贵的土地资源，严重制约了农村经济的发展。而其实，把土地资源盘活，对土地实施连片集约开发来推动物业提升不仅仅是大沥镇所面临的问题，也已经成为南海新一轮发展的有效手段。

无可否认，在土地资源越来越少的情况下，南海经济的可持续发展必须以“三旧”改造作为坚强的后盾。早在几年前，南海的部分镇街、村居就开始推进旧物业改造，2008年以来，“三旧”改造的热潮更是席卷南海各个镇街和村居。

2008年11月，南海区出台《关于加快推进旧城镇旧厂房旧村居改造的若干意见》，除了标志着南海“三旧”改造的步伐将加快外，也证明了南海在改造方面所下的决心。

南海区委常委莫结茹说，“三旧”改造的重点项目，将是未来两年南海经济增长点。针对目前南海重点“三旧”改造工作中出现资金瓶颈较为突出的问题，区政府已设立“三旧”改造专项扶持资金，在2008年到2009年将每年安排3000万元用于扶持重点项目改造。此外，南海经过改革开放20多年的发展，土地价值较高，交通环境好，村民也积累了一定资金，因此各镇街和村组要结合实际选择改造模式，积极引入社会资金来推进“三旧”改造。

改造模式是多样的，关键是能取得成效。目前，南海已总结4种改造模式，即利用集体经济进行改造的“夏西模式”、用城市可经营性项目改造的“凤池BOT模式”、以股份形式推进改造“联星或洲村模式”以及创新土地租赁方式，引入社会资金改造模式。

大沥黄岐岐发市场的此番改造正是创新土地租赁方式，引入社会资金改造模式的“模范”。对此，有专家指出，在“三旧”改造过程中选取那种模式关键是由村实际情况而定。对于资金充足、实力雄厚的村可以选择“夏西模式”或者“联星或洲村模式”；对于资金投入比较大，风险高的项目，可以考虑引入外资，在解决资金问题上也有效规避了风险。

（原文见2008年11月21日《南方日报》，作者：李慧君　魏　华　陈剑勋）

▶▶链接

“三旧”改造诸模式

1. “凤池BOT模式”

即“以地引资、以租抵建”的合作模式。市场的物业改造全部由开发商按设计标准垫资建设，市场建成后开发商拥有5年的租赁经营权，5年内开发商只需向凤池村交纳首层店铺的租金，2—3层可无偿使用。开发商垫付的建筑费则从5年内的市场店铺租金中对冲抵消，不足部分则由凤池村委会和凤西村民小组另外补齐。

2. “夏西模式”

夏西在改造村集体腾出的土地，结合实际发展优质的都市型产业，通过开发和桂工业小区推动产业转移，整合土地资源，在原来的旧工业区上开发了广东夏西国际橡塑城，经营收益是原来旧工业区的三倍以上。

3. “联星或洲村模式”

联星村在改造过程中按自愿原则，由村民出资购股，建成新型经济组织解决“三旧”改造资金不足问题。联星村拆除了旧南区工业区所有低矮残破的旧厂房、旧店铺，腾出30多亩土地推进集饮食、购物、体育和休闲等功能于一体的南区商业改造项目。

4. “岐东模式”

即“出租土地，引资改造”的发展模式，具体由岐东村小组出租土地给开发商，开发商负责市场改造和经营，建成后由开发商经营使用20年，之后市场所有物业和经营权归岐东村民小组。

■时评

经济初冬：辨析三旧改造

佛山市“三旧改造”工程从2007年开始推进。这项工作开始时，由美国次贷危机所引发的全球金融震荡还没有发生，当时也几乎没有人预料到今年的经济形势会急转而下，从原来的高速增长演变为目前中小企业大规模面临困境。

在全球经济增长放缓的背景下，资本流动性短缺已是短时间内难以改变的大趋势。整个经济形势今后将如何，目前还没有定论，但比较一致的观点是最困难的时候还没有到来，明年才是真正的“寒冬”。

在此背景下，笔者以为，“三旧改造”工程应当适当改变原来强势推进的思路，更加注重遵照实际情况进行灵活处理，尤其不能在政绩和表面工作的驱动下为了改造而改造。

从历史上看，南海农村的大变革起源于改革开放，其推动力是大量劳动密集型产业的进入，它们依附在租赁而来的农村土地上而生存，成为继农业之后南海乡村经济的新基础，使南海从农业时代进入工业时代，工业发展的路径其实就是过去30年南海乡村的变化路径。南海原有的工业化，走的是“村村点火，户户冒烟”的就地社区化工业路线，这种粗放的发展模式带来了规划混乱、土地未能集约利用等问题。因此，南海要改变原有的经济增长模式，提升土地资源的利用效率，“三旧改造”是其中的一大重要手段。

可见，“三旧改造”只是手段，其目的在于“拆旧引新”，淘汰旧的产业发展模式，通过改造为新兴产业的进入提供物理空间。但是，目前全球经济形势的恶化是我们不得不正视的现实，它不仅加速了旧产业在珠三角的衰退速度，也减缓了新产业的进入速度。“拆旧引新”固然是大势所趋，但目前是不是不能操之过急？

在“三旧改造”过程中，尤其要防止以政绩为导向的面子工程的出现，切勿在政绩的驱动下只拆不建，或者守着眼前不看长远。首先，“三旧改造”所涉及的物业对象大多为集体所有。目前随着劳动密集型等传统产业的外迁，新兴产业的进入，以及大部分农村厂房原来15—20年的租赁期正好到期，大批农村物业急需引入新的项目填补原来项目留下的空白。值得注意的是，目前村干部的任期是3年，他们在这3年里能不能提升村民的收入将直接决定其威信，进而决定其在下一次换届时的选票数。在这种“政绩”的压力下，村干部很可能急于引进一些来钱快的项目，而不考虑这些项目是否具备长远发展的潜力。

对于具体负责“三旧改造”工作的一些政府部门来说，由于该工程是由佛山市委、市政府自上而下推动的，在上级部门的政绩考核的压力下，也难保有些部门为了“过关”，不顾目前招商引资所遇到的普遍困难，即使一些目前还不适合进行改造的项目，也动用行政力量强行干涉。

总的来说，“三旧改造”工程是提升土地利用效率所必需的，但在现实经济低靡时，各方尊重实际、同心协力共渡难关才是更为迫切。

（原文见2008年11月21日《南方日报》，作者：胡智勇）

▶▶后记

工业镇如何转型？

从1990年中央提出开发浦东，20年间，翻天覆地的变化在浦东发生，浦东成为世界瞩目的“东方明珠”，被誉为“上海现代化建设的缩影”。此前，“宁要浦西一张床，不要浦东一间房”，这说的是浦东人20年前的尴尬。

而在几年前，尽管大沥已堂而皇之地入选“全国经济百强镇”，但大沥的城镇面貌却仍深刻地让人生出“农村”之感。占地1800亩的“垃圾村”，沿着广佛路散乱分布的小市场，仍人不由得疑惑“这就是广佛同城的中心吗”。

一位从事规划工作的人士把大沥新定位称作南海的“浦东”，因为它的境遇与浦东有太多的相似之处。如今的大沥犹如开发前的浦东，桂城则好比浦西，浦东浦西相隔的是黄浦江，而大沥桂城中间则隔着一条窄窄的佛山水道。从1990年中央提出开发浦东，20年后，浦东成为世界瞩目的“东方明珠”。回望浦东的崛起历程，不难发现，它也经历了环境整治、产业升级、城市更新的一个路径。如今，随着广佛智城项目奠基，大沥的城镇化建设也开始由“整治”迈入“建设”阶段。

其实，工业镇如何推动城市化建设，如何实现在产业升级中推动称城市转型，不仅是大沥人思考的问题，也是珠三角各工业重镇所面临的共同问题。珠三角以镇域经济为主体的发展模式，奠定了珠三角全球制造业基地的地位，但是这种建立在农村集体土地上发展起来的社区型工业，却反过来阻碍了自身的升级和城市化推进。在集体土地上建新城，这是大沥在2008年时率先提出的理念，也必将成为珠三角各工业重镇转型的共同课题。

从环境治理开始，在产业升级中推动城市转型，大沥已经迈出了第一步，接下来还将遇到哪些艰难险阻，还将做出怎样的努力探索，这都注定成为珠三角工业重镇转型升级的缩影。

第四章

农改破冰

在农村集体土地上建新城，在农村集体土地上推进现代产业体系建设，这不同于以往“先征地再开发”的粗暴式城市化路径，这将是一个从未有过的全新探索。显然，这将不仅仅是提高生产力的过程，更是生产关系改善变革的过程。大沥的探索将是珠三角探索的先声，在城市与农村二元土地制度并存的现实中，如何从乡村经济向城市经济转型，如何在农村土地上建城市社区，大沥开始了艰难的探索。

一片1857亩的土地，分属5个村委会15个产权单位，大部分还是农村集体建设用地。在这里原本有600多家厂企、2000多家废旧塑料加工档口、100多万平方米违章建筑，上万名村民与之利益相关。

佛山市南海区大沥镇联滘村，自2007年取缔废旧塑料行业、打响南海节能减排治污的第一枪开始，在长达三年时间里，人们一度在为如何开发这片土地而困扰。联滘是中国城镇化进程的缩影，中国国有土地与集体土地并存的城乡二元土地模式，决定了中国特色的城镇化进程必须建立在农村改革的基础上。

今日的中国，城乡统筹发展已是深入推进改革的核心任务之一，中国的城市化进程必须建立在城乡统筹发展的基石上，脱离了农村发展的城市化将是无源之水、无源之木。其中要义，正如温家宝总理在十一届全国人大四次会议上作政府工作报告时所说的，探索中国特色城镇化道路，要统筹推进城镇化与新农村建设。

而在佛山市南海区，城乡统筹发展的任务则显得更为迫切。改革开放30多年来，以大沥为典型的南海因采取“三大产业齐发展，六个轮子一起转”的发展策略而释放了民间活力，让村、组得以融入市场经济改革的大潮中，成为南海经济发展中的利益主体，这形成了极其独特的社区工业模式。某种程度上，南海以专业镇为主体的经济格局其实是建立在乡村工业的基础上，那一座座在农田上建立起来的厂房，成为南海工业化进程的主要支撑点。

上世纪90年代，南海率先进行了农村土地股份合作制改革，这进一步解放了生产力，打破了因农村土地承包责任制而沿袭下来的农村土地分散经营的桎梏，同时也进一步巩固了南海在农村集体土地上推进工业化的路径。统计数据显示，目前南海农村集体所掌握的资产规模已将近300亿，成为南海经济体系中的一大主体。更为重要的是，目前南海大部分用于工业化的土地都属于农村建设用地，这些用于经济发展的核心生产资料牢牢掌握在村、组手中，这决定了南海接下来的产业升级和城市转型，还必须以村民为利益主体。

在农村集体土地上建新城，在农村集体土地上推进现代产业体系建设，这不同于以往“先征地再开发”的粗暴式城市化路径，这将是一个从未有过的全新探索。显然，这将不仅仅是提高生产力的过程，更是生产关系改善变革的过程。大沥的探索将是珠三角探索的先声，在城市与农村二元土地制度并存的现实中，如何从乡村经济向城市经济转型，如何在农村土地上建城市社区，大沥开始了艰难的探索。

第一节 联滘试验 农地建城

伴随整个经济发展模式的变革，这些在农田上建起来的厂房，这些在农村集体经济基础上成长起来的中国式工业将何去何从？它们能否在中国城镇化进程中实现转型升级，进而推动农村融入城市？

1. 土地经营模式 南海大沥尝新

●20%土地征用，80%土地返租，中心区全部交由政府统一开发
●政府承担所有风险，村民获得长期稳定租金收益

2009年7月，记者从大沥镇政府获悉，大沥镇政府将与广佛国际商贸城中心区所在的10余个土地权属单位签订协议，土地总面积达1800亩，除去市政规划路与河涌后约1600亩的中心区土地全部由政府统一进行开发管理。其中政府征用20%的土地用于引入大型项目，余下80%土地由政府返租后按规划用于发展公共设施、大型商业项目。

已确定开发模式的1600亩土地包括已经拆迁的西片区1000亩和东片区尚未拆迁的600亩。自南海大规模整治联滘废旧塑料行业开始，从2007年到2009年，经过近两年时间的探索与商谈，广佛国际商贸城的建设终于跨越了被当地政府称为“比拆迁更艰难”的“第二栏”——确立土地经营模式，为后续的招商引资奠定了基础。

作为土地运营模式设计单位，华南理工大学产业分析与决策研究中心相关专家介绍，新模式要求大沥镇政府下设一个经营公司，向相关片区的村租赁土地，进行建设、招商、经营。双方以土地经营为内容，签

日后这里将建成广佛国际商贸城。

订土地租赁协议，确定各处的责任和义务，并通过违约条款确保自身的利益得到法律保护。

在具体操作层面上，大沥镇政府将和十多个权属单位签订协议经营模式。中心区西片区1000亩加上东片区尚未拆迁的600亩共1600亩的土地，全部由政府统一进行土地开发经营管理。其中政府征用20%的土地用于引入大型项目，建设有色金属交易中心等项目。余下的80%的土地由政府返租，按规划用于发展公共设施、大型商业项目。

按照大沥镇政府的估算，签订协议后，整个中心区的平均土地收益较拆迁前提高超过30%。此外，该开发模式一方面使农民基本避开了开发风险；另一方面又有利于政府严格按照规划统一进行高标准、高起点的建设，避免低水准的重复建设。

大沥镇已确定采用这种“镇政府租赁及征用村委会土地，统一规划开发”的方式，对广佛国际商贸城中心区土地进行开发。新方案将使土地开发化为一对五的利益关系，既由政府下设的经营公司——广佛商贸城发展有限公司和五个待开发村组成的村集体有限公司——大沥联滘集团有限公司。利益关系得以理顺，促使该片区的土地开发进程加速。

2009年7月，围绕该开发方案，大沥镇东翼经济发展办公室已与区内五个村委会对土地租赁及征用事宜及合同条款进行协商。该办已与联滘、沥东、沥中、雅瑶（村委会地块）四个村委会签订土地租赁和征地合同，而平地村委会以及雅瑶的罗城、东约、中心三个村小组也正在协商之中。

在土地出让方面，需出让的200亩土地是由沥东、联滘、沥中、雅瑶、平地五个村委会征地组成，但因未能与雅瑶村部分村小组和平地村委会达成相关租赁和征用土地协议，因此现阶段该办主要是围绕沥东村、联滘村、沥中村三个村委会合约184亩的土地出让手续及其涉及到的相关土地办证、所有权办理等一系列用地手续开展工作。

（原文见2009年7月17日《南方日报》，作者：胡智勇　吴智臣）

2. 新开发模式兼顾个人与集体利益

在广佛国际商贸城概念提出之初，大沥镇政府相关负责人就预测中心区开发要跨越“四道栏”：第一栏是拆迁；第二栏是确定土地经营模式；第三道栏是招商引资；第四道栏则是持续时间长达40年的项目管理。而最关键的“一栏”就是土地经营模式的确定，这“一栏”较拆迁更艰难，又对后续的招商引资和项目管理有基础性意义。

经过近两年时间的探索与商谈，多个方案的比对和糅合，中心区的建设跨越了“第二栏”，个人利益和集体利益、短期利益与长期发展终于寻找到一个“度”的平衡点，多方可以实现共赢。

三种方案之间的权衡

在方案设计初期，负责制定广佛商贸城运营模式的华南理工项目咨询小组提出了三种备选方案：自负盈亏型、政府主导型和利益保障型。

自负盈亏型，就是由各行政村按一定的原则构建股份制公司，自主负责发展区未来的建设和经营，并对各方的收益和风险负责。

政府主导型，则是由镇政府与各行政村签订土地租用合同，在规定的时间内租用规范范围内的土地，负责发展区未来的建设和运营，按照一定的原则向各行政村支付租金，独立承担由项目建设和运营所带来的风险，并享受由承担风险所带来的额外收益。

利益保障型，糅合了上述两种模式，由政府引导各村组建股份制公司，并在项目开展前几年保证各村的收入不低于拆迁之前的水平。

三种模式中，政府主导型更大程度上体现了当地政府的意愿，当地政府希望通过统一规划、统一开发的方式提升整个区域的综合竞争力，同时为各投入方带来合理的收益。但政府也要承担不确定因素所造成的风险，总体上，发展区规划建成、投入运营之后，实现租金水平应高于现有水平，但也可能出现不如预期的情况。在这种预想情形下，模式设计要求政府作为各投入方利益的保障者。由各方商讨提出一个合理的租金增长预期，在开放运营结束后的一定年限内，当实际取得的租金收入低于预期水平时，政府通过补贴的形式将不足部分补足；反之，当租金水平超过预期，则政府可以分享一部分预期外的收益。

而其他两种模式，都要求各村组建股份制公司，村民有可能获得更大的土地经营收益，但也可能面临很大的市场风险。

公平和低风险是村民最大诉求

华南理工项目咨询小组最初更倾心于自负盈亏型和利益保障型两种模式，这两种模式被统一冠名为集团公司模式，借鉴于东莞。

该项目咨询小组从2007年至2008年经过数次深入访谈和先进经验调研，完成了集团公司方案的设计，并与政府及五个村委进行了多次方案的介绍和意见的征询。从2008年年中起，集团公司方案进入推广介绍阶段，主要由大沥镇政府及东翼经济开发办公室与各村进行协商，并就一些细节进行协调。结果是，该方案被否决，最后采取的模式是政府主导方案。

无法兼顾公平和维持低风险是集团公司方案的缺点。集团公司模式在大沥“水土不服”，遇到了很多无法逾越的障碍，该模式衍生出多个难题。

首先是土地面积入股问题，虽然大部分村同意以土地面积入股，但只要有一个村不同意，项目就不能开展运作。历史遗留问题也阻碍此项方案的实施，各村历史被征土地的比例不同，如以土地面积入股，是否应该计量历史上的无偿贡献？如果是，是否每个村都要计量？标准是什么？这些都成为“天问”。

以沥东村为例，该村原来拥有2300多亩土地，历史上镇政府在沥东无偿征地的面积较大，造成目前沥东人均土地面积少，土地资源紧缺的局面。为解决这个问题，相关政府部门负责人和专家也想到用“切豆腐”的方式化解，被征地多的村，可以从征地比例少的村通过切割取得补偿，但问题随之又衍生出来，切割哪一块是由谁决定的？被补偿方还是补偿方？

此外，各个村委会因经济发展现状不同，五个村委会在商务中心区内土地的租金现值是不同的，土地入股是否要把现有土地租金包含在内？这也是个问题。其他几个村委会都以土地出租获得租金，而沥东则是依靠物业出租获得租金。沥东的最高，而其他村委会的土地租金相对较低。

一股独大也可能是以后村集团公司面临最头疼的问题。在五个行政村中，最多的联滘村占68.36%，最少的沥中村只占6.4%。因此，在对股份有限公司控股权的争夺中，联滘村委会坚持享有51%的决策表决权，另外四个村委会分享剩下49%的表决权。这样的权力分配招来四个村委会的反对，他们坚持联滘村委会最多只能享有49%的表决权，各个村的村民们为此僵持不下，股份有限公司的组建也因此而陷入僵局。

实际上，在以面积入股的前提下，如果通过约定将表决权与收益权分开，规定最大村表决权不超过50%，则可以解决这个问题。但这个要求没有得到同意。

最后的决策表明，上述问题无法在各村中形成统一的意见，从而趋向了政府主导方案。同时，项目所隐含的各种风险，诸如资金短缺、项目开发预期和经营风险，也由各村转移到了有更强风险承受能力的大沥政府。

政府主导的必然和使命

集团公司方案来源于东莞的成功实践，而今天的大沥与东莞发展初期的情况迥异，也就注定了该模式在大沥最终不能落地生根。

2009年，国际金融海啸的冲击开始显现，国内投资需求减弱，经济活动萎缩，商贸活动受影响。集团公司模式受风险投资者偏爱，而在大沥，先保持稳定再求发展，保证原有收入水平是各村当前的最大意愿，将风险转嫁给承受能力更强的政府，自然是当前环境下的最优选择。

此外，本地的创业氛围浓厚、市场意识强、创业能力强、有技术积累的优良传统，是大沥成功的重要原因。而当时的东莞决策过程更依赖于外来的投资项目，容易达成共识；当前产业发展成熟的大沥，不同利益群体则有更多元化的考虑，决策过程必然更为复杂。

作为广州与佛山中间黄金地段的大沥，土地增值所带来的附加收益也会更为显著，因此也不难理解为什么“现在农民一分地也不愿意出让”。使问题更为复杂的是，以集团公司的形式运作，必然有征地后的切豆腐问题，如果事前没有完善的约定，由于地值不等造成的地块选择纠纷难以避免。

作为项目的主导方，政府一方面必须考虑如何规避风险，实现预期的经济效益使片区发展、村民受益。

另一方面，政府应定位为为经济发展提供服务的机构，必须考虑退出机制。即何时、如何从项目中退出，最终把商贸城的优质资产交回给各村运营。这也是若干年后，当商贸城产生可观收益时，可能会困扰政府的一个重要问题。

（原文见2009年7月17日《南方日报》，作者：胡智勇　吴智臣）

▶▶访谈

“政府返租”模式比较切合实际

袁奇峰　中山大学地理科学与规划学院　教授、博士生导师

2009年，南海在土地经营上已经总结了不少模式，包括有夏西村的自主开发，凤池村的BOT，还有村民与开发商共同开发等模式。相比之下，广佛国际商贸城模式相对“稳妥”。面对如此大规模的开发，选择相对保守的方式，有什么优点又暗藏着什么风险？南方日报记者采访了中山大学地理科学与规划学院教授袁奇峰。

记者：（以下简称记）：此次在模式上的选择历时两年，到了第三种模式才最终被村民接受。对于现在定下来的征地20%，再由政府返租80%土地这个模式，你怎么看待？

袁奇峰：（以下简称袁）：我觉得这个谈判很不容易，从2007年到现在，经历了两年多时间。我个人觉得这种模式比较折中。这个模式比较切合现实情况。

记：你认为村民为什么最终选择此模式？

袁：主要是有五个村委会，在谈判的过程中要兼顾各方的利益。可能大部分村委会或者村民赞成，但是其中有一个村委会不赞成的话，那个方案也是通不过的。

另外，可能村民也出于对新政策新模式的不了解和不熟悉，整个谈判的过程维持了很长一段时间。现在选择的这种模式是比较折中的方法，农民基本上不用承担什么风险，在他们看来，这样比较保险。

记：这种模式的优点在哪里？

袁：很明显，现在农民不需要承担开发的风险，土地租金的收入也较之前有了大幅增长。而政府在返租土地后，也可以进行比较高标准的规划建设。

记：这种模式存在风险吗？

袁：风险在于政府一方，现在是政府返租了土地，那么政府承担了招商引资、规划建设等方面的风险，这个模式存在的一个问题是，土地只是租用，是没有转化为国有土地的，那么开发商拿不到产权，在引进开发商和项目的时候就会面临诸多限制，例如房地产项目不能上，包括一些大型的比较好的项目也不能上，只能进行商业和公共设施开发，这块土地的价值不能完全体现出来。

而且，生产要素要进行流转时才能产生更大的社会和经济效益，现在农民只接受稳妥地收取租金，在没有风险的同时，也失去了获得更高收益的机会。

3. 历时3年，集体土地上谋建新城

2010年9月16日，广佛国际商贸城中心区将在这里奠基动工。同时，有色金属交易中心也即将开始建设。站在南海区大沥镇联滘村岭南路上，指着两边大片平整的土地，大沥镇党委委员唐赛光说，“大沥商贸发展与产业转型升级由此开始。”

3年前，大沥还是“家家点火，村村冒烟”。当时，联滘工业区聚集着数千家废旧塑料回收加工小作坊，废塑料和洋垃圾堆积如山，在烟熏火燎中，河涌发臭，灰尘满天，空气混浊，路人不得不掩鼻而行。随着佛山市政府提出节能环保、低碳生活的发展思路，推进绿色经济的力度空前加大，联滘工业区迎来了20多年来未曾有过的平静。一排排厂房

和店面已被清空，机器轰鸣声、垃圾焚烧升腾的满天烟尘都在一夜间消失。

3年后，大沥镇政府与广佛国际商贸城中心区所在的15个土地权属单位签订协议，土地总面积达1800多亩，除去市政规划路与河涌后1560多亩的中心区土地全部由政府统一进行开发管理。其中政府200亩土地用于引入大型项目，余下土地由政府返租后按规划用于发展公共设施、大型商业项目。

经过3年的摸索与思考，在推进土地集约发展方面，大沥创立了独担风险、返租经营、产业升级的模式。

5村股份公司为何流产?

联滘片区曾经遍地是废旧塑料，2007年的铁腕整治后，该片区开发问题开始提上日程。根据大沥镇政府规划，该片区将发展成为广佛国际商贸城中心区。2008年8月，一批专家在调研后，提出借鉴东莞模式，由联滘、沥东、沥中、雅瑶、平东5个村组成集团股份公司的方案。

在5个行政村中，土地面积最多的联滘村占68.36%，最少的沥中村只占6.4%。因此，在对股份有限公司控股权的争夺中，联滘村委会坚持享有51%的决策表决权，另外4个村委会分享剩下49%的表决权。这样的权力分配立即招来4个村委会的反对，他们坚持联滘村委会最多只能享有49%的表决权，各个村的村民们为此僵持不下，股份有限公司的组建也因此而陷入僵局。

2008年9月，“5＋1”方案出笼。该方案就话事权问题进行修正，分红依然按土地比例进行，但联滘村只有49%的投票权，政府参与土地开发管理，但不参与分红。“开始几场座谈会上，大家都相信政府，认同这一方案。”大沥土地资源开发公司总经理谢章燕回忆说，联滘村有几十名村民代表，分成三批座谈，另外还有党员、企业家、退休干部等，也都分别召开了座谈会。

随后，国际金融海啸爆发，座谈代表认为村集体出资联合开发，风险太大。无法兼顾公平和维持低风险的缺点，使得五村集团股份公司方案就此流产。有资深分析人士指出，股份公司方案来源于东莞的成功实践，而今天的大沥与东莞发展初期的情况迥异，也就注定了该模式在大沥最终不能落地生根。

对于联滘片区的拆迁谈判的艰难，有一位联滘村村民告诉记者：过去二三十年以来，联滘村已深深地卷入废旧垃圾产业当中。大约有1/3的家庭在里面有厂房出租，有些村民在里面开厂，有些村民在里面打工，大多数家庭都有房子出租给相关的从业人员。话事权争执不下，实际上主要是因为很多村民当时对于改造后的发展前景心中没底，所以根本不支持任何形式的改造。

如何在个人利益和集体利益、短期成效与长期发展中寻找到一个平衡点，大沥人又开始了新的尝试与探索。

政府返租保障农民利益

在2008年8—11月份这段日子里，谢章燕跟同事三天两头就往村里跑，与联滘村的“两委”干部、村民代表、党员代表甚至企业家代表们依次座谈，就土地开发模式反复争论，但都没有结果。

在某次座谈会上，长期的谈判僵局已经使得不少村民代表不耐其烦，有的态度强硬，有的则哈欠连天，这时，有个村民代表提出了“将土地进行出租开发”的建设性意见，立时引来各代表的关注与热议。

面临当时的困境，大家都同意租地搞开发。在联滘村的投票表决中，租地模式获村民代表98%同意。不仅在联滘，租地模式很快也获得了其他村的认同。

但是，土地租借给谁呢？

对于村民来说，土地招租的风险太多，特别是有租地企业交不起租金的“前科”让他们心有余悸；再者，村民自己投资，在统一规划建设上存在不足，招商引资的力度也不够，对企业的吸引力不强，“村用地”不能给租户更强的信心。“如果把地租给政府的话，这风险就由政府来承担了，我们也就放心了。”为此，联滘村向镇政府提出将土地返租给政府的方案。一周后，大沥镇政府就批复同意了这一方案。

方案确定后，联滘村第一个签约。600多宗拆迁，没有一宗群众上访事故。签订返租协议后，整个中心区的平均土地收益较拆迁前提高超过30%。根据相关合同内容，由镇政府组建项目开发公司租赁及征用村委会部分土地统一开发中心区内土地，自行承担开发利益和风险，村委会不参与土地开发经营，租金则根据各村委会此前土地租用价格而定，政府保证以不低于之前租金的价格租用土地，每3年递增10%。租期为40年。

“很明显，现在农民不需要承担开发的风险，土地租金的收入也较之前有了大幅增长。而政府在返租土地后，也可以进行比较高标准的规划建设。”中山大学地理科学与规划学院教授袁奇峰表示，现在是政府返租了土地，那么政府就承担了招商引资、规划建设等方面的风险。

产业升级图共赢目标

目前，大沥镇政府与广佛国际商贸城中心区所在的12个土地权属单位签订协议，土地总面积达1800多亩，除去市政规划路与河涌后，1560多亩的中心区土地全部由政府统一进行开发管理。其中政府200亩土地用于引入大型项目，余下土地由政府返租后按规划用于发展公共设施、大型商业项目。

与此同时，作为项目的推动者，政府开始考虑如何规避风险，实现预期的经济效益使片区发展、村民受益。在多方调研和分析中，“广佛国际商贸城中心区”的构想落地。

大沥地处南海区之东，毗邻广州西壤，历来被誉为“广佛商业黄金走廊”。更因其位居“广佛城市密集区中轴线”的中点，而成为广佛都市圈的核心区域。瞅准大沥“一地坐拥两市”的优势，大沥确定了未来的发展方向：打造广佛国际商贸城中心区。与广州实行错位发展，建设以超级大型购物休闲中心为主体的新型核心消费区，形成集购物、饮食、娱乐等为一体的大型休闲消费新区，吸引珠三角其他城市消费者充分享受现代购物、美食和娱乐新方式。

广佛商贸城核心区的建设不仅为大沥城市化的梦想提供了重要载体，在推动这一项目的建设过程中，大沥诞生一种全新的土地开发模式，政府反租土地、统一连片开发的办法，有效平衡各方利益，保障村民收益的同时，更有利于土地开发效率的提高。

此外，在联滘成立有色金属交易中心，以“内聚外引”的方式，实现金属制造地向“总部经济”升级转型，也是大沥规划发展中的重要内容。截止目前，已确定有6个金属企业总部和1个五星级酒店投建。据唐赛光的设想，中心初步方案要尽可能实现三通：一是地下是通的，全部开通车库；二是地上是通的，几栋大厦都彼此相连，没有隔离；三是空中是通的，可以把几十万平米的区域联系起来。

9月16日，广佛国际商贸城中心区将在联滘奠基动工。同时，有色金属交易中心也即将开始建设。唐赛光表示，这标志着大沥正式以土地集约的形式，加强商贸服务，联合产业资源优势，向产业升级融合发展。

（原文见2010年9月14日《南方日报》，作者：鲁修稳 梁江萍）

■时评

在民间活力和政府规划间寻路

在中共十七届三中全会发布的新闻公报中，明确提出了给予农民“完整而有保障的土地使用权”，《人民日报》也发表评论说：“要赋予农民更大的自主经营权，比如在现有土地承包关系长期稳定的基础上，允许农民以转包，转让，股份合作等形式流转土地承包经营权。”

从全国范围来看，中央一方面希望保护耕地，强化对土地用途的管理，另一方面则将促使土地承包权更稳定，并以此来解决土地规模经营难题。对于南海这样的工业发达地区来说，由于历史原因，超过一半的土地属于集体建设用地，如何在城市化进程中发挥这些土地的要素作用，并保障农民权益，将是左右南海今后经济社会发展的核心问题。其出路或许在于在现有的法律和制度下，保留农村土地的集体所有性质不变，同时允许其使用权进入市场，价格由农民集体与用地者谈判。

这与以往通过征收或征用土地建设经营性项目的城市发展途径有了本质区别，既要求政府在尊重农民集体用地使用权的基础上，保障他们的话语权和决定权，又要求政府行使规划权并履行治理乡村的职责。在此过程中，乡村自治组织的完善，强大和理性，以及政府理念与村民意愿顺利对接都将是突破城乡二元结构的关键。

以上问题，以《南海视窗》一直以来持续关注的大沥镇联滘村作为典型，我们可以找到最典型的矛盾冲突。这是一个与城市中心直接相连的村庄，这是一个规划中的未来城市中心延伸的核心地带，但这里却交织着此前30年发展所遗留的阻碍发展的利益关系，而且全部都是集体建设用地。政府想发展那里，但无法动用征地的手段，统一规划统一发展就受到很大桎梏，怎么办？村民希望自己的村庄环境好一点，年终分红多一点，但在现实的利益面前，他们是否又愿意放弃眼前利益求索未来？是坚守现在还是融入城市，在产业调整和村庄发展模式的抉择之外，还充斥着未知的风险，村民们是否又愿意承担这样的风险？

一个又一个的村庄，其实已不是封闭体，在全球化浪潮的冲击下，它们的命运要由生活在这片土地上的人们来决定，但历史的潮流是否真的能轻易掌握？美国次贷危机，让AIG濒临破产，进而很可能影响到其南海项目的进展，还梦想着接受千灯湖金融区辐射的联滘村，是否已经知道自己的命运其实不仅要由自己做主，很大程度上还要留下时代的烙印。联滘事实上是东部沿海地区农村城市化的一个缩影。产业升级调整的过程透出的是利益群体之间的博弈。这些利益关系如何协调？如果土地流转真的推行，现有的乡村治理模式和治理水平是否能适应其需求？现有的政府能否及时转变自身角色，扮演好规划者和服务者的职能角色？

发展是硬道理，但今天所说的发展指的是科学发展，不仅仅局限于经济领域本身的持续发展，更应是在发展的同时维护社会的和谐稳定。要科学发展，考验基层政府的不再局限于其在产业经济方面的驾驭能力，更重要的是其尊重民意，发动群众，组织群众的协调能力。“全民皆商”的冲动创造了今日南海的繁荣，从家庭联产承包责任制到农村土地股份合作制，在一分一合的轮回中，所谓的工业化和城市化在民间力量的冲击下，逐步变为现实。但30年来的民间无序发展，“村村点火，户户冒烟”模式也给今天的发展戴上了枷锁。

在无序和有序之间，在尊重民意释放民间活力与政府协调规划统一管理之间，要从对立走向统一，并非易事！

（原文见2008年10月17日《南方日报》，作者：胡智勇）

第二节　改革启航　破除坚冰

村委会与经联社“政经混合”的体制，既让村委会承担了经济发展的职能，又让农村集体经济游离于市场经济体系之外，使珠三角庞大的农村集体资产无法资本化，无法运用市场机制让它与金融、科技等资源对接，阻碍了珠三角内生型经济的转型升级。

伴随农村人口多元化和农村集体资产的快速增长，这些弊端更加明显。曾经开创了农村土地股份制改革的佛山市南海区，在珠三角城镇化的背景下，启动了农村综合改革的破冰之旅。

1. 告别“城中村”生活

2011年3月16日9时，大沥太平村委会大楼前，佛山市委常委、南海区委书记邓伟根同众人一起揭下红布，“新生”的太平社区居民委员会展露众人眼前。

同一时间，大沥镇的其余31个行政村统一举行了村改居后社区居委会的挂牌仪式，14.37万大沥村民同时变身新居民，迎接他们的“城里人”生活。自2月27日沙溪村首个对村改居进行表决，到3月13日32个村全部通过村改居表决，大沥用了半个月不到的时间就完成了这项始于年初的南海农改任务，比计划提早了一个半月。

大沥黄岐村委会大楼门口，悬挂着宣传“村改居”政策的标语。

2011年上半年，南海“村改居”这一覆盖全区123个村的改革正以燎原之势迅速扩展。截至3月16日17时，全区已经有110个村通过“村改居”表决，其中已有37个推选出社区选举委员会，有35个公布了参选居民名单，有20个推选出了社区居民代表。改革已成燎原之势，但涉及村改居的47万南海村民中，仍有部分对于为什么村改居、到底改了什么不能理解。作为南海拥有行政村数量最多、涉面最广、预期改革难度最大的一个镇，大沥农村是南海农村面貌的一个缩影。在此，我们不妨选取大沥作为标本，来条分缕析村改居这场改革背后的星星之火。

尴尬：城乡难分，拖缓城市化进程

从广州珠江大桥往西，过桥后上有“黄金走廊”之称的广佛路，你已身处佛山境内。这是从广州经珠江大桥到佛山的第一站——南海大沥镇，32个行政村和16个城市社区点缀在“黄金走廊”的两侧。

大沥社会工作局副局长吴永新介绍，大沥有32个行政村、16个城市社区，这个数量上呈现“农村包围城市”的格局，实际上却是典型的“城市包围农村”：沿广佛公路大沥段，沿途可以看到广佛国际商贸城、盐步内衣创意产业园等大约40家专业市场，同时还有名都酒店、金茂大酒店等几十家酒店。然而，在这些专业市场和酒店旁边，又间或出现一溜低矮破旧的厂房或民房，这些“城中村”的景象又像是在提醒你这里不是真正的“城市”。

“黄金走廊”给大沥的商贸业带来了长足发展，同时，早在上个世纪末，大沥就开始发展铝型材、有色金属等制造业。“很多村里已经没有农用地，即使做农用地也是用以种植苗木花卉等经济作物，村里的土地多用来出租发展商贸业或建厂房，因此大沥的农村已经不再是传统意义上的‘农村’了。”大沥镇政府一工作人员说。据了解，2010年，大沥全镇农村经济总收入741亿元，其中第一产业收入6.36亿元，第二产业收入418亿元，第三产业收入317亿元。

尽管经济水平能与城市比拼，但是由于缺少规划，大沥农村的管理形态又相对落后，许多地方看起来就像“城中村”。同时，商贸业和制造业的发展使大沥吸引了大量的外来人口。据了解，大沥户籍人口为26.28万，常住人口却达61.6万人，且外来人口大多居住在农村地区，给村委会的治安、社会管理带来了极大的压力。

产业形态、人口规模都已不再是农村，却仍实行农村管理模式，这种“鞋不合脚”的状态不仅影响了大沥城市化进度，也影响了大沥整体经济的再发展。眼下，随着沥桂组团发展趋势，“十二五”期间，大沥如何加速城市化被提上日程。作为南海中心城区中轴的北延线，突破农村管理模式弊端，改变“城不城，乡不乡”的外部形态，成为大沥人亟需解决的一个问题。今年年初推行的“村改居”，让大沥人看到了希望。

改革：身份变更，做有分红的居民

“无论是佛山的5＋2发展纲要，还是南海区制定的沥桂组团发展，大沥都已被纳入城区板块，如果依然保留农村的管理模式，只会严重拖累大沥的发展。”在吴永新看来，除了规划发展的需要外，大沥的农村也已经具备村改居的条件：第二、三产业发达，村民们的商品意识启蒙早，农业经济只占村集体经济收入很小的一部分；从2009年开始，大沥便开始建设农村社区，目前32个村里已有28个村建成五星级社区，完善的硬件设施完全可以同城市社区想媲美。

2011年2月22日，大沥召开村改居动员大会，32个村的村干部汇聚一堂学习探讨如何开展这项工作。然而，这场改革却不是发端于此。早在今年春节，大沥便制作了数十万份粉红色的政策宣讲单发放到村民手里，甚至还别出心裁地在利是封上印着村改居的宣传口号，因此，许多大沥人从年初就知道了“做有分红的居民”这件事。

在大沥镇村改居工作小组制作的宣传单上，南海区推进村改居工作的基本原则和政策被着重标记：原农村集体经济组织资产产权权属不变；原村民享受的农村优惠政策、执行的计划生育政策、股权分红等权益不变。这一切都太“深得民心”。“集体土地没有被收回，我们还是可以分红，孩子还是可以生两个，对我们来说，村改居只是换名字，其他都没变。”采访中，受访村民提起最多的就是这“三不变”。而另外的区镇加大对村级财政补贴，加大公共服务力度等措施，对于他们来说是核心问题之外的“锦上添花”。

这项建立在不损害村民利益基础上的改革，在大沥得以迅速推进。2月27日，沙溪村通过村改居表决。随后，每天都有好几个村同时进行表决，3月13日，最后一个表决的六联村通过村改居，为大沥村改居表决阶段的工作画上了较为圆满的句号，平均通过率达九成。随着各村改为社区居委会，南海区将对每村给予35万元的财政补贴，大沥镇也将拿出4000万元，专项补贴“两委”工资及用于社区居委会环卫、治安管理费用的支出。

对于涉及村改居的14.37万大沥村民来说，似乎仅仅是一个叫法的改变，因为即使变身“居民”，他们仍可以享有村集体经济的分红，可以享有原农村的计划生育政策。然而，对于大沥来说，却不仅仅是改个叫法这么简单：这是其在“十二五”期间全力推进城市化，进行产业提升、经济转型的一个行政举措，也是沥桂组团后大沥打造“广佛同城”最前沿、建设南海中心城区北延线的再出发。

未来：政经分离，改革成果惠居民

在太平社区的挂牌仪式上，邓伟根表示，“已完成村改居的社区，要在4月底5月初之前完成村居两级换届，之后深化农村集体资产管理的平台，包括资产交易与财产监管平台，将原来村的经济组织纳入规范化和正常化管理，同时要在适当的时期推动经济的股权固化，希望确保原来村民的经济利益。”32个村统一挂牌，这还只是大沥村改居的第一步，接下来的政经分离及两个平台建设，才算进入了这场改革的正题。

据统计，2010年大沥镇村组两级集体资产总额68.7亿元，其中经联社级33.1亿元，经济社级35.6亿元。集体资产的蛋糕一大，矛盾也随之而来。由于南海农村现行管理体制政经混淆，村民怀疑村干部发包、招标农村集体土地时存在猫腻，由此引发的矛盾冲突时有发生。长期从事农村工作的南海区人大常委会副主任何享业也直言，南海农村经济组织侵权越位现象严重，股份制下高利益的分配使经济组织内部矛盾突出，利益争夺趋于白热化，谁掌握了村的行政权，谁就掌握了村的经济权。“一旦村里亏损，承诺分红没到位，村长第二年就没得做。三年一选举，竞争很激烈，宗族势力介入选举、非正常拉票现象时有发生。”

而按照设想，村改居后将实行政经分离，居委会班子成员及居委会党总支书记将不能担任经联社社长。经联社将与村委会脱离，单独管理集体资产，南海将从5月起全面监管经联社。联滘村书记钟卓威说：“对于大沥这些每年集体经济收益过亿元的村来说，政经分离，让专业的人来管专门的事，在行政管理和经济运营上都能取得更好的效果。”钟卓威说，经联社社长专门负责农村集体经济事务，再加上农村资产交易管理平台和财务监管平台的建设，农村集体资产交易“阳光化”，运营专业化，集体资产势必能实现更快增值，使村民享受更多的改革成果。

▶▶个案

黄岐：顺应潮流村改居

“有的村认为要村民同意村改居很棘手，但对我来说却是非常轻松，几乎没有做什么宣传工作，村民们就通过了这一决议。”黄岐村书记彭桂强一脸轻松地说。

彭书记的轻松是有理由的。黄岐是从广州进入佛山的第一站。然而，不少黄岐人心中对此事却颇为怨念“珠江大桥以东的广州芳村，与我们黄岐比并不感觉要繁华多少，可广州人一过桥来到黄岐就说这里是农村，真系气人！”当然，让村民怨念的还有一些更实在的原因：譬如，与他们一江之隔的广州中山八路，土地租金比黄岐要高3倍。如今，村改居让黄岐人“飞上枝头变凤凰”，摆脱“农村”这名不副实的名号，这个改革没有理由不得到他们拥护。

对于村改居，彭书记笑着说：“上世纪80年代时，黄岐叫农村；90

年代改称农村城市结合部，现在到了新世纪将其发展为城市，这是顺应发展潮流。”走在黄岐的街道上，你会发现挂广州市籍车牌的汽车比佛山市籍车牌多，往广州的公交车比往禅城的公交车多，甚至各大楼盘内来自广州的业主也远远比来自佛山本地的业主要多很多。

据了解，由于毗邻广州，黄岐村集体经济主要来源于土地出租和厂房出租，商贸业非常发达，外来人口是本地人的3倍。“黄岐的本质已不再是农村，如今通过村改居，以行政手段来促进它的城市化是从管理体制上为它松绑。”彭书记说，以往黄岐在外来人口的管理、服务上需要花费大量的人力、财力，而变身社区居委会后，不仅在管理制度上更为完善，明确将外来人口纳入管理范围，同时区镇也将投入财政补贴以减轻村委会负担。“如此一来，整个投资大环境都变好了，黄岐的地块也将越来越值钱，‘中山九路’的名号也叫得有底气了。”

联滘：广佛商贸城增加政府公信力

2007年对于“垃圾村”的整治，让联滘人摆脱了高消耗、污染重的谋生之道，曾经堆满废旧塑料的1000亩土地被重新规划，一座现代化的广佛国际商贸城将在其上崛起。如今，村改居让联滘人离梦想的“新城市”生活更近了一步。3月2日，联滘全村2512名成年村民就村改居进行投票表决，开箱唱票，2498人同意，最终以99.6%的同意率高票通过该决议。这个结果让在场的村干部暗暗惊讶。

“我预想表决应该能通过，但是没有想到通过率这么高。”联滘村年轻的村书记钟卓威告诉记者，全村只有8个村民投反对票，还有6名弃权。在他分析看来，外界看来情况复杂的联滘村之所以能以如此高的同意率通过村改居，一切都该感谢“广佛国际商贸城”项目。

钟卓威列举了这样一个数据：2007年，联滘村集体经济总收入为1800万元，到2010年，集体经济收入达2800万元。“我们村都是纯地租收入，主要就是广佛商贸城那一块1000亩的地，通过政府改造和统一规划后，3年里收入增加了1000万元，村民分红增加了2000多元，有实实在在的收入增加，村民当然信任上面的政策了。”

如今，随着广佛国际商贸城项目的动工，这块属于联滘的1000亩土地将快速增值，让村民享受更多集体经济市场化带来的收益。同时，随着联滘村改居，更好的城市公共服务和社会福利体系将覆盖3000多名联滘“新居民”。4年间经历两次巨大转变，新生活的巨幅蓝图正在联滘人的眼前铺开。

（原文见2011年3月18日《南方日报》，作者：文聪玲 梁江萍）

2. 公共管理寻求城乡统筹

“脏、乱、差”，这是以往人们对城中村的印象。垃圾没人扫、路边小摊随便摆、占道堆放无人管……城市与乡村之间，似乎总有一条无法逾越的鸿沟，阻碍着城乡一体化的进程。

南海区大沥镇正试图改变这一现状。随着城乡环卫一体化、城管进村居等一系列举措的推进，原本只属于城市的公共服务开始向农村延伸。在大沥这个典型的城乡结合地带，变化正在悄然发生。

农村要漂亮似城市

如若不能改变农村“脏、乱、差”的情况，建设绿色美丽家园就无从说起。大沥决定实施“大市政”模式，把全镇的市政环卫工作统筹起来，农村的环境管理、垃圾清运全部纳入城市环卫系统，在环卫领域推行城乡一体化。

“城不城，村不村”，这是大沥之前一直摆脱不了的尴尬境地——有让很多地级市都艳羡的工业产值和GDP总量，却没有城市管理的井然有序。在城市化进程中，大沥一直面临着“农村”如何像城市的特有之痛。

此种现象的背后，是城乡割裂的二元管理体制在作怪。以环境卫生为例，在城市里，有专职的环卫工人打扫卫生。大沥镇市政办主任郭伟涛介绍，村里一般都是自己雇佣一些低保户负责卫生清扫工作，没有严格的管理制度和考核体系，难以保证工作质量。

2008年，大沥镇曾对农村的卫生状况进行调研，拍回来的照片显示，村里的卫生状况令人担忧：各种垃圾随意堆放在路边……“几乎所有的村都是这样的状况。”郭伟涛说。

显然，如若不能改变农村“脏、乱、差”的情况，建设绿色美丽家园就无从说起。大沥决定通过改革来改变现状，具体来说就是实施“大市政”模式，把全镇的市政环卫工作统筹起来，农村的环境管理、垃圾

随着城乡环卫一体化的推进，公共服务也开始向农村延伸。

清运全部纳入城市环卫系统，在环卫领域推行城乡一体化。

在具体操作汇总，整个改革采取“管干分离”的指导思想，通过引入专业保洁公司的方式使整个环卫系统实现市场化运作。在此指导思想下，整个改革分为三个步骤：首先，镇市政部门和村里签订环卫承包合同，将村里的环卫工作“收上来”；接下来，镇里再按照区域将这些村打包，通过公开的招标将他们承包给专业的保洁公司；最后，镇政府再成立一个监管机构，负责对承包公司的考核监管工作，不能达标的公司将被淘汰出局。

如此一来，政府实现了“管理与作业分离”，权责主体非常明确。更为重要的是，引入社会化、专业化的保洁公司，能把广州等先进地区的管理经验和机械设备引入农村，诸如大机械化作业、垃圾分类收集、门前三包等方式和经验都可在大沥的农村中施行。

农村的事也按城里“规矩”办

面对这种“管得到的看不到，看得到的无权管”的局面，大沥镇“大城管”改革就应运而生了，大沥决定在各村（居）设立村（居）城管工作站，构建立体执法网络。

从2009年7月中旬开始，大沥39个村居城管工作站陆续成立。大沥计划在村居一级建立城市管理的专职机构，把城市管理的方式和模式向所有村居延伸。这种新尝试开佛山、乃至全省村居管理的先河。

这样的勇气和决心源自现实的压力。作为典型的城乡结合部，经济繁荣、社会构成复杂，这些因素加大了大沥的社会管理难度。

各村的农村市场活跃，在带来经济利益的同时，也使得大沥农村多了烦恼，无证照经营、制假售假等等，与环卫工作一样，大沥的农村管理有了城市之“痛”，但却没有城市的管理办法。

此前，各行政村成立的治安队曾经承担起部分相应职能，但随着法制观念的普及，作为村民自治组织下设的治安队无权执法“乱执法”的现象开始被村民诟病。

面对这种“管得到的看不到，看得到的无权管”的局面，大沥镇“大城管”改革就应运而生了，大沥决定在各村（居）设立村（居）城管工作站，在全镇实施城市管理网格化，构建立体执法网络。

“大城管”改革强调执法权的下沉以及与村居管理的结合。村居城管工作站定性为综合管理机构，是镇城市管理委员会在村居的派出机构，受镇城管委和村居委会的双重领导。为了与村居工作相协调，村居“一把手”兼任城管工作站站长，村（居）委治保主任担任专职副站长负责日常管理工作。镇综合执法大队也派驻1名执法分局公务员担任兼职副站长。每个工作站还招募了1—2名城管员，招聘人员70%以上是大专以上学历。

村居城管站还整合各村现有的巡查人员，“这些原本非满负荷工作的人员加入城管队伍全职工作，给村镇两级都带来便利。”杜炳添说。多部门互联互动也被写进建设方案。

原本以村居委会为中心的村居管理，与镇下派的城管工作站结合到一起后，其模式和方法就产生了根本变革。

“摸着石头过河”的改革求索

尽管面临种种困难和担心，但显然，改革没有回头箭，既然事实已经证明了以前的模式是不管用的，那么就必须通过改革摸索出一条行之有效的道路来，这就是改革的意义。

有人认为，不管是环卫城乡一体化，还是城市管理进农村，只要把公共财政资金向农村倾斜就可以顺利办到。但事实却并非如此，城市与乡村现实条件的不同，决定了公共管理的城乡统筹道路并非一蹴而就的事。

大沥的探索也不例外。“‘大市政’是一个非常庞大的系统，比如引进公司的准入标准，在招标时对费用和公司资质的平衡，这些问题都非常复杂，需要多个部门联动才能完成。”郭伟涛说。

另外，卫生费的收取也是一个极其复杂的问题。按照2009年时物价局的卫生费标准，每户每月的收费大约在12元左右，大沥本地居民大约在10万户左右，这样算下来每年的卫生收费最多只有1000万元左右，约占整个卫生费支出总额的1／10。“市场化之后，如何尽量缩小不断扩大的开支与收入之间的差距，以减轻各级的财政压力，这也是一个需要考虑的问题。”郭伟涛说。

对于城管进村居的忧虑则主要集中在如何稳定城管队伍以及与村居协调的问题上。有限的薪酬水平能否让城管员扎根村居？沥东城管站协管员梁敬辉每月工资只有1600多元，但工作地点和住家距离很远，这让他多少有些抱怨。不少大学生城管员工资也是这个水平，这让有关部门担心村居城管站人员的积极性和稳定性。

农村城管站大部分只配备一名执法分局下派公务员，也就是站内只有一名具有执法资格的工作人员。当这名公务员因为一些原因不在岗时，农村城管站又面临无权执法的真空状态。“本想配备更多的公务员，但整个大沥也只有50多名公务员编制城管员。”杜炳添说。

此前，大沥镇做过的相关调研就显示，少数村委会就疑虑村居城管站能不能发挥相应的积极作用，会不会挂牌了事？既浪费了村集体的钱，又将任务推给村里，增加村委会的工作负荷。

尽管面临种种困难和担心，但显然，改革没有回头箭，既然事实已经证明了以前的模式是不管用的，那么就必须通过改革摸索出一条行之有效的道路来，这就是改革的意义。

（原文见2009年12月18日《南方日报》，作者：吕博雄）

3. “六个转变”：南海农村改革全景图

2010年7月19日，佛山市委常委邓伟根就任南海区委书记。在随后100天时间内，他对南海全部224个村进行了密集调研，形成了农村改革

"六个转变"的思路。

1. 探索农村体制由政经混合型体制向突出核心、政经分离型体制转变。以引导农村基层组织坚持以党组织为核心，明确自治组织的基本职能，将经济组织从"三混合"型体制中分离出来，使自治组织职能全面发挥，经济组织逐步市场化，实现城乡社会组织形态一体化。

2. 探索社会管理从农村管理型向城市社区型转变。引导农村从原来的多头管理向城市社区管理过渡，实现城乡市政、基本公共服务一体化、均等化，逐步形成城市管理的新格局。

3. 探索农村集体资产从享盈不负亏、集体分红型向自主经营、盈亏共担的风险经营型转变。固化股权，按照现代企业制度的要求，逐步将集体经济组织改造成为"自主经营、盈利共享、风险共担、按股分红"的股份制企业。

4. 探索村民社会服务从无偿福利型向有偿分担城市管理型转变。引导农村从集体包揽的社会公共服务转向由享受服务的居民共同承担公共服务费用，充分体现农村自治功能。

5. 探索农村居民住宅从传统单家独户型向现代社区公寓型转变。引导农村居民严格遵守区政府停止农村单家独户住宅建设的有关规定，运用宅基地换房等置换方式，加快社区公寓建设，引导农村居民上楼居住，切实解决农村宅基地不足和新增人口居住的问题，加快农村城市化。

6. 探索农村居民的福利保障、从不稳定的分红式保障向城乡统筹式的稳定的社会保障型转变。

（原文见2010年3月30日《南方日报》A06版，作者：赵进）

■时评

从社会全局着手解决经济问题

正如科学发展观是一个囊括了经济、社会等各个领域的系统理论一样，以产业升级为表象的生产力提升过程也是一个综合体，一切试图只用狭隘的经济手段来解决经济问题的做法，只会导致事倍功半甚至适得其反的结果。

目前，全球产业经济的发展态势，迫使南海必须忘记曾经在传统工业领域里取得的辉煌表现，以壮士断腕的气魄对其进行改造提升，并进而力争在现代制造业和现代服务业领域融入全球产业链，缩小与世界先进生产水平之间的差距。按《佛山市南海区贯彻落实科学发展观情况分析报告》所提出的，就是要“大力发展高端服务业，重点发展先进制造业，优化提升民营经济”。

但是，与改革开放初期引入加工贸易型产业时对南海社会全局造成的巨大冲击一样，此轮产业升级的影响也绝不仅限于经济领域本身。一个不容忽视的问题是，大批依附在乡村集体土地上生存的企业，在目前人民币升值、原材料价格上涨、节能减排压力加大的背景下，有的实现了就地升级，有的则面临外迁或倒闭的风险。更为重要的是，这些企业是所在村庄厂房租金的保证，而厂房租金又是目前很多村庄集体收入的主要来源，单个企业的命运集合起来就与南海整个乡村经济基础联系起来，稍有不慎则全盘皆输。

接下来的问题则是，在以加工贸易型产业为代表的小工业化时代，南海农村土地经营普遍以单个村、组为主体，土地收益在村集体内部分配，这种分配关系相对容易操作。但是，一旦精密制造业和现代服务业成为南海经济形态的主流，以单个村、组为主体的小规模土地经营模式将无法适应其用地需求。届时，一个项目的用地量动辄需要租用邻近几个村的土地才能保证生产，那么村与村之间如何建立决策机制？如何协调分配关系？如何规避经营风险？都将是重大课题。

而对于就地改造升级的民营企业来说，如果无法在法律上解决其在租用土地所建物业的产权流转问题，那么在目前资本竞争已成为企业竞争主题的背景下，这些企业就将在国际竞争中处于劣势。一个很现实的问题是，在集体用地上建设的厂房在申请上市时不能计算进入固定资产，这一点就把很多优秀企业挡在了资本市场的门外。

按照马克思主义经济学的理论，生产力的发展不断迫使生产关系作出调整，而生产关系的改变进一步解放生产力。就像费孝通先生所认为的，中国经济生活变迁的真正过程，既不是西方社会制度直接过渡的过程，也不仅是传统的平衡受到干扰而已，而是传统力量与新的动力相互作用的结果。如果我们把现代服务业等新兴产业在南海的崛起理解为动力，那么以集体土地所有制为基础的生产关系如何适应这一外部变化将是问题的核心。

联胺“广佛国际商贸城”建设中所遇到的阻力表明，对生产关系进行成功变革并不容易，因为生产关系是由各利益集团关系组成的。事处变革之中的人们，他们的期望各不相同。这种情况下，处在宏观和微观夹层之间南海区、镇两级政府该如何做?

要解决这些问题，必须从全局入手，这或许正是南海提出构建“利益共同体”和“活化土地资源”的真正意义所在。当然，从全局入手除了前面所说的生产、分配和交易等方式的重构，传统文化和社会结构等“软因素”也需要纳入重点考量，这一点往往容易被大多数人忽略。

（原文见2008年7月11日《南方日报》，作者：胡智勇）

▶▶后记

2011年3月16日，大沥太平村委会大楼前，佛山市委常委、南海区委书记邓伟根同众人一起揭下红布，“新生”的太平社区居民委员会展露众人眼前。同一时间，大沥镇的其余31个行政村统一举行了“村改居”后社区居委会的挂牌仪式，14.37万大沥村民同时变身新居民，迎接他们的“城里人”生活。

“村改居”只是南海新一轮农村综合改革的序幕。自2011年年初开始，南海开始筹划在全区推进以“村民持股进城”、“农村集体经济市场化”、“农村社区化”、“城乡公共服务均等化”为目标的农村综合改革。作为南海拥有行政村数量最多、涉面最广、预期改革难度最大的一个镇，大沥是此次农村综合改革的重中之重。大沥能够在半个月不到的时间内完成“村改居“，比原计划提早了一个半月，出乎所有人意料的同时，也从一个侧面证明了大沥多年的发展思路早已深入人心。

在新浪微博上，佛山市委常委、南海区委书记邓伟根化名“樵山潮人”对南海农村综合改革与南海民众进行探讨互动。2011年3月16日，“樵山潮人”在博客上发表了《联滘，雄起！》的一文，这是邓伟根在2010年在100天内走访完南海全部224个村后，写下的村居调研笔记中的一篇（见下文），从中我们可以另一个侧面看到大沥农村综合改革的意义。

联滘，雄起！

樵山潮人　2011年3月16日

可别小看联滘，这个大沥小村，早就闻名世界了。2006年底，英国一媒体报道的“洋垃圾”事件，就发生在这儿。讲起真系“莫面”，但在南海的历史上却是要记上一笔的。

因为，这个事让南海区掀起了环境整治的高潮！

今天到联滘，啧啧，好大一片土地！那可不只是将来大沥有色金属总部，更是白花花的人民币！想想之前这儿的洋垃圾、破厂房，真系一个天上一个地下。根本莫得比！

联滘村支部书记钟卓威，一个刚上来的年轻大学生村干部，很多人都说他是个“娃娃官”。别以为“娃娃”没料到，这个小钟书记谈起发展时思路清晰，总能说出个一二三四；而一旁的老主任黄树荣，一脸欣慰地说支持他们（年轻村干部）。

小钟告诉我，联滘桂和路东边正在搞广佛商贸城。这东西要是搞成了，那全村人都有福了。可是，桂和路广佛高速入口上跨桥段没有设置下跨调头位，车辆如需调头要前往里水大涌高架桥。开车调个头都这么费劲，还跟你商什么贸？所以他希望区里边能帮手搞定呢单野。

路通财通，这是关系村民利益的大事，村干部利为民谋，我这个区干部当然也不能站在一边看热闹。南海不是要做广佛同城的客厅嘛，客人走到联滘，想调个头都得过里水，这客厅也太不给力了！呵呵。这不应该是“非常艰难的决定”，所以我当即表态：桂和路是区级公路，区里可以定方案，镇村尽快制定好方案上报，让有关部门研究是否可行。

从规划来讲，沥桂将是南海产业城市转型的标杆，而联滘是沥桂的重点片区，肩头上的担子重得很，它必须“雄起”，从一个垃圾村转变成一个标杆村。几年前，这里因废旧塑料回收“闻名世界”；几年后，这里要以有色金属总部“影响世界”。

回想2007年，当时，区镇两级在村民的支持下，壮士断腕啊，一刀下去——“咔嚓”，斩断了废旧塑料回收这个落后的产业。联滘做垃圾做了那么多年，好多人都靠着这个事吃饭，一下子这样搞掉了，将心比心，那得需要多大的勇气！既然群众这么支持政府的工作，我们就一定要对得起大家，在发展中把蛋糕做大，让村民的收益得到加倍的保障和增长。

所以，我非常关心广佛国际商贸城中心区的招商引资工作，希望加紧推进项目来带动联滘及周边地区的发展。还有，金融高新区“过河”跟大沥连为一体，省政府都全力支持，这可是大好机会，过了这村可就没这店了，联滘村的商贸物流和专业市场，都可借此东风，跑步前进。

现在房地产高烧不退，联滘可别凑这个热闹，那东西就是一次性消费，卖了就“神马”也没有了。像现在这样培育一个依托大沥有色金属产业的市场，才是长远之计。联滘理顺土地后，选好项目很重要，装得好，会给城市定位和发展提供好的支撑；装错了，在新一轮的城市布局、区位定位中，就会瞎子摸地图——找不着北。

我相信，广东金融高新技术服务区D区将走出过去传统发展模式，切实将产业升级和金融发展有机结合起来，带动南海金融经济的快速发展。同时，我也期待联滘以崭新的面孔走向世界，“笑傲江湖”。

第五章

产业智变

从“汗水”向“智慧”的转变，并不意味着对生产环节的全面抛弃，而是在生产模式上也朝着智能化的方向转变。在大沥，当研发、销售、生产配套等总部经济要素在广佛国际商贸城聚集的同时，其制造业的生产环节将逐渐迁往区域西部，以此实现产业空间布局的优化，并让制造环节在园区内实现聚集。

CHANGYEZHIBIAN

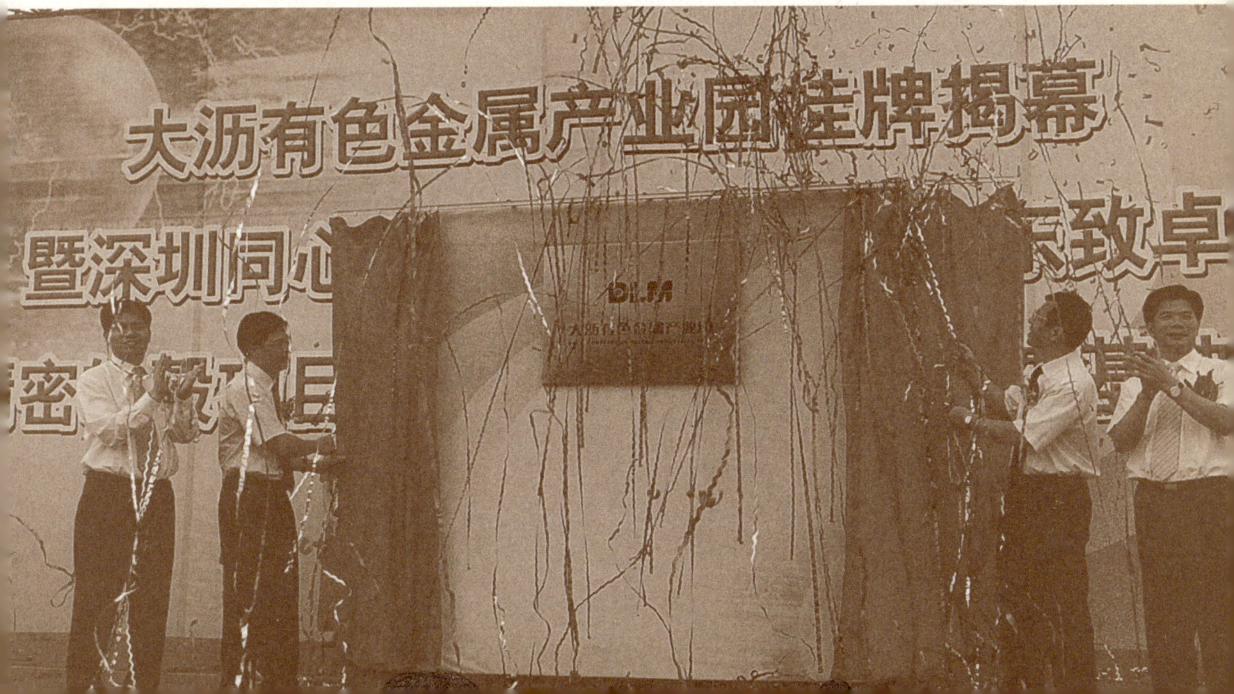

在飞速发展的背后，中国诸多产业蕴藏着深重危机。

2011年第一季度，中国外贸在经过7年顺差后，首度出现10.2亿美元的贸易逆差。此时，在国际市场上，作为工业基础原材料的原油、有色金属、棉花等大宗商品价格大幅上涨，而国内劳动力成本则持续上升，给原材料和消费市场“两头在外”的出口型经济带来重大打击。

与此相对应的是，以美国苹果公司的iphone、ipad为代表的新一代智能产品在全世界却出现了疯狂销售的态势，消费者排队购买的景象让人似乎回到了商品短缺的计划经济时代。

一冷一热之间，中国经济增长模式的尴尬展露无疑，单纯依靠劳动力成本优势带动产业发展的时代已经一去不复返。无论是新兴产业的培育，还是传统产业的转型升级，中国都必须寻找到更具科技含量的发展模式。

从“汗水”向“智慧”的转变，已是中国经济的大势所趋。2011年2月18日，“广佛智城”在位于大沥镇联滘片区的广佛国际商贸城中心区正式奠基。联滘，这个曾经因废旧塑料回收而闻名全国的村落，将变身为主题购物公园、写字楼、酒店群、购物中心城市高端商业旗舰、商务会馆等五大业态功能构成的城市中心生态型全功能都市商业综合体。这被外界解读为将给大沥区域发展注入新活力，推动大沥产业的转型升级。

从“汗水”向“智慧”的转变，首先有赖于生产性服务业的崛起。长期以来，大沥与珠三角很多工业重镇一样，虽然拥有“中国铝材第一镇”、“中国有色金属名镇”、“中国内衣名镇”等辉煌称号，在某一个产业领域拥有规模上的绝对优势，但这种优势却主要集中于某一个或几个生产环节，与此相关的产业链上游的研发、工业设计以及产业链下游的营销等环节却少有涉及。同时，金融、会计、科技信息等现代服务业也几乎没有获得任何发展，空有制造业的规模优势却无法形成人流、资金流和信息流的聚集优势。

处于广佛核心的大沥完全有条件改变这样的局面。铝型材、内衣等传统制造业是大沥的优势产业，大沥经济要从“制造”走向“智造”，不但不能放弃这些优势产业，而且还要想方设法地提升这些产业的水平。大沥可以依托原有优势产业，通过建设有色金属交易中心、内衣产业园等平台，为企业商户提供一个产品展示、信息发布、采购交易的平台，沿产业链把上下游配套企业集聚起来，并在此基础上衍生出国际采购、金融保险、物流、会计法律、酒店服务等商务配套，向“微笑曲线”两端延伸，打造总部经济。

基于这样的思考，广佛国际商贸城将承担起聚集大沥各类生产要素，培育大沥现代服务业发展的重任，其核心定位就是要以内聚外引的形式打造雄厚的总部经济。“内聚”是把以前出去的，或有具体需求的大沥企业总部聚集于商贸中心区；“外引”则加强对具有全国性影响力的有色金属大企业的招商力度，通过其总部力量带领金属贸易发展。

另一方面，从“汗水”向“智慧”的转变，并不意味着对生产环节的全面抛弃，而是在生产模式上也朝着智能化的方向转变。在大沥，当研发、销售、生产配套等总部经济要素在广佛国际商贸城聚集的同时，其制造业的生产环节将逐渐迁往区域西部，以此实现产业空间布局的优化，并让制造环节在园区内实现聚集。

从“汗水”向“智慧”的转变，名镇大沥的产业发展目标已经清晰。而要实现这一目标，大沥显然还有很长的路要走，这必然也是中国经济的未竟之路。

第一节　产业新路　智慧新局

这个因传统制造业而名扬天下的制造业重镇，在历经三年的环境治理风暴阵痛后，如今将何去何从？这个在制造业时代呼风唤雨的区域，能否再领时代潮流？

1. 大沥：从“制造”走向“智造”

2010年9月16日，广佛国际商贸城首个项目——广东有色金属交易中心将正式动工。由广东坚美、华昌铝厂等数家知名大型有色金属企业投资的6座总部大楼，也即将拔地而起。

从取缔废旧塑料业、熔铸业腾出产业发展空间，到总部基地在广佛国际商贸城破土动工，3年间大沥以“一脊两翼、东改西拓”战略，逐步完成产能结构调整及产业聚集重新布局，并向微笑曲线两端延伸，发展总部经济、电子商务、创意设计，产业方向从“制造”转向“智造”的目标已然清晰可见。

总部经济引领产业转型

历时三年，在经历与5个村委会和15个村民小组等利益主体单位的拉锯战式谈判后，最终确定政府主导型开发模式的广佛国际商贸城，在去年底“悄然”挂出3块商务用地。随后，3块地很快被两家本地龙头铝企和南海铝型材协会拍得。

三年的沉寂期，同时也是三年的沉思期：在完成近2000家废旧塑料加工企业取缔、177家小熔铸企业全面关停、180多家铝型材厂整治等大

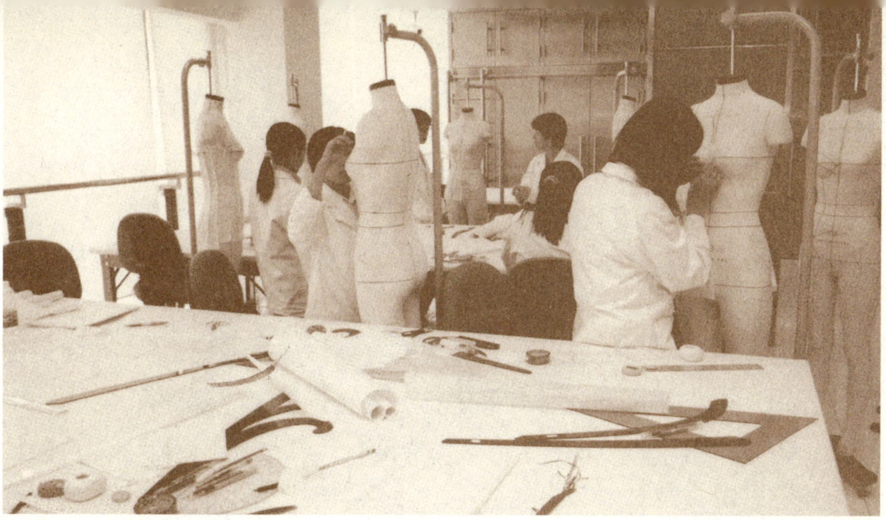

盐步内衣创新中心。

规模落后产能调整后，这个雄踞广佛黄金商贸走廊与南海城市中心区中轴线黄金交汇处的商务中心，将如何引领大沥经济转型？

大沥镇委书记陈有相给出了答案：建设商务中心区的目标是推动大沥工业制造业由现在的生产向研发和下端销售转移，形成特色总部经济。既是引导产业升级和拉动经济可持续发展的标杆，也是城市转型的标杆。

2010年3月，广佛国际商贸城再次挂出3块商务用地，广东坚美、中盈地产以及华鸿铜管联合金一百铜业迅速拿下，成为当月全市唯一成交的非工业用地。

2010年9月16日，在广佛国际商贸城中心区，包括有色金属交易中心、有色金属总部大楼在内的6个项目将举行奠基仪式。

商贸城地块连续被有色金属企业拍下，这个独特的现象显示，打造有色金属产业总部经济并非大沥政府的“一厢情愿”：在逐步完成产能结构调整、企业外迁扩张的生产性布局后，向微笑曲线两端延伸，将研发、销售留在大沥，寻求从“汗水”到“智慧”的突破，是大沥产业转型的核心和必然选择。

这种变化在整个大沥工业“发酵”。2010年6月，广东新怡内衣集团有限公司揭牌成立，其背后所揭示的意义，是盐步很多内衣企业已不再依靠增加订单、扩大产能来维持生存，而是腾出精力来增加产品的附加值，改变此前粗放型的管理模式，向精细化、规模化方向迈进。

产业重新布局向园区聚集

在大沥有色金属产业园里，伟业铝材的新厂区一年四季绿树常青，鲜花盛开，传统铝型材加工企业的形象彻底颠覆。

2007年，长虹岭工业园更名为大沥有色金属产业园。3年时间，首期开发的1800多亩高新技术开发区已引入包括中铝、深圳同心、PCB电子铜、致卓精密轮毂等在内的40多家企业；广东电缆厂、伟业铝厂、华昌铝厂、占美金属等本土知名企业，由东部西迁至占地2000多亩的有色金属产业园二期，集聚效应逐步显现。

曾经有人疑问：落后产能淘汰、土地资源紧张，诸多因素造成的部分企业外迁现象，意味着产业结构调整可能带来的“空心化”？

大沥的思路是清晰的，以两个聚集效应实现产业转型：一是将有色金属产业的研发、销售等环节在“一脊”聚集，形成总部经济、生产性服务业的现代商贸中心；二是将生产环节逐步迁往有色金属产业园，在西部形成聚集生产。

而生产环节的重新聚集从一开始就站在高起点：经过淘汰提升的产业结构，通过技术研发、生产制造、市场交易、会展、物流形成完整的链条集群。

以伟业、华昌等企业为代表的大型铝型材企业“坚守”大沥，显示出大沥转型升级后的产业集聚效应越来越被企业关注。大沥镇长吴绍秋告诉笔者，要求回迁发展的企业越来越多。

盐步内衣同样在寻求新的聚集发展。2010年大沥开始规划建设一个300多亩的全国性内衣产业园区，将集技术研发、规模生产、产品展销、物流配送于一体，突破性地提出内衣创意设计。

陈有相表示，内衣产业园区将为内衣产业的提升发展提供载体，以进一步发挥产业集群效应，擦亮内衣区域性品牌，促进“盐步内衣”加快走向精深，走向国际。

打造华南有色金属流通中心

改革开放30年，大沥勃发的专业市场已经成为与工业制造相辅相成、不可或缺的经济要素。大沥正在从“制造”转向“智造”，原有的专业市场体系能否跟上步伐？

制造产业提升，服务产业也要提升，大沥很早就看准这个问题。广佛国际商贸城在规划初期，其目标之一就是作为大沥的生产服务中心，要为大沥支柱工业，特别是有色金属产业的发展提供完善的服务支持。

2010年9月16日，商贸城中心区内与数座总部经济大楼同时动工的，还包括规划已久的广东有色金属交易中心。

这被视为大沥有色金属产业提升的关键一环：建设有色金属交易中心，为企业搭建大型的电子交易平台，形成专业集中的有色金属原料型材、技术设备、信息交易市场；其次，通过设置融资、担保、中介、培训、物流等关联产业服务配套，引入期货与现货相结合的交易模式，在丰富有色金属的交易手段的同时，也为企业提供了配套的套利保值、交易与物流紧密结合等配套服务，使大沥有色金属产业从生产加工的利润低端环节迈向高端。

企业在这里将获得一个供产品展示、信息发布、采购交易的平台，并形成有色金属加工上下游配套企业集聚起来的产业链。“大沥镇要打造成为华南地区的有色金属流通中心。”陈有相说。

生产性服务业转型由“一脊”向东翼延伸。沿广佛路和广佛新干线两大东西主干道及周边纵深区域，已集聚了100多家旅业和50多个专业市场。在这里，黄岐南方五金厂改造成商业中心项目已部分投入营业，广佛五金城展贸中心、盐步家具城家具会展中心已完工启用。其中新落成的广佛五金城展贸中心与106届广交会同时开门迎宾，寓意打造永不落幕的广交会五金分会场。

（原文见2010年9月9日《南方日报》，作者：贾抒　梁江萍）

2. 有色金属迈向“全产业链”时代

联滘片区位于“广佛黄金走廊”中间位置。2007年前，这里聚集着上千家废旧塑料工厂，从业人员几万人；2007年后，一场疾风劲雨般的整治将这些低端的废旧塑料工厂一扫而空。

土地整合后，吸取了早年建设的教训，决策者的思路，是想在这块黄金宝地上打造出一个“黄金”产业。广佛国际商贸城中心区规划由此而生，定位于发展以有色金属交易中心为主的生产性服务业及高端都市型产业。

在此基础上，大沥有色金属产业将形成以有色金属产业园为生产基地、以广佛国际商贸城中心区为贸易、研发、销售基地的完整产业链。除原材料和市场不在大沥外，有色金属产业链上的所有环节都将可以在大沥完成。

条件苛刻只为出精品

大沥镇一位知情人士告诉记者，当土地正在整合时，就曾有一位实力雄厚的老板找到大沥镇投资促进局，欲独自拿下这块地，进行整体开发。但最终由于这位老板的开发方案与镇里的设想都不甚一致，大沥果断地放弃了这一抛来的“橄榄枝”。

1837亩土地，扣除市政规划路和河涌后，可开发土地为1560多亩，其中，200亩为征地，用以出让，发展具有示范作用的龙头项目。为了最大限度地提高该片区土地资源的利用效率，大沥镇对这个地块的招商要求极其苛刻，对产业导向、开发进度、投资强度、环保要求进行了具体明确的要求：计划引进与广佛国际商贸城区域相适应的城市商业、展贸型专业市场以及休闲、娱乐、美食等项目，打造商贸流通高地。并要求承租人在签订承租协议后6个月内动工，2年内完成主体工程的建设，且投资强度不少于200万元每亩。

条件越苛刻，意味着遇到合适项目的机会越少，那么土地闲置的时间就越久，而政府给联滘、雅瑶、沥东等五个村的租金却不能拖，暂时的亏本是难免的。此外，地方政府所承受的，还有来自各方的政治压力和社会压力。几年来每每经济分析会时，看到别的镇的招商引资都呈现较大幅度增长时，大沥却是微增长或负增长；关心区域发展的村民们看着好好的地晒着太阳，也多次通过村委会向镇里打听情况……

在种种有形无形的压力下，大沥镇坚定地扛了过来。“大沥镇已经过了依靠土地增量来实现经济增长的时期，现能腾出的每一块土地都无比珍贵，必须要实现集约高效开发，且能辅助大沥的传统产业升级，那才是好产业。”大沥镇相关负责人表示，几年的筛选换来的将是上百年的可持续发展。

有色金属名镇的忧虑

两年里，经过重重筛选，南海铝型材协会、华昌、伟业等几大有色金属龙头项目，拍下广佛国际商贸城中心区的共139亩，将建成6座总部大楼，这六大项目将于2010年9月16日同时奠基。专业人士预言，这将开启大沥有色金属发展的新纪元。

该专业人士表示，大沥的有色金属产业发展到今天，虽然已初具规模和影响力，但前期依靠扩大产量来获取更多利润的粗放式发展模式已不适用。“其实大沥铝型材行业的技术门槛并不高，说白了，就是挤压设备的竞争，多数企业仍以扩大产量来增加收入，并没有真正地去提升自己产品的附加值。”该人士表示，“一些厂外迁到土地和劳动力成本相对较低的地方去发展，去扩大规模，这不是解决问题的根本办法，要想真正提升自身的核心竞争力，还得从附加值上下功夫。”

而从大沥这一“中国有色金属名镇”的角度来看，潜藏着大量民间资本却找不到优质出口的有色金属老板们，因限于有色金属产业本身发展的瓶颈，有的盲目地进行其他产业的投资，有的在别的地方买了地。浮躁而又急于追求更大利润的老板们很难静下心来去为有色金属产业的可持续发展做投资，且仅凭一两家企业的单个行为也很难引领整个行业的方向。

一位从事铝型材行业20多年的企业老板向记者道出了他的忧虑：“对于有色金属产业来说，大沥没有原材料，上下游产业链亦并不完善，能发展到今天已不错，再突破却很难。”这也是他后来决意投身金融和房地产行业的主要原因。

如果任由这一忧虑蔓延下去，大沥有色金属产业的整体影响力将下滑。

幸运的是，政府已敏锐地捕捉到了有色金属行业的这种忧虑，并适时规划了以有色金属总部大厦为基础的有色金属交易中心，以辅助大沥的有色金属行业朝微笑曲线的两端升级。

奠基前夕的各方筹谋

“这样一个有色金属交易中心，希望能内聚外引。”大沥镇党委委员唐赛光表示，在有色金属及相关行业企业总部集聚的前提下，同时培育一些培训、金融、展贸、信息、物流等一系列生产性服务业配套进驻。

据广东华昌铝厂有限公司副总经理武卫社透露，华昌在此地将要动工开建的大厦计划投资3.5亿元，建筑面积5万平方米，大厦约28层高。大厦建成后，除将自己公司的研发销售总部搬过来外，华昌已在经销商会议上向20多个合作伙伴发出邀请，欢迎他们将办公用地设于此处。“有做有色金属贸易的，有做模具的，有做有色金属深加工的，如果他们进来的话，彼此合作产生的效益将出现1＋1＞2的形势。”

这样，不难想象，若干年后，大沥将形成以有色金属产业园为生产基地、以广佛国际商贸城中心区为贸易、研发、销售基地的有色金属完整产业链。除原材料和市场不在大沥外，有色金属产业链上的所有环节都将可以在大沥完成。

实际上，政府的理念亦与市场的需求紧密相扣。武卫社告诉记者，如果没有这块地，他们就计划在长虹岭工业园建一个总部大厦了。“高档的办公环境将更有利于留住员工，并给客户带来好印象。”一家企业的老板坦言。

而一对清远的老夫妇早些年来到联滘开厂经营废旧塑料小赚了一笔，2007年废旧塑料产业被取缔后，他们一直不愿意离开这片曾经淘过金的热土。“听说那里要起高楼大厦做商务区了，”老伯指着那片长满野草的土地告诉记者，他们准备联合村民建一些漂亮的公寓，以租出给将来来那里上班的白领们。

（原文见2010年9月14日《珠江时报》，作者：赵艳丽　陈小环　梁江萍）

3．生物医药业：南海产业转型的领航者

2010年11月，位于大沥中医药生物科技产业园的香蕉抗性淀粉项目将实现量产。这种淀粉可用于生产适合糖尿病病人食用的糖等，预计年产量将超一万吨，年产值超9亿元。

2010年10月，已有28个通过评审选定的项目正在陆续进驻该产业园。据参与评审的专家透露，选定的这些项目成熟后，不少仅凭单个产品就可实现几个亿或更多的年产值，但运作却只需几十个人。记者获悉，具有低能耗、低污染、高附加值、高技术含量等特点的中医药生物科技产业已在南海悄然崛起，并将逐渐成为引领南海区域转型的生力军。

联合打造顶级园区

按照部署，南海近两年要加快医药生物科技产业中心孵化器和产业化基地建设，以创新培育和带动生物医药产业的快速发展：其中包括完成孵化器公共实验室建设，力争2010年内有10个左右的医药项目进驻，争取到2011年底有5个项目实现产业化，并继续引进10个孵化项目。

记者了解到，该项目的敲定是在2010年7月完成的，当时科技领域的“国家队”——中国科学院及其下属的18家院所和40多位科学家，齐聚佛山，与佛山市签订全面合作协议，而南海中医药生物科技产业中心就是其中的合作项目之一。当日，南海区即与中科院广州生物医药与健康研究院签订合作协议，并表示南海区镇两级财政投入3500万元，与该研究院共建南海中医药生物科技产业中心中试平台，并在第一个建设期（2009—2012年）安排总额8000万元的财政资金作为项目的研发生产专项经费。

随后，南海区将这个园区放在了大沥镇西部，毗邻大浩湖、南国桃园度假区，与仙溪水库连为一体，周边分布有南海大学城等，规划占地面积4259.1亩，分两期建设。根据规划，该园区将建设成集科研孵化、医药生产、医疗康健、综合服务等功能于一体的现代医药产业园区。

单个产品年产值可超亿

2010年5月，园区内已有两个高端生物科技项目正式投产。其中华南农业大学香蕉抗性淀粉项目，采用香蕉为原料，制成纯天然的多功能抗性淀粉。这种多功能抗性淀粉可通过增加排便量达到减肥的目的，更可用以制造适合糖尿病人服用的糖。该项目的技术目前是世界首创，其抗性淀粉含量高达80%。负责该项目的黄继红博士说：“下个月实现量产后，这个产品的年产量将超过一万吨，年产值将超过9亿元。”

7月下旬，以中国工程院院士带队的12位国内生物医药领域顶级专家齐聚南海，对报名入园的39个项目进行评审，这些专家透露，这些项目成熟后，单个产品的年产值将达几个亿或更多，具有可观的经济效益。

28个项目不久后入园

2010年8月中旬，专家组经过评审后，选定了28个项目。记者了解到，不久后这些项目将正式入园。

除研发项目外，佛山还有7家生产型企业亦有意进驻园区。同时一些本土的民间资本亦瞄准了生物科技这块“诱人的蛋糕”，有意与这些科研项目合作，其中有些资本与项目已开始接洽。业内专家表示，此举将助力传统产业的升级再造。

记者了解到，南海生物医药科技产业中心已经搭建起用地面积1.5万平方米的产业孵化中心。接下来园区还将继续推进孵化器的二期建设，用地10万平方米，利用去年整治废旧棉花后腾出的土地，重新建设一批孵化器和成果转化用房，争取在今年年底启动，明年投入使用。此外，南海区镇两级政府还将对项目进行资金扶持，视项目情况将提供几十万到几百万的扶持资金。

大沥镇委书记陈有相认为，这个位于大沥西部、占地面积不算大的中医药生物科技产业园，将来所能带来的产值，将不低于大沥现有传统产业产值的总和。按照这种说法，南海中医药生物科技产业园的崛起，相当于再造一个如大沥般规模的经济强镇。

（原文见2010年10月12日《珠江时报》，作者：谢建辉　吕啸天　赵艳丽）

▶▶访谈

避免“小而全”路径

袁奇峰　中山大学地理科学与规划学院教授、博导

珠三角不缺产业园区，缺的是精品的产业园区。建议南海国家中医药生物科技产业园在产业的选择上要有弹性，吸引真正有实力的企业进入，从而形成产业集聚。一定要避免“小而全”路径，要充分利用南海、佛山中心区域的服务配套，把优势资源落实到医药产业上。

要有国际水平的概念

朱咏峰　广州生物医药与健康研究院副院长

生物医药领域的高科技项目很多，但有不少项目的资金投入较大，

而且投资回报周期较长，这样的就不太适用我们的园区。因此在挑选项目时，不但要注重项目本身的科技含量，还要看产业化程度，我们此次评审的标准也有这一项，一般选定在一两年、两三年内可以实现产业化的项目。同时我们一开始就要有国际水平的概念，吸引国际顶尖的企业落户，选择企业要告别“一车原料进来，一车药品出去的”模式。

■他山之石

聚集发展形成生物谷

近年来，生物技术迅猛发展，许多发达国家的相关产业都在向技术、人才、资金密集、生物医药企业相对集中的区域靠近，逐步形成生物谷或药谷。如德国、法国、瑞士经过20年发展，形成了著名的莱因河上游金三角生物谷。生物谷内已建立了250个公共实验室和150个私人实验室，汇集了近万名研究人员，集聚了包括生物公司、研究、技术转移中心、银行、投资、服务等在内的约700家机构，提供了10万个就业机会。

■记者观察

打造转型的领航者

早年的“六个轮子一起转”，成就了曾经的“广东四小虎”之一的南海，然而无序化的发展也滋生了不少低端落后的产业。在人力成本陡增，土地增量有限，环保压力加大的情势下，一场轰轰烈烈的节能减排战，将产业发展梳理的更加有序。而对于未来的产业之路该如何走？南海选择了中医药生物科技产业。虽然这个产业和南海的传统产业有很大不同。但这个产业的项目中，仅单个产品的产值即可实现上亿元的年产值，却只需几十个人就可以操作，这让很多靠加工赚取微利的传统企业觉得不可思议。不过或许，这个新崛起的产值巨大的“新媳妇”，能成为南海区域转型的领航者。

（原文见2010年10月12日《珠江时报》，作者：谢建辉　吕啸天　赵艳丽）

第二节　老树新枝　续写辉煌

南海以节能减排为切入点的产业升级正好也踩在整个行业的产品更新期，大沥应该抓住这行业升级机遇，通过技术创新来再一次引领行业的发展。

1. 大沥铝：在阵痛中期待新生

“铝”的印记，深深地烙在了大沥的每一片土地上。

广佛路两旁的土地，被铝型材企业认为是“最有铝文化的地方”，当地政府也被认为是“特别懂铝产业”。起源于上世纪80年代，铝型材产业给这个广佛交界的城镇带来无数光荣——拥有“中国铝型材第一镇”、“中国有色金属名镇”的名号，当时大沥镇铝型材年生产能力达120多万吨，占了广东的50％，全国的25％。

但是，随着国内外经济环境的变化，在市场经济中摸爬滚打20多年的大沥铝型材也遭遇困境。一方面，土地资源紧缺，导致少数企业外迁，能否将原有的数量优势转化为质量优势，再次提升区域竞争力；另一方面，当绿色经济成为全球共识，高污染、重耗能的粗放式增长已不符合产业发展趋势，环保如同高悬的利剑挂在铝型材及其相关产业头上。

曾经风光无限的大沥镇，从2008年整治多家小熔铸企业到2009年整治174多家铝型材企业及相关行业开始，前所未有的阵痛正席卷铝型材行业。然而，绿色经济的崛起并不意味着一切推倒重来，原有产业的改造提升亦是路径之一，在南海“美丽绿色家园”计划的引导下，大沥铝型材“舰队”又将开启一次怎样的航行？

质量第

环保决定生死

“强者更强，虽然企业数量减少了，但整个行业却变强了。”坚美、伟业、伟昌等大型企业的相关负责人都表示，“环保成为企业的生命线，但也成为拉开与同行差距有效的方式。”

上世纪80年代早期，这里诞生了第一家铝型材企业——谢边铝型材厂，随后，大沥铝材企业在最高峰达到200多家，规模效应一直以来就是大沥铝材的一大优势。

不过很多小型铝材企业普遍存在能耗高、收益低、污染重的问题，这些企业的存在不利于大沥铝型材行业的做强做大做优，特别是不利于构建公平的市场环境。相关数据显示，大沥铝材产业的税收结构中，排名前30位的铝材企业缴税占80%以上。

但是，让这些相对大型的铝型材企业抱怨的是，一些小型铝材企业以饮鸩止渴的方式疯狂地追逐利润，在技术创新和节能减排等方面投入却很少，产品成本自然要低于大型同类企业。据业内人士估算，这些企业与规范经营的企业相比平均每吨有40元左右的成本优势。显然，这不利于整个行业的健康发展。

“以节能减排为切入点的整治提升行动，其实也是在为这个行业创造公平竞争的市场环境。”大沥镇镇长吴绍秋说，达不到环保标准的企业，就必须进行整治，整治还不达标就要依法关停，这样所有企业都在一条起跑线上竞争。

事实上，自2008年以来的全球性金融危机，加上政府前所未有的产业整治提升力度，让大大小小的企业都感受到了前所未有压力。但更多人认为，这是大沥铝型材产业的自我提升之路，有阵痛但不可避免。

尤其让人欣喜的是，外部经济环境和产业整治风暴反而让大沥铝材获得了更大的生存空间。自2008年以来，大沥主要品牌企业的销售量都出现了不降反升的局面，“淘汰企业的产能转移到那些品牌好的、规模大的企业身上。”吴绍秋表示，竞争力不强的企业被市场淘汰、环保不达标的企业被关停。金融海啸和节能减排都帮助了品牌企业，优质企业实现了较大增长。

“这几年企业对环保的投入不仅没成为企业负担，它为企业的可持续发展奠定基础，企业技术创新以及对环保技术的采用正在成为‘行业门槛’，直接催化大沥铝型材行业的分化，有利于强的越强，弱的淘汰。”华昌铝材副总经理武卫社对本报记者说。

产业聚集效应凸显

以伟业、华昌等企业为代表的大型铝型材企业“坚守”大沥，引发了对企业外迁热潮的冷思考：这里的产业集聚效应越来越被企业关注。早在2007年，长虹岭工业园更名为大沥有色金属产业园，打造集技术研发、生产制造、市场交易、会展、物流于一体的链条集群。

受土地资源紧缺的影响，近几年铝型材企业外迁是大沥产业的又一特点，特别是以亚洲铝业为代表的企业远走清远被认为是大沥铝型材走在十字路口，“产业空心化”的担忧也随之而起。

伟业铝材也早在1999年就在江苏新沂市投资兴建骏华铝材厂，到2007年更是投资2亿元兴建江苏伟业铝材有限公司，江苏分公司的二、三期项目正加紧建设，待投产后，该公司在江苏的产能将超过10万吨，产品将增强对两江及周边地区的覆盖。

与亚洲铝业、凤铝等大沥外迁企业不同的是，伟业铝材的总部一直在大沥水头工业区内。伟业铝材副总经理冯扬明表示，伟业铝材在外地设厂降低产品的物流成本，为布局全国市场积聚成本优势，有20多年产业底蕴的大沥具备的优势是其他地方没有的。

“原材料都要运过去，成本差异并不大。”武卫社说，华昌铝材也早在2005年在山东设立分公司进行生产，2009年5月华昌铝材在江苏的生产基地徐州举行了一期项目开业暨二期工程动工庆典仪式。但武卫社同时透露，按照华昌铝材规划将在两年内在大沥建起总部大楼。

以伟业、华昌等企业为代表的大型铝型材企业“坚守”大沥，引发了对企业外迁热潮的冷思考：这里的产业集聚效应越来越被企业关注。早在2007年，长虹岭工业园更名为大沥有色金属产业园，打造集技术研发、生产制造、市场交易、会展、物流于一体的链条集群。

“由于一个产业有其发展的产业链，上下游都需要有配套。与其他上升势头也很猛的区域相比，大沥的产业链比较完整，这是其他地方无法具备的优势。近一年半年来，随着南海区“两违”用地的整治，整合了不少土地空间，要求回迁发展的企业越来越多。”吴绍秋说。

“可能买一个螺丝钉也要跑到大沥。”业内人士介绍，对于那些外迁的企业，除了能在环保和土地方面有优势外，其他的成本都要相对较

近年来，伟业铝材就投入大量资金用于节能减排设备和技术的研究和应用，在同行业中位居前列。

高，真正发展起来，也需要面对许多困难。

“还是把‘家’留在大沥好呀。”一些外迁企业老板不无感叹地说。

（原文见2009年10月23日《南方日报》，作者：黄琪晨　梁江萍　曾锐波）

2. 每一项环保节能技术都是高起点

在大沥有色金属产业园里，伟业铝材的新厂区一年四季绿树常青，鲜花盛开，颠覆了传统铝型材加工企业的形象。而在铝型材生产环节的“污染大户”——铝锭车间里，见到的是工人们忙碌的身影，而不是“想象中”的粉尘飞扬、以及闻到刺鼻的异味。

对于大沥镇的节能减排工作，时任南海区长区邦敏曾表示，“将淘汰一批污染大、贡献少、规模小的企业，将有限的环境容量让给对社会贡献大的企业”。而吴绍秋在接受本报采访时则表示，“大沥有自己的优势，只要龙头企业发展起来了，大沥的铝型材、有色金属产业仍是长期可持续发展的产业。”

一位拥有10多年行业经验的人士说，面临严峻考验的是那些小型铝型材及相关产业企业，对于大沥那批一线品牌几乎没影响，因为“政府不推动企业本身也在进行”。

“每一项环保节能技术的投入都是高起点。”伟业铝材副总经理冯扬明说。近年来，伟业铝材就投入大量资金用于节能减排设备和技术的研究和应用，在同行业中位居前列。以伟业铝材在有色金属产业园正在进行的第三期工程为例，专门用于污水处理部分的设备就投资了1000万元，这就将实现废水循环利用70%到80%。

“去年，华昌再投入500多万元更换和改造了一批高能耗的生产设备，使热能利用率由30%提高到52%，基本实现了无烟排放，不仅产品的质量明显提高，企业每年还可节省成本600多万元。”华昌铝材副总经理武卫社说。

作为大沥铝型材协会会长单位，华昌铝材积极开展节能减排治污工作，早在1998年华昌就投入200万元，率先在南海铝型材行业安装了熔铸车间除尘设备。

这些大沥铝型材龙头企业已经尝到了节能减排的甜头。伟业铝材在大沥有色金属产业园的新厂的挤压车间就是采用天然气供热，同行普遍认为生产成本会上升，但是事实证明，采用天然气供热，产量高了，质量稳定了，成品率提高了2%以上，综合起来，生产成本基本持平。

“重要的是车间环境改善了，空气污染减少了，工人的工作环境改善了，这才符合南海‘绿色美丽家园计划’理念，为企业可持续发展奠定了基础。”冯扬明说。

（原文见2009年10月23日《南方日报》，作者：黄琪晨　梁江萍　曾锐波）

▶▶访谈

营造公平的市场环境

南海区大沥镇镇长　吴绍秋

作为大沥镇的传统支柱产业，大沥政府对铝材行业的扶持、提升从未间断过。而在南海全面实施“绿色美丽家园计划”的背景下，作为南海经济最为活跃，同时也是南海节能减排治污压力最大、产业转型压力最大、城市改造压力最大的镇，如何对传统铝材行业进行提升，吴绍秋一直在思考。

在此次金融危机中，大沥铝材企业由于在国内市场的良好布局，受到冲击并不大，吴绍秋表示，大沥铝型材在市场经济中摸爬滚打，经过20多年的市场洗礼，产业相对成熟，体现了一定的抗风险能力，这是市场机制推动产业发展的结果。

“但是市场不是万能的，不能解决所有问题。”吴绍秋话锋一转。他例举了大沥铝型材面临的一些问题：从企业发展本身看，龙头企业不突出，只在数量上占了优势，大沥有130多家铝型材企业，但是在质量、龙头企业方面，优势却不突出。同时一些企业由于发展空间的制约，有一部分已经外迁，企业的扩产起步标准比较高，投产后形成的规模比之前要强。

特别是近几年，其他区域如长三角、环渤海区域铝型材产业的兴起，“如果停留在原来的发展模式上，只有数量上的优势，没有质量上的优势。”吴绍秋说。

因此，吴绍秋认为，“要加快提升只能通过政府去出手”，一方面是通过节能减排来淘汰一些落后的产能。整个产业的需求量不会一下子增长很多，所以大沥镇的思路是将淘汰企业的产能转移到那些品牌好的、规模大的企业，加快产业升级速度。

另一方面，从竞争环境来看，规模小的企业承担不起处理废水废气的环保成本，偷排现象较严重，而那些品牌大企业，在这方面会比较主动地承担社会责任，按照政府和职能部门的要求去实施污染治理。“这方面的成本肯定要比其他污染物的要高，这样他们就不是在同一个起跑线上，在竞争方面给他们带来压力。”吴绍秋说，“政府强势推进节能减排，实际上也是在为整个市场创造公平的经营环境。”

铝型材产品进入新旧产品替代期

广州有色金属研究院分析测试中心主任　唐维学

“去年11月，广东铝工业技术路线图在大沥发布就说明了大沥在行业中的江湖地位了。”广州有色金属研究院分析测试中心主任唐维学说，作为中国第一部铝工业技术路线图——《广东省铝工业技术路线图》在国内率先开展了铝产业相关的技术路线图制定工作，通过科学、有效、合理地论证和识别，提出广东省铝工业可持续发展的战略规划和可实现的技术途径。

广州有色金属研究院是《广东省铝工业技术路线图》项目负责单位，而唐维学则是具体负责的专家之一，坚美、凤铝等大沥企业作为联合发起单位出现在其中。

所谓产业技术路线图，就是运用集体的智慧对某一特定领域未来一段时间的目标、问题或产品、技术进行系统分析，提出未来发展的方向，并指引创新实践活动。而铝工业路线图制定对提升广东铝产业的核心竞争力形成强大的推动作用，为广东省乃至中国铝工业的科学发展起到积极的促进和催化作用。

唐维学表示，大沥铝型材也存在高附加值的工业材及深加工材所占比例小，技术经济指标不高，自主创新能力整体不强，整体技术和装备水平与国际先进水平相比差距仍然较大等问题，他建议大沥以铝产业技术路线图实施为契机，积极打造产业研发和服务平台，努力实现铝材行业整体实力的提升。

“随着产品的更新，作为产品周期较长（有专家认为铝型材新旧产品替代周期为五年）的铝型材产品也将再次迎来五年的新旧产品替代期，五年前，是中国铝型材新产品的高速发展期，五年后的今天，优质产品会有更大的发展前景，但产品的更新速度将加快。”唐维学说。

南海以节能减排为切入点的产业升级正好也踩在整个行业的产品更新期，唐维学认为，大沥应该抓住这行业升级机遇，通过技术创新来再一次引领行业的发展，为“大沥铝材”注入新的活力。

（原文见2009年10月23日《南方日报》，作者：黄琪晨　梁江萍　曾锐波）

3. 盐步内衣，下一步走向何方？

“盐步内衣企业要想继续保持国内领先地位，必须有危机意识，增强革新力度。”中国服装协会常务副会长蒋衡杰，在2009年12月于盐步举办的中国服装协会内衣专业委员会换届大会上如是说。

经过30多年“开枝散叶”，盐步内衣企业已发展到200多家，年产内衣3000万打。国内15个内衣知名品牌中，盐步就有7个。但近年来，

伊彦
BRIGHT TRIP

由于受江浙和潮汕地区一些内衣品牌后来居上之势，及盐步内衣的转型压力影响，盐步内衣产业似乎有些疲态。在新的经济转型期中，盐步如何继续美丽神话，盐步内衣产业未来又将走向何方？

2009年12月，在五年一届的专业委员会换届年会上，作为中国内衣产业集群的领头羊，盐步内衣再次引发业界的强烈关注。

家家创名牌的品牌之惑

盐步内衣面临的尴尬局面是，一线品牌上不去，大量的内衣企业在二线、甚至三线品牌上相互厮杀。创新能力和人才团队的弱势使得一些内衣的品牌之路也显得不够现实。

“盐步有200多家内衣企业，平均每家企业都在工商部门注册了1—2个商标，请问这样经济、科学么？都可能成为国际品牌么？”蒋衡杰在专业委员会的换届会议上对盐步内衣产业发问。

经过20多年的行业发展和多年的品牌经营，盐步已成功创立众多内衣品牌，但多数为国内二线品牌，“盐步内衣现在走的大都是中高档路线，主打二三线城市。”奥丽侬内衣有限公司副总经理黄茗说。

但在这么多年的发展中，盐步内衣始终也突破不了二线品牌与一线品牌的分水岭。黄茗针对当前盐步内衣发展现状坦言：“首先是品牌个性差异化不明显，与一线品牌相比，在品牌文化的建设和品牌调性上还没形成鲜明的个性。”

盐步内衣面临的尴尬局面是，一线品牌上不去，大量的内衣企业在二线、甚至三线品牌上相互厮杀。创新能力和人才团队的弱势使得一些内衣的品牌之路也显得不够现实。“现在很多品牌都在抄袭，都是在商场里研究，买几件他人的款式，改一下就当作是自己设计研发出来的新款式。”盐步内衣协会会长陈伟强说。

对于盐步内衣企业创品牌的热潮，出席上周六会议的中国人民大学经济学教授黄卫平也泼了冷水。

“创立名牌需要很深的文化积淀，不是一朝一夕的事，而盐步内衣企业的文化积淀还不够，眼下更主要的是搞好生产环节，至于创名牌应是自然而然的事。”

此外，黄卫平还称，名牌消费是一种冲动消费，欧美国家名牌消费的比例经过金融危机的冲击大大降低。未来在“宅文化”的驱动下，简约、优质将成为内衣行业的新风尚。

黄卫平给盐步内衣产业开出的发展之路是，调整结构，瞄准市场需求和内销外销“两条腿走路”。

继续低端竞争，还是联合?

与缺乏外部联合相比，近年来，盐步内衣产业内部的优化重组和整合也渐渐开始，“现在围绕新怡内衣有限公司的企业就有20多家。”大沥镇经发办副主任邹海波说。

“十年前，我们羞于谈内衣；五年前，我们感慨内衣产品开发的阴盛阳衰；而今天我们要探讨内衣的时尚化。”蒋衡杰表达了对国内内衣行业日新月异变化的感慨。

与内衣风尚变化一样，中国内衣行业的版图也在快速变迁。上海、深圳、中山，“甚至武汉、沈阳和大连也在形成新的产业链。”

进入内衣行业时间较晚的武汉猫人集团在2001年就夸下海口，要做“时尚内衣的第一品牌”，该集团的董事长游林在上周六的会议上也展望了“未来五年将达到一万家销售网点”。而与之相比，目前盐步内衣整个行业的销售网点只有6000家。

面对外来强敌的竞争，盐步内衣希望坚守自己的优势。“与猫人主要做大内衣不同，盐步内衣多是做小内衣，在竞争中很难被模仿。”黄茗说。

对于盐步内衣行业，游林已经伸出过橄榄枝，“2年前带着一个合作项目与盐步内衣企业老板有过接触，但并未谈拢，此后只好找了香港老板。”

“但香港企业的反应速度并没有盐步的快，未来三年猫人将采购10亿元的小内衣，我期待与盐步企业的合作。”游林在与会期间再次向盐步企业招手。

“没有一家企业能够把所有版块做好，产业间的横向联合不可或缺。”游林鼓动说。

与缺乏外部联合相比，近年来，盐步内衣产业内部的优化重组和整合也渐渐开始，“现在围绕新怡内衣有限公司的企业就有20多家。”邹海波说。

2009年11月，经过一年多的准备，盐步已经制定国内首份内衣联盟标准，随后还将筹备建立一个成品检测中心，“建成后，将不定期地对联盟企业成品进行抽检，发现不达标的产品将勒令其整顿，这一举措预计将带来盐步内衣行业内部新的一轮整合。

用工荒下的破局之路

价格上不去，企业利润低了，工人工资也得相应降低，这就加剧了内衣行业的用工荒。

困扰盐步内衣行业发展的还有用工荒。“整个盐步内衣行业可以再消化1万人就业，但是现在几百人也难招到。”陈伟强说。

目前，盐步内衣企业门口几乎家家都贴有招工启事。“5月份之前，还有一些从别的行业转过来的工人来应聘，这半年来已经基本招不到人了。”依之妮公司麦经理向记者坦言：“每家企业或多或少都有用工缺口。”

“金融危机以来，盐步内衣出口缩减了31%左右，目前量在回升，但是价钱上不去。”陈伟强介绍，现在同一款内衣的出口价格比危机前下降10%—15%。

价格上不去，企业利润低了，工人工资也得相应降低，这就加剧了内衣行业的用工荒。

“盐步内衣企业要提升，就必须抓好质量和效益，打好文化牌、时尚牌、创意牌，才能突破同质化竞争，才能应对用工荒”。蒋衡杰上周六说。

蒋衡杰介绍，杉杉集团等服装业巨头也已经通过提升内部管理、更新设备，来压缩生产线人数，“一条生产线原本167人，现在已压缩到137人。”

针对盐步内衣产业缺乏人才的说法，蒋衡杰也建议一些“土老板”改变用人观，“往往一些企业第一年招来的是人才，第二年就是蠢才，第三年就是奴才，都是因为老板管得太多了。”

（原文见2009年12月25日《南方日报》，作者：吕博雄　梁江萍）

4. 盐步内衣国内“版图”扩张一倍

“有关本省代理的事情考虑得怎么样了？

“你们原来山东那个代理商不行，如果给我们做的话，一定可以更出色！”

……

2010年年中时，枫莲内衣公司的掌舵人杜承坪接连受到各地有意加盟的商家的骚扰，哪怕星期天也不例外。支撑这种甜蜜的痛苦的，是公司销售额的飞速增长。据杜承坪透露，枫莲内衣公司的营业额自2007年以来一直保持40%以上的增速。

在盐步的内衣行业，并非枫莲一家独秀。实际上，三年来，整个盐步内衣行业经过金融危机的洗牌后，表现出更为强劲的竞争力。大沥经发办相关负责人告诉记者，金融危机后，2009年盐步内衣基本恢复了元气，今年一季度，盐步内衣的销售总量比去年同期增长了30%；拥有自有品牌的企业从2008年的20多家发展到目前50多家；国内市场占有率也较危机前翻了一番。去年底，盐步内衣的年产能已近4000万打，而盐步内衣品牌在全国的终端店也已超过1万家。

究起这蓬勃劲增数字的背后，不难发现，与之相协调的是整个盐步内衣格局的谋与变。

突破“6+1”阴谋

无论是在国内市场增加自营品牌还是在国外市场转向“ODM”，盐步内衣企业都是剑指研发设计环节。

30年前，国际生产制造产业的转移大潮，成就了盐步内衣，也造就了早期盐步内衣对外需的依赖。经济学家郎咸平看来，这同时也是一场“6+1”产业链阴谋，即让中国企业只赚取产业链上这一个最微薄的制造利润，而进口国则控制着包括产品设计、原料采购、仓储运输、订单处理、批发经营以及终端零售在内的6大环节，这也是贴牌生产的本质。

然而，盐步内衣企业已逐步识破这一阴谋，慢慢转向超产业链上游要利润。无论是在国内市场增加自营品牌还是在国外市场转向“ODM”，盐步内衣企业都是剑指研发设计环节，为的就是增加产品附加值。

近两年，“招工难”成为了内衣等劳动密集型企业头痛的难题。“珠三角的土地和劳动力成本持续上涨，原材料价格攀升，逼着我们转型，拓展利润空间。”盐步内衣的龙头企业——新怡集团董事长陈伟强坦言。

陈伟强透露，2007年以前，新怡的贴牌生产占公司总销量的70%以上，而2009年内外销比例已达4：6，而按照计划，今年可将此比例调整为55：45。在第107届广交会上，新怡婉拒了所有8000打以下的外单。

对此，大沥镇相关负责人分析道：“新怡，包括盐步的很多内衣龙头企业，都已不再依靠增加订单、扩大产能来维持生存，放弃一些订单，是为了腾出精力来增加产品的附加值。”

而另一家做内销起步的内衣龙头奥丽侬，在练好内功后，开始以ODM（原始设计商）这种更高标准的模式走出国门，即按照国外客户的规格和要求，自己帮它设计和生产产品，这样比单纯地做贴牌生产的附加值高很多。三年来奥丽侬总销量稳步保持25%的增速。

业内人士认为，不管是内销还是外销，强化研发设计才是从本质上提高产品附加值、提高企业的综合竞争力和抗风险能力的根本途径。

“海陆空”层层布局营销现多元化

美思、姐妹花等知名盐步内衣企业也纷纷试水电视购物和网络销售这些新兴销售渠道。

伴随着盐步内衣企业转型，掌握销售渠道意味着抢占市场份额。盐步内衣国内市场占有率迅速翻了一番，离不开销售终端的全方位布局。从绝对数量来看，盐步内衣在全国的销售网点，已由2007年的6000家，扩张至今年的1万多家；从市场布局看，盐步内衣销售终端从原来的一二级市场，延展至更高端的百货商场和更广阔的三四级市场，并向电视购物和网络销售等新兴渠道延伸。

奥丽侬公司正在与国内高端百货商场——广州友谊商店洽谈合作事宜，2010年9月份双方将正式签署合作协议，届时该公司代理的国际一线品牌美芝婷将进驻位于广州和深圳的友谊商店。“这是盐步内衣进军高端市场的一个起点，目前能够进驻友谊商店这样高端商场的内衣企业只有寥寥几家。”业内专家表示。

而新怡在拿下一二线城市的两千余家终端店后，亦准备向三线甚至四线市场进军。“未来这些城市是一个巨大的市场。除派出专业营销团队运作外，我们还为此专门打造了一个新品牌来服务大众市场。”陈伟强说。

此外，电子商务的迅猛发展给了传统内衣行业扩大销售额和降低成本的机会，政府、行业、企业纷纷尝试从布局网络销售渠道中获得行业、企业发展的新突破。

大沥镇经发办副主任邹海波透露，政府拟牵头打造一个盐步内衣官方网站以产品展示、信息发布为基础，网上商城、现代物流为主的多功能一体化服务网站。而企业层面，据陈伟强透露，目前新怡正在与一家网络销售公司接触，借其力量构筑一个专营新怡产品的网络商城。美思、姐妹花等知名盐步内衣企业也纷纷试水电视购物和网络销售这些新兴销售渠道。不少中小企业更是寄望网络销售能成为其迅速扩大市场份额的跳板。

总部经济的产业整合效应

实现研产销分离，发展总部经济，可变相加速内衣企业之间的横向合作，促进产业链快速整合和整体实力升级。

金融危机后，盐步内衣集聚效应加剧，产业链大幅延伸并迅速整合。目前，盐步内衣具有一定规模的相关配套企业共100多家，涵盖了原辅材料生产和销售、成品贸易、研发设计、检测、电子商务、咨询服务、物流、教育培训等。而2002年，与之配套的只有20多家小规模的原辅材料生产和销售企业。

而盐步内衣从纯加工向经营型蜕变的过程中，尤其是总部经济形态出现后，产业分工越来越细，横向合作越来越明显。前不久，广东新怡内衣集团有限公司成立，成为国内首个集团化的内衣企业，并被授予大沥镇第一块“总部企业”牌匾。目前，与新怡、美思、奥丽侬、嘉莉诗等盐步内衣龙头企业的协作企业均已超过20家。为了提升合作质量，如新怡集团还专门为这些工厂提供设备支持、资金支持、技术支持等，集团的班组培训也邀请他们参加。“这无疑可以提升整个行业的技术、研发实力。”广东省服装服饰行业协会秘书长周仑表示。

很显然，实现研产销分离，发展总部经济，可变相加速内衣企业之间的横向合作，促进产业链快速整合和整体实力升级。业内专家对这种模式亦给予肯定，“这是企业发展到一定阶段的必经之路，这种模式的推广将对盐步内衣重新洗牌。”该专家预言，几年后或将出现“众星拱月”的聚集现象。

“内衣产业是大沥的传统支柱产业，也是一个都市型工业，政府将不遗余力地扶持其发展壮大。”大沥镇党委委员唐赛光表示，政府亦将继续鼓励和引导企业创新发展。

（原文见2010年6月24日《珠江时报》，作者：赵艳丽　梁江萍）

5. 全国首个内衣联盟标准盐步造

2010年12月21日，全国首个内衣行业联盟标准在南海盐步诞生，这将引领“盐步内衣“产业进入标准化时代。“南海盐步内衣”集体商标也将于明年上半年完成设计、申报，以这一商标战略为示范，推动南海全面铺开区域品牌创建，助力佛山创建国家商标战略示范城市。

2009年，南海以“政府＋协会＋企业”的模式，牵头组织新怡、奥丽侬、嘉莉诗等7家盐步骨干企业，成立了盐步内衣标准联盟，经过一年多的反复推敲和实验，该标准昨日出炉。昨日，与会企业代表纷纷表示将加入该联盟标准。

按婴幼儿用品标准来约束内衣

“平均每家内衣企业都有1—2个注册商标，这样既不经济也不科学，更难以成为知名品牌。”奥丽侬内衣有限公司董事长何炳祥说，目前盐步内衣品牌大部分都是小企业的新品牌，知名度较低。因为受制于创新能力和人才团队，一些小企业创建品牌并不现实，而联盟标准的推出则是出此考虑。

当日发布的联盟标准水平高于国家标准或行业标准，包括了内衣产品基本安全技术要求、文胸、针织内裤、调整型针织塑身内衣等四方面的内容，注重环保与安全性，对企业的生产提出了更高的要求。如联盟标准中将甲醛含量指标从原来的“不大于75mg/kg”提升为“不大于

20mg/kg”，是按照国家对婴幼儿用品的标准来约束内衣产品。

“首先要注重质量，品质经受住了市场的考验，积淀创立品牌才会水到渠成。”广东省工商局商标处副处长古庆军说，即将实施的盐步内衣联盟标准正为业内企业跳出发展瓶颈提供了一个有力的支撑。

在盐步内衣联盟标准发布会上，不少企业代表纷纷表示将加入，一些小品牌企业目前虽还没有能力立即推行这个标准，但也表示将分步推行。“加入联盟标准是盐步内衣企业的发展趋势，企业要参与竞争、提升品牌价值和企业效益，就必须完善标准化生产管理。”南海枫莲内衣有限公司董事长杜承坪表示，其公司也将加入联盟标准的实施。

“为了提升影响力，下一步盐步内衣标准联盟将注册成为实体机构，通过公共技术服务平台建设、公共品牌打造等，培育造血功能，这在全省乃至全国都是首创。”广东省质监局标准化处处长陈锦汉说，在这四份联盟标准实际运行到一定阶段后，将力争把它上升为地方标准、行业标准、国家标准。

集体商标2011年完成申报

据了解，“南海盐步内衣”集体商标将于2011年上半年完成设计、申报。

南海盐步在制定实施联盟标准的同时，将“标准”与“专利”有效结合，加大专利技术与标准融合的力度，推动自主知识产权和重大专利技术转化为技术标准，探索“专利标准双联盟”的新模式。

2010年佛山市成为“国家商标战略实施示范城市”，“盐步内衣”作为2家市级区域品牌创建试点单位之一，目前正积极有效地展开区域品牌创建工作。联盟标准与集体商标的结合，为“盐步内衣”注入了新的内涵。

目前，以盐步内衣区域品牌创建试点工作专责小组为领导中心，工商局、质监局、经贸局等部门全线联动，以集体商标加企业商标形式，初步开展了区域品牌推广运作尝试。

“一个产业集群集中开拓市场比一个企业在市场上单打独斗所面临的问题和成本都要少很多。”陈锦汉说，借助“盐步内衣”区域品牌这一平台，各内衣企业团结一致实现竞争性的有序合作，把产业集群优势转化为与地域紧密结合的品牌优势。“集体走出去，合力完成国际市场的开拓。”

（原文见2010年12月22日《南方日报》，作者：张素圈　洪泽芳）

▶▶后记

更多精彩即将上演

历经30多年的粗放式增长，当转变经济发展方式成为时代脉搏，有过无数光环的经济强镇大沥正在进行的产业和城市形态的裂变被认为是“这是一场新与旧的对决，更是一次破与立的变革。”

这块充满传奇的土地的“新”、“旧”对决是什么？“破”与“立”的变革又将走向何方？

新旧的对决首先是发展理念改变。在2007年初，这里也趁势从取缔废旧塑料行业开始，一场以环境治理为先导、以产业升级为基础、以城市转型为目标的变革在大沥强势登场。一个月内，近2000家废旧塑料加工企业被取缔，在联滘片区及周边经营30多年的废旧塑料回收加工行业“一夜之间”成为历史，这也宣告大沥告别粗放式增长进入区域发展新的阶段。

其实，英国电视台报道在遥远的中国有个叫“大沥”地方是“垃圾中转站”引起舆论风暴只是引子，更深层次的原因是，作为南海经济最为活跃的镇街，当时的大沥也是南海节能减排治污压力最大、产业转型压力最大、城市改造压力最大的镇，曾经粗放式发展模式走到一个“十字路口”，顺势而为进行产业升级转型这是大沥延续荣耀的必由路径。

新旧的对决需要“壮士断腕”的勇气，顶着“中国铝材第一镇”名号大沥，面对其他区域的竞争，却让镇内180多家铝型材厂及相关行业或关停或整治，这就是大沥政府面对现实的魄力，以亚洲铝业远迁肇庆为代表事件，大沥铝型材产业被“空心化”的迷茫一直围绕，同时企业工艺流程、设备水平和技术特征逐渐被竞争区域追赶上来；发展空间制约规模扩大等等，这些都是大沥铝型材的隐忧。

正因为有如此果断的系列动作，大沥成功破除环境、土地容量的限制，找到区域未来发展的方向。在南海“中枢两翼、核心带动”战略中，大沥被定位为“商贸基地，产业总部”在“一脊两翼、东政西拓”

的道路飞扬。一条“制造”向“智造”转变的主线已然明朗，换而言之，即在原有产业基础和环保腾出新的发展空间上，发展更高层次的产业形态，或者提升传统产业的附加值。

以大沥铝型材为例。目前大沥铝型材企业的生产环节逐渐迁往西部，研发销售等环节则留在中部形成总部经济聚集效应；同时，有色金属交易中心建成后，有色金属企业将获得一个集产品展示、信息发布、采购交易等功能于一身的平台，进而产生与此相关的中高端产业配套。

在知名区域经济研究专家丁力看来，大沥原本是“捡破烂起家”的地方，通过打造有色金属制造业基地完成了第一次升级，现在通过政府引导，把落后的制造业转出去，把优秀企业总部留下来，实现第二次转型升级。“大沥模式”值得珠三角其他区域关注。

大沥的精彩远不止如此，更多的精彩即将上演。

第六章

商贸天下

信息化时代的到来，将拉近世界的距离，区位优势将不再成为经济发展中的决定优势。在互联网时代，无论你是在深山老林还是在繁华都市，只要拥有一个信息终端就能与世界产生联系，实体的专业市场未来的命运或将只是一个仓储中转站。也就是说，大沥专业市场赖以崛起的临近广州的区位条件将不再是其在发展的决定因素。那么，从“马路经济”演变而来的大沥专业市场如何提升至与“广佛商都”相匹配的江湖地位？

SHANGMAOTIANXIA

2010年9月16日，广东有色金属交易中心在广佛国际商贸城中心区奠基。自2007年从联滘村启动声势浩大的环保风暴以来，大沥谨慎酝酿3年，首推之作就是瞄准世界级的一个大型交易平台。

这仅仅是一个开始，30年的专业市场经验告诉大沥人，一个世界级的交易平台如果没有一个世界级的商业配套，那就跟没穿衣服的人差不多。于是5个月后，2011年的2月18日，投资达20亿元的广佛智城项目在离交易中心不远的地方奠基，“广佛商都”的蓝图就此加速展开。

实际上，名镇大沥，毗邻广州，商贾云集，自古就是人流物流聚集之地。作为第三产业中的重要经济形态，商贸业在大沥有着深厚的发展底蕴。现在，地处南海东部板块的大沥，已把“广佛商都”作为发展目标之一。在这个整体定位之下，传统专业市场向现代交易市场的转型至关重要。

历史上，大沥专业市场的“星星之火”自上世纪80年代开始点燃。广佛路、广云路两条重要马路的两旁陆续出现一些从事烟酒、副食品的个体户。随后的90年代，完成商贸业原始资本积累的大沥逐渐显现出城市经济的雏形，这个阶段的专业市场已经实现了从单个的“店面式”转变到集中的“大棚式”，规模上得到了提升。

时至今日，以广佛路为轴的“星星之火”早已燎原，目前大沥专业市场的数量超过30家，其中包括夹板、机电五金、布匹、皮革等生产资料市场，另外还有粮油市场、茶叶市场、家具市场、小商品城、水（农）产品市场、三鸟批发市场等生活用品市场。这些专业市场以广佛路为轴心，南北布局呈带状分布，总经营面积近250万平方米，商铺总数超过1万个，这给海量商品的进驻提供了平台。嘉洲广场、新都会广场、大润发超市等商业配套更是提升大沥商贸业品质。

但是，当电子商务逐渐成为现代交易的重要手段，当全球贸易形态越来越向虚拟市场的方向转变。按照《世界是平的》一书作者弗里德曼的说法，信息化时代的到来，将拉近世界的距离，区位优势将不再成为经济发展中的决定优势。在互联网时代，无论你是在深山老林还是在繁华都市，只要拥有一个信息终端就能与世界产生联系，实体的专业市场未来的命运或将只是一个仓储中转站。也就是说，大沥专业市场赖以崛起的临近广州的区位条件将不再是其在发展的决定因素。那么，从“马路经济”演变而来的大沥专业市场如何提升至与“广佛商都”相匹配的江湖地位?

市场经济演变的内在规律是一种市场制度不断地被另一种交易成本更低的市场制度所取代。依靠交通便利条件而聚集，很大程度上还停留于“现货交易”阶段的大沥专业市场，显然已不是交易成本更低的市场制度。若不经历一次凤凰涅磐式的蜕变，大沥专业市场的地位将岌岌可危。

近30年的成长经历让大沥人看到了危机，更让大沥人沉得住气。联滘片区历经3年整治，广佛国际商贸城中心区最终奠基，大沥人非常清楚这个“广佛商都”将决定专业市场的未来走向，因此从一开始就高定位，提出要在广佛国际商贸城中心区建立6大功能区，通过吸引高端现代服务企业的进驻，带动专业市场的升级。

广东有色金属交易中心是中心区第一个项目，未来数年还将建设五星级酒店、金属批发市场、政府行政中心、SOHO创业园等多个功能建筑；同时引入铝材行业总部聚集区、大型批发市场、地标式办公楼、中央水景公园等功能区域。

在信息化基础上，在实体专业市场中融入更多现代交易的智慧元素，将是大沥商贸业下一步的走向。比如，有色金属交易中心就将真正引入期货交易的功能。该中心建成后，将集中具备有色金属现货、合同、期货交易，仓储物流，信息加工发布等多种功能。同时，中心通过为企业搭建大型的电子交易平台，组成统一、集中、专业的有色金属精矿、原料、型材、技术、设备的交易平台。

“北有义乌、南有大沥”，大沥商贸业的发展要实现这个追赶目标，不仅需要量的提升，更需要质的升华。

第一节　马路经济　城镇商贸

> 20世纪90年代，商贸业出现了迅猛发展的局面，政府也适时地确定了‘以商带工’的发展思路。大沥后来出现的摩托车厂、铝型材厂，基本都是那些做生意的老板赚了钱之后做起来的。从这个角度来看，商贸业为大沥的工业发展完成了原始的资本积累。

1．广佛公路见证名镇大沥商贸兴盛

名镇大沥，毗邻广州，商贾云集，自古就是人流物流聚集之地。在大沥提出的“东改西拓，强三优二”的发展战略下，全面推进广佛国际商贸城、大沥有色金属产业园、中国盐步内衣创意产业园（简称“一城两园”）的建设，商贸业作为大沥的主要支柱产业被作为大沥东部板块发展第三产业的重点，而联滘地区的“广佛国际商贸城中心区”更是全国各界都在关注的焦点。我们将秉着关注、思考的态度，对此进行系列报道，力求用我们的分析给你提供一个与众不同的视角。

“这可能代表大沥未来的发展方向。”谈到蓬勃发展的商贸业，大沥供销企业集团有限公司董事长黎绍英充满期待。

事实上，20多年前大沥出现的首个烟草专业市场，就是在时任供销社主任黎绍英的带领下，一手创立并发展起来的，这开启了大沥专业市场发展的序幕。随后，摩托车市场、电器市场、布匹市场等众多专业市场沿着广佛公路次第铺开，并在接下来的20年中，成长为大沥经济中的重要一极。

而当下，大沥商贸业发展正处于一个关键阶段，在众多业内人士看来，分析大沥商贸业如何从“马路经济”一步步发展壮大，将对现在面临的选择提供重要的指导作用。

“马路经济”孕育“店面式”市场

“大沥最初的商贸业发展，与广佛公路密不可分。”黎绍英说，上世纪80年代时，广佛之间还没有通高速公路，广佛公路是来往两座城市的必经之路，来自四川、广西、重庆甚至海南的汽车都通过广佛公路前往广州，大沥成了广佛之间最重要的一个节点。

“那个时候，广州人来佛山走亲戚，都喜欢到南海来买东西，大沥成了不错的商品采购地。同时，那些从外地来的卡车在广州卸完货后，为了不空载回去浪费资源，也都喜欢来广州边上的大沥拉点货物带回去。”大沥经济发展办公室副主任邝剑恒表示，大沥的商贸业发展路径是正宗的“马路经济”发展模式。

当时，广佛公路、广云公路两旁已经自发地产生了一些从事烟酒、副食品买卖的个体户，他们大多在家里辟出一块空间从事简单的商品买卖。大概在1986年，时任大沥供销社主任的黎绍英看到国家对烟草市场经营的政策出现变化，在他的积极建议下，南海烟草调剂中心成立，30多号人马开始在广云路旁边的一个二楼店面中从事烟草批发、零售业务。

“我们主要做进口烟，由于物资紧缺并且销售渠道有限，我们的生意非常好。”黎绍英记得，为了扩大生意，后来他们又把广云路旁边的一些旧仓库买了下来也改成了店面，不但经营副食品，还从事药材收购，“专业市场就这么红红火火地搞起来了，全国各地的人都纷纷跑到这里来采购。”

不过，当时的商业刚刚起步，货商们都以现金交易，再加上各种人往来频繁，导致当地治安非常混乱，“抢劫的事情时不时都有发生”。

商贸业兴盛带动工业发展

进入上世纪90年代，政府将广佛公路由原来的沥青路改造成了水泥路，广佛公路变得更加繁忙。“广佛路当时超负荷运作，塞车极为严重，上世纪90年代初期，成了闻名全国的‘全国最大停车场’！”当时在路政部门工作的陈敏说，“严重时一直从珠江大桥塞到当时的旧大沥镇！”

这样的拥挤也更加给广佛两边的商铺增加了人气，“夏天天气热，一堵车，大家都开了车门下来，抽烟、聊天，很多妇女小贩这时就抬着甘蔗、西瓜、菊花茶沿路兜售，场面比市场还热闹。”

与此同时，邓小平南巡进一步推动了改革开放的发展，各种形式的商业也因此更加活跃。黎绍英认为，“随着人们生活水平的提高，有钱的人一定会升级消费，原来走路的现在肯定想买车。”于是，他果断决定开发摩托车市场，到1993年，大沥供销社摩托车销售量达到2万多辆，销售额达数亿元，后来一度成为全国最大的摩托车销售市场。

其他人也发现了广佛公路带来的商机，南国小商品城董事长叶伟清就从广州跑到了大沥，陆续投资建立了平地电器城、沥北（旧）电器城、广佛塑料城和南国小商品城。现在，广佛公路沿线道路两旁，分布着机电五金、布匹、汽配、茶叶等31家大型市场，南国小商品城则成了众多专业市场中最成功的市场之一。

“商贸业在上世纪90年代出现了迅猛发展的局面，而政府也适时地确定了‘以商带工’的发展思路，后来出现的这些摩托车厂、铝型材厂，基本都是那些做生意的老板赚了钱之后搞起来的，从这个角度来说，商贸业为大沥的工业发展完成了原始的资本积累。”邝剑恒表示，这个阶段的专业市场已经实现了从单个的“店面式”转变到集中的“大棚式”，规模上得到了提升，但整体档次和经营效益依然不是很高，这成为目前大沥商贸业发展必须突破的一个瓶颈。

“北有义乌、南有大沥”有待时日

“同质化、恶性竞争现象严重，总体规模较小、档次较低、经营方式落后”，这些评价频繁地出现在各种对大沥专业市场的调查报告中，广东社科院教授丁力认为，虽然大沥的专业市场数量超过了30家，但这些专业市场与本地主导产业的关系非常疏远，市场优势并没有与主导产业结合起来。中山大学教授袁奇峰也表示，大沥的这种商贸业都是沿着广佛公路呈带状发展，在空间布局上比较杂乱。并且，这些专业市场大都还只是小规模经营，其货物的来源和流向都以本省为主，物流聚集还

专业市场内有着各种各样琳琅满目的商品。

不成规模。

为此，大沥政府去年推动成立了广东省首个镇级专业市场行业协会，从一定程度上解决目前商贸业存在的问题。在政府的设想中，协会将对专业市场行业进行科学分析，从而避免企业个体自身无序发展，推动企业之间的良性竞争。同时，进一步整合全镇各类资源，优化产业布局，努力形成与广州、佛山等周边地区优势互补、错位发展的“大市场”格局，并最终形成“北有义乌、南有大沥”的市场地位。

同时，大沥提出在联滘地区打造“广佛国际商贸城中心区”，希望以此为龙头，带动大沥商贸业的产业升级。

“从目前的规划来看，‘广佛国际商贸城’也包括专业市场的部分，一旦这个规划真正落实，那么高端服务业的进驻将给我们带来极大的辐射效应，这也给了我们提升产业档次、突破发展瓶颈的机会。”九龙五金不锈钢展览交易中心常务副总经理赵勇说，另外，另一条直通广州的广佛新干线已经进入收尾阶段，这条与广佛公路平行的广佛大动脉不但能缓解广佛公路的交通压力，同时也能带来更大客流，对于处在这两条公路两旁狭长地带的众多专业市场来说，这是一个实现更大发展的新机遇。

（原文见2008年6月3日《南方日报》，作者：吴智臣）

▶▶链接

国际商贸城具备6大核心功能

对于商贸业的发展，大沥提出了打造“广佛国际商贸城中心区”的目标，并详细制定了《大沥商贸综合发展区规划》，其中提出：要在包括广佛公路在内的“广佛国际商贸城中心区”建立6大功能区，通过吸引高端现代服务企业的进驻，带动专业市场的升级。

具体来说就是，在整个联滘区域内，以广佛公路为界，分为南园和北园两个部分。其中的北园将建设五星级酒店、有色金属交易中心、金属批发市场、政府行政中心、SOHO创业园等多个功能建筑；而在南园则将引入铝材行业总部聚集区、大型批发市场、地标式办公楼、中央水景公园等功能区域。

《规划》建议，整个片区以广佛路为界限，分成南园和北园两大部分，其中两园西部靠桂和路一侧将建立“现代批发市场区”，而在两园西部的交汇处，将分别在两园建有色金属国际贸易区和铝业国际贸易区，将大沥的龙头产业的总部、展示厅、交易中心引入该区域，使该区域成为整个规划区内的“高地”，是整个大沥的城市地标，矗立在广佛路上。“‘明珠’在中央，现代批发市场区有如两条巨龙分别在‘明珠’的南北延伸，这是“双龙戏珠”的方案。”

与此同时，在“双龙”以及“明珠”以东，即规划片区的中部，设计师将这里处理成一条南北走向的人性化绿色生态走廊。这条走廊与南部的千灯湖走向一致，是南海中心城区中轴的延伸，因此将沿用千灯湖的“水”风格，在南园的中部规划一个湖，然后湖水沿着轴线缓缓向南北流动，这里成了南园最开敞的空间。而在北园，同样在中部构筑一个湖，湖水向北延伸到雅瑶水道，向南汇入一个大型的市民广场，这些都与南部的千灯湖密切呼应。

从功能上看，该规划将片区分为6个功能区，包括有色金属国际贸易区、商业区、公共服务区、居住区、现代批发市场区、滨水绿化带等。

国内外多个商家看中大沥发展潜力，图为该镇巴黎春天商业步行街景。

2. 国内外商家抢滩

家住广州芳村逸彩新世界的王小姐现在成了“广佛人”，每到周末，她都会坐车到黄岐的嘉洲广场逛街，一番采购后再坐车回家。

“我们的客源一半以上都是广州人。”黄岐嘉洲广场副总经理区润心说，现在，嘉洲广场不仅将附近的居民消费留住了，而且对10公里范围内的潜在消费顾客也具有极大的吸引力，嘉洲广场的商业氛围已经逐渐成形。

与此同时，在广佛公路的另一端，南海新都会广场正在紧锣密鼓地加紧建设，争取在今年底正式开业。在南海新都会广场的副总经理卢定天看来，嘉洲广场对广州消费的辐射并不奇怪，“大沥的商贸业本来就很繁荣，只是原来生活性服务的购物商场一直被生产性的专业市场所淹没，没有真正发展起来。而一旦这种潜力被激发出来，那么在传统商业氛围深厚的基础上，大沥的零售百货市场将迅速崛起。”

大市场容量　开发商不惧同业竞争

大沥主要有三大商业购物场所：嘉洲广场、巴黎春天商业步行街、大沥商业步行街。其中，嘉洲广场位于广佛一路黄金地段，投资总额近10亿元，占地面积3万平方米，总建筑面积12万平方米，汇聚“大型超市、百货公司、连锁家电、饮食娱乐、室内步行街”多种业态组合，是一座集购物、饮食、娱乐、休闲、文化于一体的大型现代化MALL，它也是大沥目前最成功的商业广场。

统计显示，“自2006年开业以来，我们的销售额连续两年保持30%以上的增长，去年更是达到了50%以上。”区润心表示，在三四级市场，一个新开业的商业中心能够取得这样的成绩并非全靠运气，当地的商业潜力应该是重要前提。

嘉洲广场销售总监陈伟文则表示，广佛商圈是目前中国最具消费力的商圈之一，区域聚集了数百万的中高档消费人群，但其核心区域中真正的高端商业物业却并不多见，尤其是处于广佛商圈的黄金走廊的南海大沥一带，大型现代化的MALL更是空白。嘉洲广场的出现，正好填补了这一空白。

“从目前的商业环境来看，广州的发展潜力有限，大沥作为广佛都市圈中的一个重要节点，具备成为商贸中心的潜质。”卢定天说，并且目前大沥正从原来的平民消费向体验消费转型，以大沥的消费能力来说，只要商家能够提供合适的消费服务，并形成集中的消费群，那么商业的迅速发展就是必然。

正是看中了这一点，新都会并没有将嘉洲广场看作一个威胁，和嘉洲广场一样，新都会也将自己定位为购物、娱乐、餐饮、时尚、休闲、文化六大主题为一体的大型综合性购物中心。“我们的定位可能差不太多，但我相信大沥有足够的潜力来支撑这样的市场。”卢定天表示。

广佛“人居新城”蕴藏大商机

不但开发商看中了大沥的商业潜力，国内外知名的商家也对大沥表现出浓厚的兴趣，大润发、苏宁、麦当劳这三大龙头企业很早就与新都会确立了合作伙伴关系，希望通过新都会项目在“广佛黄金走廊”的重要节点占据一席之地。据介绍，大润发的母公司康成公司在中国大陆已

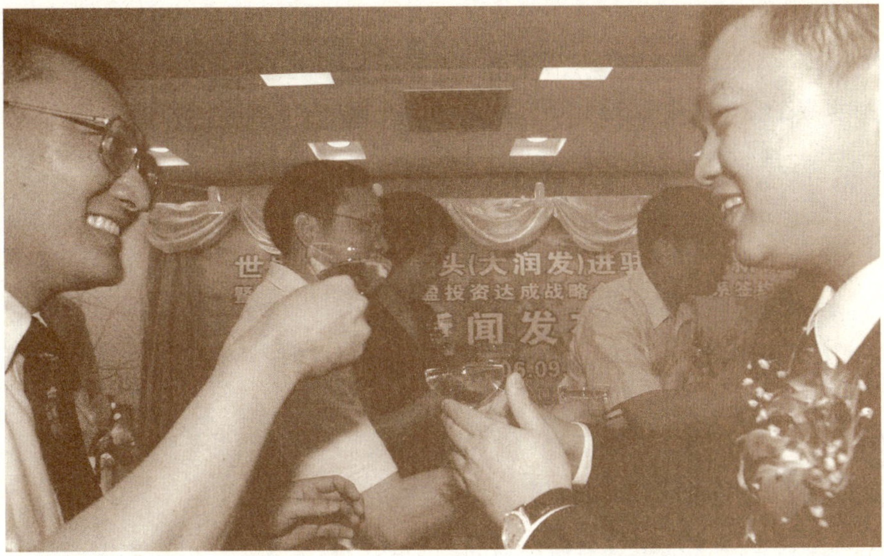

世界零售巨头大润发宣布投资大沥的新闻发布会现场，嘉宾们相互碰杯庆贺。

开业超过60家超大型卖场，2005年销售额位居中国外资零售连锁第二，在经营新都会大润发这个项目上，康成计划投资总额达2亿元人民币，而他们预计在正式营业后，年营业额将达到3亿元人民币。

而早在3年前，中国家电连锁巨头国美早已进驻巴黎春天商业步行街。2008年4月，国美又将在佛山的第一家新店选在了大沥。而据国美相关负责人介绍，国美大沥新店营业面积达3000多平方米，是国美倾力打造的五星级家电卖场。业内人士分析，大沥这个商圈具有辐射周边15平方公里的覆盖面，影响人口超过20万，这是许多商家都垂涎的一个市场。

“2006年，大沥提出‘广佛商圈，人居新城’的发展定位，这是这些大商家积极进入大沥市场的关键因素。”卢定天说，在此之前，大沥的商贸业主要是一种“马路经济”的形态，这和真正的商贸中心还是有距离的。而“人居新城”的概念表明，未来大沥将努力吸引高端人群进驻，这将给商家们带来最有价值的高端消费，这和“马路经济”完全是两个层次。

而据区润心介绍，由于众多房地厂商在黄岐大量开发楼盘，众多广州人纷纷到黄岐置业，目前广州人在当地的楼盘中已经占到了六成，而这部分人已经成为嘉洲广场很重要的客源。

“目前，摩根士丹利、万科这些产业巨头都已经进入大沥，这些大企业进驻肯定是看好了这里的房地产发展前景的。”卢定天认为，从这些因素来看，虽然现在大沥还是一个镇，但它的发展已经大大地超过了镇的概念，“人居新城”的提出给众多商家规划了一个美好的未来。

沿广佛路培育商业带

而在一些专家看来，对商家们更具吸引力的是大沥人日益膨胀的钱袋子。2007年，大沥镇实现地区生产总值240.6亿元，金融机构各项存款余额370亿元，其中城乡居民储蓄存款余额290亿元，农民人均纯收入11191元。而根据大沥相关负责人的预测，2008年大沥生产总值增长将达20%，居民存款很可能超过300亿元。

“盘子够大，就看我们如何去培养我们的顾客。”卢定天说，目前大沥人依然有去广州、深圳消费的习惯，并且消费群体也呈现出两极分化的趋势，我们的管理团队必须去适应当地的市场，从中找到适合自己的定位，这样才能赢得顾客的信心。

而在区润心看来，各个商家除了在自己的消费群体身上下功夫外，大沥整体商圈的打造是更关键的事情。“现在南海基本上实现了镇镇有商场的格局，我们要想留住本地的消费，并在未来吸引周边镇的消费，就必须在大沥形成一个成熟的商圈。”

据介绍，在黄岐、盐步并入大沥之前，嘉洲广场附近本计划再建一家高星级酒店，以进一步强化原有的商业形象。但在行政区划调整后，这个规划就取消了。

“我们并不怕和同行们竞争，相反我们很希望能在我们周边有类似的商场出现。”区润心表示，这样有利于形成一个商业圈，进而形成商圈，就像广州天河一样。“目前来看，大沥的商场都是在辖区内点点开花，希望未来能通过这些点的带动，沿着广佛路形成一个商业带，这应该是打造广佛商圈的一个重要步骤。”

（原文见2008年6月6日《南方日报》，作者：吴智臣）

南海大沥的五金装饰材料城，吸引不少广州商家。

3. 承接广州商贸业转移

2008年，一些在广州一德路经营海味的商家，开始陆续进驻位于南海大沥一德路的桂江农产品综合批发市场。而为承接这些来自广州的商家，该市场的开发商计划投入巨资，打造一个有800多间商铺、配套完善的海味一条街，准备“在大沥再造一条一德路”。

更多来自广州的商家正在周边寻找机会。据估计广州有900多个专业市场，由于交通、物流不畅以及城市规划的原因，其中不少都面临改造升级或迁移重建的问题，广州周边的市场成了商家重点考虑的对象。

而大沥的专业市场人士对此垂涎不已，在他们看来，大沥的专业市场如果能够顺利承接广州的这些外迁商户，不仅可以充实自己的进驻商户数量，更可以通过这些商家固有的交易网络，扩大大沥专业市场的客户范围，提升大沥专业市场在客商中的品牌知名度和美誉度，对实现“北有义乌、南有大沥”的目标具有不可估量的帮助。关键的问题在于，大沥如何突出自己的优势，让广州的商家相中自己，进而在众多的竞争者中占得先机。

大沥机会

好柏特家庭用品有限公司同时为广州沙西和南海大沥的专业市场提供货物，在该公司总经理吴东胜看来，广州的市场已经非常成熟，他们现在基本上都不怎么做批发了，大部分都是在团购。而在大沥，批发仍然是很多市场的主要交易形式。

“相对于广州的市场来说，我们还有差距。”凯民茶博城董事长梁启河对此这样评价。凯民茶博城是佛山最大的茶叶销售市场，即使放到广州，凯民也能排上第三的位置。

但梁启河对于自己的生意有着清楚的判断，在他看来，凯民的一些问题是阻碍它进一步发展的重要因素，“广州芳村的茶叶市场比我们大很多，而且经营时间也比我们长，大部分的外地客商都是去芳村进行采购，从这方面来看，我们只是广州的一个补充。”他说，“我们的市场主要面向佛山的本地居民和西部省份的一些茶商，这个市场的发展潜力有限。”这也是大沥很多专业市场普遍存在的情形，他们的客户大部分都是截留西部省份去广州采购的客商生意。

更为重要的是，凯民进驻的商户“含金量”并不是很高。在凯民开店的商户主要有三类。一种是芳村茶叶市场里的商户在这里设置的分店，其次是厂家的直接代理商，还有就是一些新的茶叶经营者，这些商户很多都是由于芳村已经人满为患，商铺位置不够，只好另选凯民。

“从未来的城市发展规划来看，芳村的这些茶叶市场肯定要迁移出来的，这时候我们的这些劣势就有可能变成优势。”梁启河说，相对低廉的租金以及完善的市场配套，将是凯民最大的潜力。而通过吸引这些广州外迁的商家，凯民不只是规模上的提升，更可以提高自己的商户档次，优化自己的客户结构，并进一步借鉴广州的经验改善管理模式。

这样的想法得到了很多专业市场人士的认同，他们认为，要想真正打造大沥专业市场的品牌，那么就必须拓展市场在全国范围内的客源，广州优质商户的引进将是一个很好的契机。

商业氛围

但“契机”之说只是大沥众多专业市场老板们的期待，事实上，对于广州这些准备外迁的“香饽饽”，不少地区都已经打起了自己的算盘。“一些在广州做生意的朋友告诉我，目前番禺政府已经决定将专业市场行业作为他们的一个重点产业来发展，并计划拿出几十亿的资金，在当地建造大规模的新型批发市场，希望通过良好的硬件配套吸引广州老区外迁的商户。”梁启河说，对于这些潜在的竞争者，他也有很多忧虑。

梁启河进一步分析了大沥的形势，从交通上来看，虽然大沥广佛公路离广州只有20分钟车程，但并不具有太大的优势，番禺作为广州的一个区，经济上内在联系以及市内交通的便利性不可忽视，并且，随着番禺新火车站的投入运营，这种内在的联系将进一步加强。而如果从配套环境来看，大沥多年低层次发展造成的分散、杂乱的市场形象，显然很难和一个新规划的后起城市相提并论，唯一的机会在于大沥的商业氛围。

“多年的制造业发展使大沥形成了浓厚的商业氛围，并且现在的专业市场在大沥已经聚集了众多客源，南来北往的采购商与大沥已经形成了稳定的商业联系。”梁启河说，商家做生意一定会将人气作为重要的考虑因素，而大沥在这方面具有优势，“而同时，我们的铺面租金又比其他地方便宜，性价比比较高，他们在选择的时候肯定也会考虑这个因素。”

“与广州周边其他地区相比，大沥的专业市场在硬件上可能不是最好的，但商贸业的发展有它自身的特殊规律，历史的商贸氛围应该是大沥专业市场吸引外来商家的最大砝码。”大沥经济发展办公室主任邝泽亨表示，商贸业发展有自己的特殊规律，并不是硬件设施好就能吸引客源，大沥20多年来在众多采购商心目中形成的品牌印象，这是很多新兴商业地区不可能拥有的，而这就是商贸业繁荣的最重要因素之一。大沥在吸引广州的外迁专业市场问题上，并不会比一些后起的地区差。

有形之手

然而，先天的商业氛围优势并不能确保大沥在竞争中获胜，相关政府部门对行业发展的规划和引导是另外一个必不可少的力量。之前大沥政府的一份专业市场发展的调研报告指出，由于大沥专业市场发展较早，且呈自发状态，行业规划引导相对较为滞后，导致市场同质化、恶性化竞争较为明显，这极大地阻碍了大沥专业市场的发展。

“广州的商家为什么要来大沥？政府的态度极其重要。”梁启河说。九龙五金不锈钢展览交易中心的负责人对此深有体会，他表示，公司在大沥投资这个项目主要就是看中了这里的商业环境，众多的采购商对他们来说就是一个潜在的市场，但政府对专业市场发展的扶持力度却明显不够，“我们原来计划是在广佛新干线开通时正式营业，但广佛新干线的开通时间从2006年拖到2008年，我们也因此将开业时间一推再推，即使那些看好我们的商户都对这种状况抱怨不已，更别说广州那些还不熟悉我们的商户了。”

梁启河认为，大沥原来都是以制造业发展为主，所以对商贸业发展重视不够，从而对商贸业发展缺乏规划和引导。而从香港、台湾等城市的发展经验来看，制造业发展成熟后，政府一般都会将发展的重心转移到第三产业上来，这是南海需要借鉴的方面。

邝泽亨也表示，浙江义乌之所以能够具有现在的规模，政府的强势引导功不可没。大沥如果想吸引广州的外迁产业，必须让他们看到南海对这个产业发展的信心，并通过良好的规划为他们在南海的发展腾出更好的空间。

而事实上，相关部门已经注意到这个问题，在上述调研报告中，大沥政府已经将政府加强引导作为专业市场发展的成功经验，并在随后成立了专业市场协会，希望通过协会的桥梁作用，加强政府对整个产业的调控和引导。

（原文见2008年6月10日《南方日报》，作者：吴智臣）

4. 全国货物云集大沥专业市场

6月的一个早上，一列满载着3000吨粮食的列车开进了位于南海大沥的广铁三眼桥粮食货场。列车刚一停稳，几十名搬运工人便立即上车卸粮，来自广东各地的粮商再带着自己的车队陆续将这些粮食运走。这样忙碌的情形每天都在广铁三眼桥粮货市场上演。这里因此也被很多人称为华南地区最大的粮食中转枢纽。

类似的忙碌场面在广佛路上随处可见，很多来自全国各地的各种卡车都将大沥作为最后的终点，各种货物快速地被分流到各个专业市场中，随后又被来自各地的商人快速拉走。大沥16.5公里长的广佛路正逐渐成为一个全国货物的集散地。

“沿着广佛路走10多公里，你可以将你一生所需要的东西都买全。”对于广佛路物品的丰富，凯民茶博城董事长梁启河这样感叹。

随着大沥专业市场的发展，来自全国各地的采购商和供货商云集大沥，大沥也日益成为一个全国商品的集散地。

万余商铺聚集

据新胜利百货有限公司副经理左绍挺介绍，他们公司在广州芳村已经差不多有18年了，南国小商品城开张不久，他们就从芳村那边把店迁了过来。和他们一起过来的，还有他们来自福建、浙江等全国各地的供货商和采购商。而据左经理估计，至少有大约10家原来和他们一样在芳村的店铺已经迁了过来。

"大沥已经聚集了众多的专业市场，什么货物都能在这里买到，已经成了名副其实的商品聚集地。"左经理表示，从芳村那边搬过来，就是因为大沥有大型的专业市场聚集，以及大量的商铺在这里做生意。这不仅给采购商提供了一站式采购的便利，也给他们提供了无限选择的可能，从而把市场蛋糕做大，开拓更多的客源。

经过多年的培育和发展，大沥专业市场的种类呈现出了多样化发展的特点，生产资料和生活用品市场一应俱全。据不完全统计，大沥有31家大型专业市场，其中包括夹板、机电五金、布匹、皮革、摩托车、汽配市场等15个生产资料市场，另外还有粮油市场、茶叶市场、家具市场、小商品城、水（农）产品市场、电器市场、三鸟批发市场等16家生活用品市场。这些专业市场以广佛路为轴心，南北布局呈带状分布，总经营面积近250万平方米，商铺总数超过1万个，这给海量商品的进驻提供了平台。

“在这样的基础上，大沥专业市场的全国货物聚集地雏形渐渐显现，大型的专业市场也因此陆续培育起来。”大沥相关负责人表示，2007年，大沥专业市场总成交额超过了200亿元，其中年营业额超过亿元的市场有8个。同时，在众多投资者看好专业市场发展前景的情况下，众多专业市场纷纷增资扩容，广佛五金城、大转弯夹板市场、凯民茶博城等在原有基础上增加了经营面积，开设了更多的铺位，为采购商提供更加丰富的产品。

30余万种商品一站式采购

在众多专业市场中，南国小商品城近年来的发展势头迅猛，已经成为华南地区最大的小商品批发集散市场。据介绍，自2005年6月试业至2008年，在短短3年时间里，南国小商品城完成了一个新市场的培育和过渡，升级为一个营业面积逾50万平方米的大卖场。2007年该市场交易额达100亿元以上，交易额堪比浙江义乌的任何一个专业批发市场。

说到卖场的定位，南国小商品城副总经理潘旭更愿意用批发和零售兼营的大卖场来形容。“卖场里面最大的特点是品种齐全。”潘旭介绍，南国小商品城划分为六大专营区块，场内主要经营五金交电、金属家具、塑料制品、箱包皮具、化妆礼品、工艺制品、酒店用品、厨具用品、床上用品、文体用品、食杂百货等20大类30万余种商品。形成了以批发为主、批零结合的经营模式，向华南、西南、东南亚二级批发市场直接供应货物。从业人员3万余人，日均客流量10万人次。

同时，这个大卖场的产品销售辐射面也很广。新胜利百货有限公司主要从事塑料制品批发零售。新胜利和来自广东、台湾等全国各地的上千家供应商形成了合作伙伴关系，直接向华南、西南、东南亚二级批发市场供应货物。

据介绍，南国小商品城里面约有三成左右商品主要产自广东，里面有汕头的生活瓷器、阳江的刀剪、顺德的小家电等各种商品。产品主要销往广东省内各地及湖南、广西、海南、云南、贵州、四川、西藏、新疆等地。有的产品远销马来西亚、菲律宾、老挝、越南及印度、巴基斯坦等80多个国家和地区。

而在南国小商品城的带动下，旁边随即又建起了中大小商品市场，

“通过这种带动效应，南国和越来越多的小商品城将打造大沥小商品集散地的品牌，未来和义乌相提并论也并非不可能。”

珠三角粮食中转枢纽

“广西、河南、湖南、安徽等全国重要产粮基地的粮食都会进入我们市场，我们每天的粮食吞吐量在1万—1.1万吨左右。”广铁三眼桥粮食货场有限公司副总经理赵启鹤说，市场创办才两年不到，三眼桥就成为华南地区的一个粮食中转枢纽。

广铁三眼桥粮食货场占地面积150亩左右，包括2.2万多平方米的粮食中转仓库和260多个交易铺位，货场有800米铁路专用支线与广茂铁路接驳，能同时停靠100个车皮，货场大米年吞吐量200万吨，与货场配套的10个粮食加工厂还能进行大米深加工业务。

“我们现在不但集站台、物流、加工等上下游产业链于一体，未来我们还将打造期货业务。”赵启鹤说，大沥镇地处珠江三角洲的前沿，是一个工厂聚集地，也是物流的集散地。广铁三眼桥粮食货场在此建立，实现了内地产区与销售商面对面沟通，因而也成为了华南地区一个重要的粮食中转枢纽。

据介绍，市场内不仅聚集了广湖兄弟米业、太粮米业两家广东省名优产品企业，另外，包括华田米业、太和米业等6家外省名优产品企业都已经进驻其中。“几乎全国知名的米商在这里都有店铺，这里的交易额占广东市场的80%左右。”

“即使珠三角断绝一切外来供给，这里储备的粮食也能保证老百姓3—5天的正常供应。”赵启鹤说，货场每天有约100个车皮、6000吨粮食进入，主要提供广州、佛山、中山、珠海等珠三角主要城市的粮食供应。

（原文见2008年6月27日《南方日报》，作者：吴智臣）

第二节　变革维新　现代交易

大沥的人流和物流都足以支撑专业市场的发展，但是目前信息交流正日渐取代前两者成为决定市场交易水平的重要因素，专业市场能否成为该行业的信息交换中心，将直接决定这个专业市场在行业内的竞争力。

1. 现代交易方式进入大沥专业市场

“现在我们的采购商基本都来自西部省份，将来通过eBay，我们可以将产品卖到全国甚至国外去，真正实现全球货物汇集大沥的梦想。”2008年，全球电子商务网站老大eBay考察南海，并表示将以南海为重点布局华南。这让在南国小商品城做塑料制品生意的左先生有些兴奋，他认为，如果利用得好，电子商务将给自己竞争激烈的生意开辟另一个空间。

而事实上，自20世纪80年代诞生以来，大沥的专业市场虽然经过不断升级，在业态上已经呈现出现代商贸业的发展趋势，但其交易方式一直保持“现场、现金、现货”的原始方式，“不是我们不想改进，但确实还没有一种更好的方式供我们选择”。在各方人士看来，电子商务可能是一个合适的选择，eBay、阿里巴巴等大型电子商务网站的进驻应该是最佳的时机，而更加先进的交易方式的引进，则可能更大程度提升专业市场的价值。

现代交易方式才能实现专业市场信息流、资金流、人流和物流的汇集。

“三现”交易弊端渐显

大沥早期的专业市场诞生之时，主要经营烟草、副食品等商品的零售批发，由于当时规模不是很大，商品价值相对较低，一般都采取“三现”的交易方式。“很多广西司机去广州送货赚了钱，然后在大沥买点货物带回去，这都很方便。”时任大沥供销社主任的黎绍英仍清楚记得。

随着市场的发展壮大，摩托车市场、五金市场等陆续出现，买卖商品的规模和价值都比过去翻了很多倍，“三现”交易模式的缺点开始显现。“开始卖烟草时，大一点的进货商最多也就几万元钱，而现在的钢材、机械设备采购动不动就是几十万上百万，随身带着这么多现金来交易，一是存取都非常不方便，更重要的是非常危险，很容易被抢。”黎绍英说。

这样的担心在很多商家中都存在，但对此也没有更好的办法。九龙五金不锈钢展览交易中心负责人赵经理认为，所有的人都知道携带巨额现金现场采购非常危险，但目前并没有很好的解决途径。“如果通过银行划账的方式结算，一方面手续费开支不小，而另一方面，专业市场客人非常多，如果每一笔交易都去银行，商家根本就忙不过来。”他说，如果像购物商场那样通过统一的第三方收费，目前各个商户之间的竞争非常激烈，谁都不想让自己的商品价格和营业数据让所有人都知道。

至于流行的支票支付，他认为一方面商家人力上不允许，而另一方面，风险可能更大，“支票兑付有时间限制，如果有人恶意在支票兑付的最后时刻给你，还没等你到银行支票就可能已经过期了，那样的损失可能更大。”

“安全性只是一方面，更重要的是这种交易方式限制了客源的拓展。”赵经理说，所有的买卖都需要现场看货，然后再交易，这让很多地理距离较远的客商选择更近的地方进行采购，虽然我们的货物在价格上可能比人家更有优势。另外，传统的交易方式都是通过口口相传的方式在熟客之间进行客源拓展，然后再到现场来看货交易，如果不来大沥，那么永远不可能在这里进行采购，这更加缩小了可能的商户范围。

电子交易萌芽

左先生进驻南国小商品城已经三年，刚开始的时候由于自己的品牌比较好，所以生意也还算红火。而随着生意的一步步做大，相同的商铺也越来越多，大家都在争夺相同的客源，左先生也感叹“生意越来越难做”。不过，前两年南国小商品城在“中商网”设立了统一的网站，他怀着试试的心情在其中开了一家铺，将自己店铺的商品信息都挂到了网上。

“开始的时候还没什么效果，不过时间长了之后就开始有福建那边的客商打电话来询问。”左先生说，通过网站的信息发布，打电话来询问的人也越来越多，虽然联系上之后双方还是要通过邮寄样品的方式确定交易，但这给他拓展了一个新的客源渠道，现在不仅有西部省份的客商来他这里采购，来自福建、汕头那边的客商也有不少和他建立了联系。

南国小商品城负责人潘经理介绍，南国小商品城和中商网建立合作关系，南国小商品城可以在中商网的平台上免费建立自己的网站，而商城中的每个商户一年只要交380元就可以在网上获得一个铺位，进驻的商户数已经从最初的40多户上升到100多户。

“其实来这里做生意的人都很实在，大部分的人都是小本投资，所以对一个新的销售模式都比较谨慎。现在越来越多的商户开始上网，这说明大家从中尝到了甜头。”赵经理说，原来我们如果要让福建的客商来这边采购，我们就必须去福建那边做广告，这笔花费不小，而且效果也不能保证。而有了网站之后，这笔花费被省了下来，只要网站品牌够大，全国的客商都有可能看到我们的信息，从而过来这边采购。

“这种网站其实就是B2B（商户对商户）电子商务业务，只是还没有真正实现在线上交易。”南海科技局负责人表示，如果引入eBay、阿里巴巴这些更加知名和成熟的网站，那么交易手段可能进一步简化，从而也更加有效和便捷。

现代交易方式提升企业价值

凯民茶博城正在筹备建立自己的电子交易中心，他们希望通过这个电子交易中心，不但可以发布茶叶买卖的信息，同时，通过制作相应的软件系统能够对茶叶市场价格进行动态发布，进而形成确立凯民行业价格风向标的地位。

而在南国小商品城的赵经理看来，凯民不但可以做电子交易平台，从长远来看，更应该引入期货交易。“茶叶不像小商品，它这种农产品具有保值增值的功能，这样就可以做期货交易。一旦掌握了期货交易价格，那么就掌握了行业价格的制定权，这才是现代交易方式最厉害的地方。”

而根据大沥对“广佛国际商贸城”的规划，将在里面建设有色金属交易中心就将真正引入期货交易的功能，该中心建成后，将集中具备有色金属现货、合同、期货交易，仓储物流，信息加工发布，专业会展，文化与品牌展示等多种功能。同时，中心通过为企业搭建大型的电子交易平台，组成统一、集中、专业的有色金属精矿、原料、型材、技术、设备的交易平台。

另外，建设单位还计划为中心引入一些相对先进的服务模式，例如通过设立大规模的公仓并配套融资及担保服务，采用期货与现货相结合的交易模式。

“比方说一家进驻该中心的企业有一批货物存放在公仓内，我们就可以为该企业提供担保，让该企业拿这批货物作为质押向银行申请贷款，获得3—6个月的流动资金，贷款额度可达到质押货物价值的50%—70%。另外，企业在进货时也可以利用期货来保值增值。”有所金属交易中心建设单位负责人表示，这些服务模式的引入将丰富有色金属的交易手段，有效降低企业的运营成本和资金沉淀，从而提高企业收益。

（原文见2008年6月20日《南方日报》，作者：吴智臣）

2. 从"坐商"变"行商"

"自2005年开办以来，南国小商品城的营业额连续快速增长，2008年肯定会超过100亿元。"南国小商品城副总经理潘旭说，刚开业时，南国小商品城的营业额只有25亿左右，短短3年内就实现了4倍的增长。

随着商城的跨越式发展，里面的经营户们也收获了喜人的经营业绩。新胜利百货有限公司总经理左绍挺告诉记者，3年来，新胜利的交易额每年都保持着两位数的增长，现在已经成为南国小商品城前10位的经销商之一。不过，在另外一些商家看来，随着来大沥做生意的商家越来越多，各个商户之间的同质化竞争也在加剧，虽然大家的交易额在不断增长，但利润率却没有上升，甚至出现了下滑。"通过规模效益把市场做大，这只是一个方面。如果要想获得更大的空间，还需要转变经营观念，努力走出去，将触角伸到更远的市场中去，实现从'坐商'向'行商'的转变。"

商户渴望拓展新市场

在大沥2008年对专业市场的一份调研报告中，大沥经发办的调研人员指出，由于大沥专业市场发展较早，且呈自发状态，行业规划引导相对滞后，导致市场同质化、恶性化竞争较为明显，部分专业市场的商户效益长期维持在低水平状态，甚至有的出现了下降的情况。

这种观点在一些商户那里得到了印证。2005年之前，何楚华经营的兴宜厨具在原来的塑料城租有摊位，南国小商品城开张之后，他们就将商铺迁移到了这里。"店铺比以前大了很多，营业额也比以前有了很大的增长，但利润率却比过去低了不少。"何楚华分析，"我们已经在这一行做了13年了，应该说客源还是比较稳定的。但现在这里做不锈钢厨具的并不只是我们这一家，而客源却还是原来的那些客源，为了竞争，在价格上做文章是最有效的手段，但是结果却必然导致利润率下降。同时再加上人工、运输等一系列成本的上升，利润率更加受到压缩。"

而据了解，由于广佛路沉淀的历史商贸氛围，以及其固有的辐射效应，大沥专业市场的客源仍然主要面向珠三角和广东以西的城市。多年来，大沥专业市场的商家数量虽然出现了成倍的增长，但客源范围变化却并不大，这是导致各个商家争夺有限客源的一个重要原因。

即使是经营状况不错的新胜利，客源覆盖范围不够广泛仍然是他们担心的一个问题。该公司左经理表示，浙江义乌已经占领了华北和华东的市场，但东南和西南的市场还有很大空间，公司一直想去福建和越南拓展新的客源，“如果不走出去开拓新的客源，那未来的发展空间就非常有限。”

协会帮助企业走出去

事实上，众多专业市场也在思考如何通过统一的形象包装，来提升市场在消费者中的知名度，进而拓展出新的客源。“我们成立了专门的市场推广部门，负责市场统一的对外宣传，并且我们在形象宣传上也是不惜成本的，我们不仅在媒体上做广告，还在许多重要的交通道路旁安置了巨型的广告牌。”潘旭说，为了配合商户拓展福建市场，南国还打算投几十万元在福建安置巨型广告牌，吸引当地客源。

然而，在左绍挺看来，以这样的方式“走出去”显然不够，“光在那里放个广告牌，当地人看了也不一定能明白‘南国’到底可以为他们提供怎样的便利。并且，几个广告牌的有效覆盖面很小，那些潜在的客户也不一定能够看到。”他认为，如果真的想开拓这些市场，商户们就必须亲自走出去，和当地市场的相关组织联系，通过切实的沟通掌握他们的需求，并让他们了解这边的市场到底能够提供怎样的服务，这样商户和客户才能建立合作关系。

潘旭对此表示同意。“这样的方式当然比较理想，我们也希望能够有这样的机会去外面推介自己。”他说，但现实的情况是，“南国”的工作人员对外地的商会组织和商品采购商并不熟悉，更不可能和对方建立良好的沟通渠道，对他们来说，外地市场完全就是一个陌生的领域。

在众多市场人士看来，去年专业市场协会的成立可以很好地解决这个问题。大沥专业市场行业协会相关负责人表示，目前，协会也正在计划组织商户走出去，通过和外地的商业组织建立有效的联系来开拓更大的市场。但是，由于协会刚成立，所有的运作经费都来自会员企业的会员费，这导致协会很多想法都缺少经费去落实，“我们希望政府对此能够进行积极引导，而协会在经费充裕的情况下，我们也将最大限度地帮助商户们尽快走出去。”

走出去需要转变经营观念

“事实上，这是一个从‘坐商’变‘行商’的问题。”钱国明说。钱国明是上海不锈钢制品有限公司总经理，2007年开始他们在大沥的专业市场中设立了一个门店开拓华南地区的市场。在他看来，目前很多市场依然停留在“坐商”的阶段，在产品畅销时，“坐商”们的生意都能做得很红火，却感觉不到将来商品可能滞销的危机。一旦产品出现滞销，企求市场转暖是“坐商”们惟一可做的事。

“我们希望做‘行商’，通过企业主动的开拓来获得更大的市场。”他说，所谓“行商”就是要走出去做生意，和“坐商”最大的不同是，“行商”具有主动经商的意识，理念的转变导致管理模式、经营机制等一系列的转变，让企业具备更强的核心竞争力。

他认为，走出去并不局限于出去和客户沟通这种传统的模式，通过现代物流这种现代化的方式，商户们也可以做一个成功的“行商”，从内容上，要改变传统的营销方式，广建营销网络，推广电子商务。如实行零售批发一条龙，实行电话订货、网上订货等等。如果在现代市场销售中，既有现代物流理念，又能把现代销售网络建立起来，那么，何愁生意不会红火起来。”

“关键是商户经营观念的转变。”钱国明说，结合自身现有的社会资源和渠道，为客户提供主动的服务，这是从“坐商”变“行商”的本质内容。

（原文见2008年7月4日《南方日报》，作者：吴智臣）

3. 差异化竞争寻求专业化管理

中国市场发展的趋势，已经显露出品牌资产竞争的端倪。专业市场作为经营商品的一种业态，也和其他商业形态一样面临着来自国际国内市场的竞争，提升品牌资产，发挥品牌优势，已经成为维持有利竞争地位的必然选择。

大沥地处广佛商圈核心地带，从区位优势上来说，是非常适合发展专业市场的。但是，放到整个华南地区甚至广东省来说，大沥专业市场虽然数量非常多，但其交易额和影响力却还不能令人完全满意。

江浙一带的专业市场，却往往能在交通极不便利的僻壤之地生根发芽，且具有全国影响力。其原因何在？也许人们会说规模效应和品牌影响力。但是，如何才能做出规模做大品牌？仔细考量大沥专业市场的内部管理方式，也许我们便可可看出端倪。

经过周密的市场调研后，“九龙小商品城”决定更名为“九龙五金不锈钢交易中心”，专注于打造不锈钢等金属材料或制品和五金机电类产品的交易展览品牌。

九龙市场投资管理有限公司副总经理赵勇说，市场于2007年10月正式确立了这一新定位，30%的铺位已经招商完毕，计划2008年10月开始试业。

“九龙五金不锈钢交易中心”的转型代表了专业市场的发展趋势。在某一个领域做专做精、打造出专业化的品牌影响力，已经成为众多专业市场管理方的共识，“九龙五金不锈钢交易中心”等大沥专业市场也正朝着这一方向努力。

一个领域做专做精

大沥是“中国有色金属名镇”和“中国铝材第一镇”，佛山则是中国不锈钢加工商贸之都，每年在广佛之间流通的不锈钢等金属材料和制品、五金机电类产品都非常多，而且周边工厂也需要大量的金属焊割设备和焊接材料。

这些产品在大沥及其周边地区交易，在广佛路两旁就聚集了300多个商铺从事这些产品的交易。九龙市场投资管理公司进行调研后认为，如果针对这方面的产品交易建立一个专业市场，其市场前景将非常大。

“在旁边的南国小商品城内，他们也有做五金产品交易的商家，但数量不多，做得也不够专业。”赵勇说，潜在的市场需求加上基于与南国小商品城错位发展的的考虑，使他们于去年10月重新确立了市场定位，不再做大而全的小商品交易，而是往专业化的“五金不锈钢交易中心”方向发展。

根据规划，“九龙五金不锈钢交易中心”占地30万平方米，总铺位数超过1800个。“整个交易市场将分成两个区，一个是不锈钢区，一个是五金区。”赵勇说。

而为了在细分市场里表现出更加强大的专业性，“九龙五金不锈钢交易中心”的不锈钢区将以不锈钢线材作为主打交易产品，而五金区则以焊割设备和焊接材料为龙头产品，“突出特色，至少在华南地区，人们要采购这些产品时就能想到‘九龙五金不锈钢交易中心’。”赵勇说。

走品牌之路

在世界范围内，一提到小商品交易，几乎所有人都会马上想到义乌，这就是品牌的力量。赵勇说，“九龙五金不锈钢交易中心”的目标是要打造“五星级专业市场”，使其首先在广佛商圈内形成一定的认知感和美誉度，并进而在华南地区形成品牌影响力。

而品牌影响力首先来自于市场本身的生命力。“现在我们正在做招商工作，把商家引进来当然很重要，但是更重要的是把他们引进来之后如何留住他们。”赵勇认为，要保持专业市场的生命力，除了提供优质的日常物业管理外，还要通过市场的整体运作降低市场的交易成本，使个体商家能借助市场提升自己的价值。

“交易成本主要来自于选择阶段，如果要采购一种产品时，你能很快地确定要去到哪个城市、哪家专业市场，并进而确定哪个商家，那么交易成本就肯定能降低。”因此，赵勇认为，“九龙五金不锈钢交易中心”必须进行品牌建设和品牌维护。

“前3年是品牌认知阶段，这一阶段要通过形象推广让大家知道这个市场，而3年后则是品牌认可阶段，要用5年的时间让大家认可九龙在不锈钢五金领域的交易表现，采购这些产品时第一时间就到九龙来。”

要做到这一点并不容易。除了推广之外，市场管理方对市场内商家的有效管理也是重要因素。九龙市场投资管理公司聘请了专业的商业地产机构对“九龙五金不锈钢交易中心”未来的管理进行规划。赵勇表示，届时的基本管理包括配合工商、税务等部门打击假货等工作，只有这样才能一步步建设、维护好品牌。

他认为，从专业市场的管理层面上来说，市场管理方总的来说要扮演服务者和监督者的角色，既要做好市场整体形象的宣传和推广，又要监督市场交易秩序，保证交易在合理有序透明的环境中进行。

汇聚人流物流信息流

大沥已经聚集了30多个专业市场，这些专业市场不但吸引了来自珠三角、广东乃至华南地区的众多采购商，而且配套产业也迅速发展起来。在“九龙五金不锈钢交易中心”旁边，就有多个物流配送中心随着南国小商品城的发展而发展起来。赵勇认为，这让“九龙”不用再考虑为市场内的商家建立另外的物流中心。

虽然地处广佛商圈中心，大沥的人流和物流都足以支撑专业市场的发展，但是信息交流正日渐取代前两者成为决定市场交易水平的重要因素，专业市场能否成为该行业的信息交换中心，将直接决定这个专业市场在行业内的竞争力。赵勇透露，基于这方面考虑，“九龙五金不锈钢交易中心”也准备建立一个网站，使之成为市场内部的信息交流平台。

但是，他同时表示，这个信息网络平台在初始阶段将仅限于信息交流的功能，还暂时没有往电子商务的方向考虑，“因为现在网络信用机制还没建立，我们认为时机还不成熟。”

要汇聚人流、物流、信息流，除了提升专业市场内部的管理水平，赵勇认为更重要的因素是提升区域品牌，“这要靠政府的强势引导和支持，全行业联合起来进行自律，避免重复建设、恶性竞争，降低区域整体交易成本，并打造良好的交易环境。”

要实现这一目标，毕业于名校的赵勇认为提升管理人员素质非常重要。他说，“九龙”之所以在还没有开业时就制定了这么长远的规划，关键就在于管理人员的结构非常合理，大多数人都非常年轻，其中很多是硕士、本科毕业，“但是，大沥大多数专业市场的管理水平还是处在初级阶段。”赵勇说。

（原文见2008年7月11日《南方日报》，作者：胡智勇）

4. 世界级有色金属交易平台奠基

比划着办公室里的大沥地图，想象着两年内从广佛商贸城中心区拔地而起的华昌大厦，广东华昌铝厂有限公司的副总经理武卫社脸上露出些许笑意。

武卫社记得，在公司的经销商会议上，他们已经向20多个合作伙伴发出邀请，欢迎他们日后入驻华昌大厦。这些合作伙伴，有做有色金属贸易的，有做前端模具开发的，也有做有色金属深加工的。两年后，这些来自不同地方分别掌握着产业链不同位置的商家将可聚在一栋楼里办公，这是武卫社此前想都不敢想的。

实际上，在三年的沉寂之后，广佛国际商贸城中心区的广东有色金属交易中心将在2010年9月16日奠基，总投资约28亿的六大项目开始动工。未来，这里将打造一个世界级的有色金属交易平台，与大沥西部的有色金属产业园一起，形成一个涵盖产品研发、原料采购、生产和深加工、展示发布、交易服务等完整有色金属产业链。

有色金属的蜕变良机

对于广佛商贸城中心区的首个大型项目，广东有色金属交易中心被寄予厚望，不仅将承担起有色金属产业转型升级的历史重任，也承载着大沥镇乃至南海区经济社会转型、城市水平提升的光荣与梦想。

一位从事有色金属行业多年的老板接受记者采访时坦言，在没有原材料的情况下，大沥有色金属能够发展到现在的规模，堪称奇迹。但大沥的有色金属产业虽然规模可观、交易量巨大，但却没有一个平台能将一些大家需要获知的信息统起来，比如说每日铝锭的价格，发往全国各地的物流企业的信誉等，这些信息对有色金属企业至关重要。

显然这位老板的遗憾政府亦看在眼里。在这片1800多亩的土地清拆之后，是引入新兴产业？还是选择更为省事更为暴利的房地产开发？都不是。政府决策者经过一番思考论证后，将方向定在了与大沥支柱产业，有色金属与商贸业的结合——有色金属交易中心及相应的企业总部经济。

对于广佛商贸城中心区的首个大型项目，广东有色金属交易中心被寄予厚望，不仅将承担起有色金属产业转型升级的历史重任，也承载着大沥镇乃至南海区经济社会转型、城市水平提升的光荣与梦想。而其地处广佛路和桂和路两大交通主干道交界的黄金地段，15分钟到达广佛中心城区的便利交通与优越区位，也注定它一开始就被赋予了高起点的战略定位——以行业企业总部建设为基点，着力打造集交易、拍卖、会展、电子商务、期货交易、信息发布、专业论坛、商旅服务等多功能于一体的全方位、多体系综合性有色金属交易平台。

毫不夸张地说，这是大沥传统支柱产业有色金属发展到今天，突破依赖扩大规模来实现增长困局的里程碑式举措。

中小企业的产销分离需求

"希望通过有色金属交易中心，实现内聚外引。"大沥镇党委委员唐赛光接受采访时表示，一方面引导本土有色金属加工、金属贸易、再生金属等关联行业、企业的总部入驻；另一方面制定扶持政策吸引全国有色金属优质企业、以及大沥在外经营的优质企业到这里设立总部或区域总部。与此同时，还要着力引进培训、展贸、信息、金融、物流等一系列生产性服务业配套，加速集聚业内的人流、物流、资金流和信息流，为产业提升带来前所未有的机遇。

这是政府的设想，更是企业的需求。一个最为鲜活的例子是，大沥沥北村有一家仅有百人的工厂，以前行政办公和生产合二为一的时候，员工的流失率奇高。如果有商家前来洽谈，如果没有人接车，根本找不到进厂的路。

但就在不久前，这家公司将行政管理、销售等微笑曲线的两端前往千灯湖办公。就像打开了一扇大门，该公司的人才流失率较以往低了数倍，且前来洽谈的商家在看到新的办公地点后，首先就有了好的印象，交易成交量较以往高出不少。

"我们需要一个高档次的办公环境，这是企业发展的需要，甚至是继续生存下去的需要。"这家企业的负责人说，选择千灯湖是因为此前大沥没有这样一处去处，而且就他所知，大沥许多中小企业的老板都有这种需求，"就像北京很多人宁愿忍受堵车、钱少，也要在国贸上班一样，这是企业、员工地位和身份的象征。如果商贸城中心区这一块搞起来了，大沥那么多有色金属的关联产业的需求就可以得到满足了。"

如今，商贸城中心区内的休闲景观节点——九龙涌文化长廊已经显露雏形，桂和路、岭南路、桂澜路贯穿整个商贸城中心区，东西走向的广佛路、毅贤路、滘口路、联滘路及未来的建设大道等，将1800多亩的土地分割成200亩左右的大小合适的土地。岭南路边，大沥公交总站已然启用，网络、电信等线路也已铺设，这片等待了三年的黄金地已经准备充足，期待新的开始。

大沥产业新格局现雏形

无论是联滘片区废旧塑料整治、小熔铸整治，还是铝型材行业整治、全镇环境综合大整治，贯穿其中的，除了环保低碳理念，还有通过产业布局调整提升产业竞争力和城市竞争力的深度思考。

伴随着有色金属产业布局调整的，是近年来大沥经济发展方式的转变。“一脊两翼，东改西拓，强三优二”发展战略确定后，大沥镇迅速开始了产业布局的调整，东部通过“三旧”改造腾出土地空间重点发展以商贸物流业为主的第三产业，西部则通过拓展土地空间集聚发展以有色金属为核心、以生物科技等新兴产业为补充的第二产业。

实际上，无论是联滘片区废旧塑料整治、小熔铸整治，还是铝型材行业整治、全镇环境综合大整治，贯穿其中的，除了环保低碳理念，还有通过产业布局调整提升产业竞争力和城市竞争力的深度思考。

而广东有色金属交易中心奠基的那一刻，工业重镇大沥的产业布局调整也初步完成。大沥镇桂和路以东区域的大型工业企业基本已经搬离，大多数符合有色金属产业园准入条件的伟业、华昌等有色金属企业已基本西移入园建设，部分已经投产；不符合环保或产业发展要求的一部分企业则实现了转产或转移。

沿着广佛路自西向东走，可以清晰地看到大沥的产业布局——西部基本形成了有色金属产业集聚，新兴中医药生物科技产业正迅速崛起；中部的商贸物流业也因获得新的土地空间而飞速发展，诞生的平台既包括商贸城中心区为有色金属产业现代化提供生产性配套服务业的广东有色金属交易中心，亦包括作为制造业后台的广东金融高新区D区；此前略有缺位的极东之地，也正崛起“广佛乐活中心”的海北新城。

（原文见2010年9月16日《珠江时报》，作者：黄艳姿　赵艳丽　梁江萍）

5. 平均6家市场配一个四星级酒店

众所周知，商贸业作为一种特殊的服务型行业，本身具有很大的扩散效应，它的发展不仅仅局限于本行业的繁荣，而是进一步带动当地物流、餐饮、住宿等其它服务型行业的发展。与此同时，一个商贸圈的壮大成熟，也必须要有相应的服务配套的支持，为前来采购的商家提供便捷周到的采购体验，否则将难成气候。

大沥的专业市场经过多年的发展，已经走过了低层次的“马路经济”发展阶段，其采购群体已经从之前的过路客扩展到慕名而来的各类商家，这类采购商更关注采购的便捷性、环境的舒适度以及服务的周密度，这对大沥为之配套的服务业也提出了更高的要求。

如何在做好商贸业本身发展规划的同时，为打造真正的广佛商圈创造更好的配套环境，并进而在各个产业之间形成良性互动，这是大沥各界都在探索和思考的问题。

“以前来佛山的采购商都去广州住宿，在广州到处都是粤E、粤Y牌照的出租车，现在完全变了，你去我们外面看一下，很多都是粤A牌照的出租车。”对于广佛公路服务业发展的变化，新阳光酒店副总经理徐洪涛用这样一个细节来描述。

新阳光酒店创立于2005年，总投资超过1亿元，是一座集吃、住、玩、康乐为一体的现代商务酒店，也是广佛路上的5家四星级酒店之一。该酒店已经与广佛路上的近400家公司签订了商务合作协议，为他们的采购商提供周到的商务服务。不仅如此，由于交通的便利以及酒店较高的性价比，不少去广州采购的商家也选择来新阳光住宿，而这又为大沥的专业市场吸引了潜在的客户。

这样的情形在广佛路两边的酒店中已经非常普遍，专业市场和酒店业良性互动发展为大沥商贸业的繁荣奠定了坚实的基础，而会展、行政服务等更多的配套服务设施也已经在政府的规划之中，通过服务产业的集群发展打造广佛商圈。

留住本地客商，吸引广州客商

商贸业作为大沥重点发展东部地区的支柱产业，获得了极大的发展，专业市场规模数量也达到了31个，这为大沥带来了海量采购商的同时，这些采购商的商务需求也为酒店服业的发展提供了契机。

“从2007年开始，酒店业的发展更加迅速。”徐洪涛说，在广佛路两边已经有名都、新阳光、金茂、金都等五家四星级酒店，他们的客源主要针对来这里的各类采购商。而如果算上其它还没有上星的各种旅业，数量可能近百家，各种档次需求的采购商都可以在这里找到合适的酒店服务。

徐洪涛说，业内有这样一条法则，客商吃饭需求一般会选择在20分钟车程的范围内解决，而住宿的需求会在30分钟车程内解决，娱乐的需求则在50分钟的车程内解决，沿着广佛路布局的各种酒店，完全符合这种规律，所以来这里的客商基本都会选择在这里的酒店消费。

同时，广佛路距离广州火车站只有30分钟车程，距离举行广交会的琶洲展馆只有20分钟车程，再加上比广州相对便宜的价格，许多去广州参加广交会的客商也选择到大沥去住宿。"广交会期间，我们的客源九成左右都是广州的客商，这也为这边的专业市场带来了潜在顾客。"徐洪涛说。

配套合作共享发展机遇

"我们的客房入住率一般都可以保持在五至六成左右，即使在淡季我们也有四至五成。"徐洪涛说，和一些旅游区酒店明显的淡旺季不同，周边专业市场相对稳定的客流为他们保证了客源。

据他介绍，这些客源按照不同的性质又可分为几种类型：通过携程、亿龙等中介公司招徕的网络客人，来广州、佛山参加订货会的会议团体，通过旅行社介绍过来的旅客，与周边专业市场和公司通过签订协议获得的商务客人等。在这些类别中，通过协议获得的商务客人是各个酒店重要的客人来源，也是相对稳定的客源部分。

"现在这里上规模的酒店基本都实行了商会会员制，通过这种制度，那些市场的采购商一方面免除了到处找酒店的烦恼，同时也可以方便地获得更加实惠、舒适的服务。"徐洪涛说，在这种制度下，只要市场和酒店签订有合作协议，那么他们的客商就可以在酒店享受签单的服务，并可以在房价上享受到会员价，在需要的时候，双方甚至可以就结账的时间问题进行商议，让对方享受更加周到的服务。

据他介绍，联邦家私、南国小商品城等近400家公司都已经和新阳光签订了类似的协议，商家和市场之间通过这种关系也实现了良性的互动发展。

首家五星级酒店正评审

与新阳光相隔不远的名都酒店正在申报五星级的评审，一旦通过，广佛路上将出现首家五星级酒店。

“如果他们评上五星，也不会对我们现在的业务造成影响。”徐洪涛说，届时，名都可能将更加注重高端客户，而新阳光则可以坚持自己商务酒店的定位。并且，随着专业市场规模的发展，来这里采购的客商规模也将进一步壮大，如果能够通过提升整体酒店的服务水平，留住更多的客人，并提高服务价值，这对新阳光以及其它酒店来说，都是更好的机遇。

而事实上，根据之前南海关于联滘地区打造“广佛国际商贸城”的规划，未来在广佛路北边不远的位置，还将另外兴建一座五星级酒店，与千灯湖地区的喜来登酒店、保利酒店形成五星级酒店区。

徐洪涛表示，这样的酒店群一旦形成，就将整体提升该地区酒店服务业的水平，进而带来更加高端的消费人群，这对目前着力提升自己的发展档次的各类专业市场来说，也是一个更大的机遇。

而在其它政府人士看来，五星级酒店的建设不只是一个独立的事件，它反映的是整个地区未来的发展趋势，表示政府将要在这个地区打造更加高端的产业，这对众多专业市场的老板和其他投资者来说，将让他们更加放心地在这里做更大的投资，进而投入更大力量提升市场整体的水平。

（原文见2008年7月18日《南方日报》，作者：吴智臣）

6. 本地企业老板转向服务业

“我们的资金和人力已经基本到位，只等政府确定地块，我们就可以投入建设。”广东中联电缆实业有限公司董事长李有泉透露，该公司已经和大沥政府达成协议，将在“广佛国际商贸城”地区建设一座五星级酒店，为大沥日渐庞大的有色金属交易和商贸交易提供高档的服务配套。

在此之前，中联电缆公司已经和佛山市集成投资控股有限公司联合投资建设大沥有色金属交易中心项目，该项目同样位于广佛国际商贸城，着重为大沥的铝型材产业提供现代化的交易平台，是大沥为第二产业重点打造的三大产业平台之一。

事实上，这代表着大沥产业发展的一个方向：随着大沥制造业发展的成熟，本地老板积累了大笔的资本和丰富的市场经验，很多人都在寻找新的投资机会，以商贸业为代表的服务业发展为他们提供了这样的机会。“政府提出在东部地区重点发展服务业的思路，这是我们在大沥投资三产的重要原因。”李有泉说。

做好二产，开拓三产

广东中联电缆实业有限公司成立于1982年，是一家专门从事电线电缆制造的民营企业，目前已经拥有总资产超过3.8亿元，并且公司已形成年产值10亿元以上的生产能力，产销量超过6亿元以上。

“这两年来原材料成本、劳动力成本上升都很快，虽然公司仍旧在正常生产，但能够维持之前的增长速度已经有些难度，相对于之前的形势来说，现在的发展已经更加艰难。”李有全说，“现在有污染的产业肯定不能做，用人太多的产业也不能做，这样看来服务业是我们最好的一个选择。”

在此背景下，2008年4月份，中联电缆与佛山市集成投资控股有限公司准备投资3亿元，在广佛国际商贸城地区建设有色金属交易中心。根据规划，该中心占地400亩，其中商务区200亩，仓储区200亩。项目首期总建筑面积预期达8万平方米，将建设成为一个全方位、多体系的综合性专业有色金属交易中心及配套服务设施。

中心建成后，将集中具备有色金属现货、合同、期货交易、仓储物流、信息加工发布、专业会展、文化与品牌展示等多种功能。同时，中心通过为企业搭建大型的电子交易平台，组成统一、集中、专业的有色金属精矿、原料、型材、技术、设备的交易平台，全面提升相关企业的交易范围和能力。

另外，该中心还计划引入一些相对先进的服务模式，例如通过设立大规模的公仓并配套融资及担保服务，采用期货与现货相结合的交易模式，从而为当地的有色金属交易提供全面、现代的配套服务。

而中联电缆计划投资的五星级酒店项目，该公司投入的资金也在2亿元以上。李有泉表示，目前虽然二产发展空间有限，但公司仍然不会放弃二产，力争在做好二产的基础上把三产做大。

市场前景是最大信心

“大沥目前拥有海鲜、布匹、五金等30多个专业市场，在全国的镇级区域中，大沥应该是排名第一的。”李有泉表示，大沥这些专业市场的进一步发展，必然要求有更加完善的配套服务，这是公司连续大手笔投入服务业的重要原因。

实际上，这几年来，南国小商品城、中大小商品城、九龙不锈钢展览交易中心陆续建立，大沥的专业市场发展不仅实现了数量上的增长，在质量上也有了极大的提升，中大小商品城等专业市场的年交易额都突破了10亿元的关口，而南国小商品城的交易额今年更将突破100亿元。交易额剧增的同时，前来采购的客商规模也出现了大幅度增长。

“这些前来采购的客商，不可能不在本地消费，而从当前大沥的服务市场来看，并不能完全满足这些客商所有的消费需求，这其中的潜力是很大的。”李有泉说，中联电缆在1998年时就看中了这块市场，创立了中联大酒店和中联宾馆，主要为盐步、黄岐的中小企业和专业市场的客商服务，10多年来，宾馆的入住率都保持在7成以上。

与此同时，近年来大沥确定了“东改西拓、强三优二”的战略目标，并依托有色金属、内衣、商贸等支柱产业，全面推动产业升级平台“一城两园”的建设，重点引导有色金属、内衣等企业在大沥建立研发、设计或者营销总部。并且，政府重点引导商贸物流等现代服务业在大沥建立区域性总部、吸引金融、保险、会展等众多产业进驻，以打造大沥特色的“总部经济”，进而形成“广佛都市圈新型核心消费区”。

“打造总部经济必然会吸引更多高端人才和高端企业客户进驻，这些人群具有更加强大的消费能力，这必然带动大沥消费市场的升级。”李有泉说，从政府的政策导向来看，服务业是政府未来重点发展的产业，成长空间应该很大，这将吸引有资金的制造业企业投资三产。

（原文见2008年7月25日《南方日报》，作者：吴智臣）

7. 该学义乌哪些经验？

各界对大沥商贸业几乎形成一个共识：大沥商贸业发展到了一个由

量变迈向质变的时刻。如何实现这种跨越？大沥提出了“北有义乌、南有大沥”的方向，试图通过学习义乌在专业市场上的经验，实现自身商贸业发展的蜕变。问题在于，浙江义乌的经验适合大沥吗？大沥又该学习义乌的哪些经验？

义乌模式能否复制?

2007年，大沥在区政府的带领下，专门组织了一个商贸考察组赴义乌市和绍兴县柯桥镇两地进行考察，回来后他们提出大沥应该结合自身的实际，学习和借鉴义乌、柯桥发展“大市场”的成功经验，实施“五个有机结合”：政府主导与市场运作有机结合、商贸发展与城市建设有机结合、市场建设与产业联动有机结合、市场改造与经营创新有机结合、市场管理与配套服务有机结合。

这成为大沥组建专业市场协会的最初理论来源。他们认为，商贸物流业是第三产业中的龙头行业，大沥要在第三产业上有所发展，就必须打造一批在国内具有影响力的大型市场。大沥专业市场协会成立后，将能协助政府制定行业发展规划、行业政策和进行行业协调管理，同时又可加强会员之间的联系，组织会员间各种交流活动、培训服务，帮助会员培养所需的各种专业人才等。

“通过打造大沥的专业市场区域品牌，将可能形成‘北有义乌，南有大沥’专业市场格局。”南海区经贸局的一位负责人说，等大沥专业市场协会的运作取得成效，南海可以借鉴经验，将其它镇街的专业市场也纳入该协会，推动整个南海专业市场的提升。

政府主导市场发展

中山大学教授袁奇峰和他的团队曾对义乌专业市场的发展做过深入调研。据他介绍，义乌在奠定其全球小商品中心地位之前，实际上经过了“兴商建市”、“以商促贸，贸工联动”和“国际化”三个发展阶段。刚开始时，义乌趁着改革开放的机遇，大胆开放小商品市场，并提出“兴商建县（市）”战略，积极引导资源向商贸业聚集。到20世纪90年代，义乌市场提出“以商促工、贸工联动”战略，让工业的发展来支撑市场的繁荣。20世纪90年代后期，出现了供大于求的局面，义乌市场适时从国内市场转向国际市场，开始实施“外贸带动”策略，义乌市场也因此从“买全国、卖全国”走向了“买全球、卖全球”，国际商贸名城的地位得到了确立。

“在这三个发展阶段，政府主导是其中一个鲜明的特点。”袁奇峰说，义乌的前三代市场都是由政府兴办。1993年，政府又从市场部分退出，实施“管办分离”，组建由政府控股的中国小商品城（集团）股份有限公司，政府通过对商城集团的控股，仍掌握市场建设的主动权。

“政府主导市场发展，增强了政府对市场的调控能力，避免了同类市场的重复建设。”袁奇峰认为，大沥所在的珠三角与长三角之前的发展模式有很大的不同，长三角地区的地方政府具有很强的主导作用，而珠三角的地方政府强调服务，这是大沥专业市场虽然数量众多，而档次、规模相对弱小的原因之一。专家认为，大沥应该适度学习义乌经验，加强政府对市场的调控力度。

专业市场与专业街联合发展

“义乌已经形成以中国小商品城为核心，10多个专业市场、30多条专业街相互支撑，运输、产权、劳动力等要素市场相配套的市场体系。”袁奇峰介绍道，义乌正向会展方向发展，他们举办的中国义乌国际小商品博览会每年举办一届，已经发展成为仅次于广交会和华交会的我国第三大展会。

他认为，专业市场与专业街联合在一起发展是义乌模式又一个成功的经验。专业街是指围绕专业市场发展的专营街，一条街经营一种主要商品。根据义乌市工商局的规定，专业街的范围限定在距中心市场200米以内，且成熟一条命名一条。

“参考义乌的经验，大沥专业批发市场做大到一定程度后，不妨也建设类似的专业街，再进一步应该发展会展平台。”袁奇峰说，这样才能吸引大量的产品代理商、经销商、采购商入驻本地，有庞大的流动人口到本地进行商务消费，带动其他行业的市场需求。

（原文见2008年6月3日《南方日报》C01版，作者：吴智臣）

▶▶后记

“广佛商都”不能只有“广佛”

对于“广佛商都”，大沥镇党委副书记唐赛光曾诠释说，“广佛”是代表了区位，“商”是从商之地、营商之地，“都”指的是城市形态，是具有城市特色的产业外在表征。

大沥有天然的广佛区位优势，上世纪80年代时，广佛之间还没有通高速公路，广佛公路是来往两座城市的必经之路，来自四川、广西、重庆甚至海南的汽车都通过广佛公路前往广州，大沥成了广佛之间最重要的一个节点。

区位优势成为大沥专业市场崛起的关键，但是，从“马路经济“演变而来的这种经济形态到今天却显现出了诸多弊端：

第一，大沥的专业市场与本地主导产业的关系疏远，市场优势并没有与主导产业结合起来；

第二，大沥的这种商贸业都是沿着广佛公路呈带状发展，在空间布局上比较杂乱；

第三，大沥专业市场大都还只是小规模经营，客源仍然主要面向珠三角和广东以西的城市，商家数量虽然出现成倍的增长，但客源范围变化却并不大，导致客源争夺越发激烈；

第四，采购商越发关注采购的便捷性、环境的舒适度以及服务的周密度，这对大沥为之配套的服务业也提出了更高的要求。

面对这些弊端，“广佛商都”不仅显示出大沥专业市场的重要区位，同时也暗含升级机会。现在广州有900多个专业市场，由于交通、物流不畅以及城市规划的原因，其中不少都面临改造升级或迁移重建的问题，广州周边的市场成了商家重点考虑的对象。

与广州周边其它地区相比，大沥的专业市场在硬件上可能不是最好的，但商贸业的发展有它自身的特殊规律，历史的商贸氛围应该是大沥专业市场吸引外来商家的最大砝码。大沥20多年来在众多采购商心目中形成的品牌印象，这是很多新兴商业地区不可能拥有的。

关键的问题在于，大沥如何突出自己的优势，让广州的商家相中自己，进而在众多的竞争者中占得先机。我们看来，“广佛商都”更多代表大沥专业市场的区位特点，这不能成为大沥眼光的束缚。中国市场发展的趋势已经显露出品牌资产竞争的端倪，专业市场作为经营商品的一种业态，也和其他商业形态一样面临着来自国际国内市场的竞争，大沥专业市场要打造真正的“广佛商都”，眼界就一定要跳出“广佛”，影响南中国甚至国际市场。

品牌区域化能否适应当前竞争已经有了争论，过去政府举办展销会，希望将区域品牌附加值转化成中小企业品牌附加值，又希望给现有知名大品牌打上地方的烙印，给区域品牌加分，这种初衷是无可厚非的，但实施起来往往很困难——在品牌前面加上区域的概念，显然就改变了品牌原来要传达的核心内容。大沥专业市场不必刻意强调广佛概念，就如同义乌小商品从来不强调自己生长在长三角。身处广佛核心圈是大沥的优势，但这不妨碍大沥人胸怀世界。

当然，网商马云的成功告诉我们，电子商务的时代已经到来，支撑有形专业市场发展的中小企业正越来越熟练地运用网络营销。大沥，已经准备好了吗？

第七章 # 智汇大沥

保持制造业的领先地位是首要前提，这是由中国经济的现实地位决定的。经济学家们普遍认为，中国在全球经济分工中的地位，至少在未来10—15年时间内，其首要职能还将是继续发挥全球主要制造中心的作用。从世界来看，全球的个体消费者仍然需要优质低价的中国产品满足基本需要，中国继续扮演世界工厂的角色符合全球利益。而就中国本身而言，38%的单位从业人员岗位、39%的税收要由制造业提供，继续扮演好制造中心的角色是国内经济平稳健康发展的客观需要。

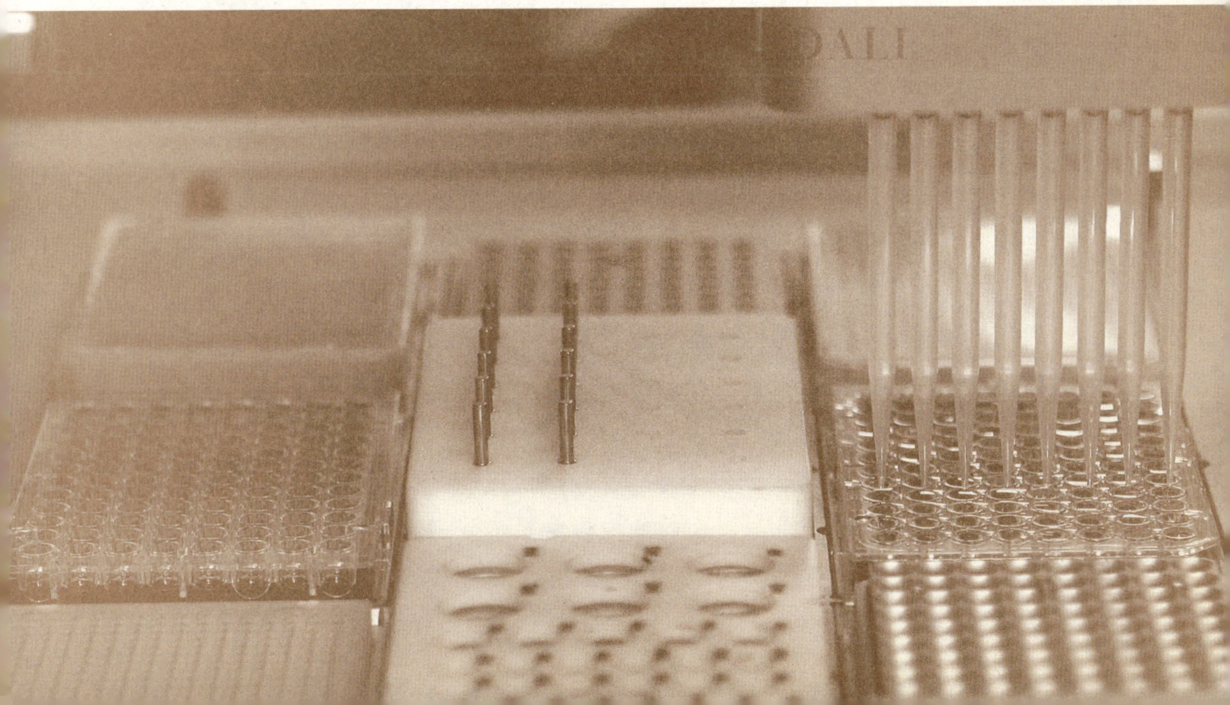

“下一个社会将是知识社会，知识会成为社会的关键资源，知识工作者将成为主要的劳动力。”在《下一个社会的管理》一书中，被誉为20世纪最伟大管理学大师的彼得·德鲁克作出如此论断。

德鲁克预测，全球制造业在21世纪前几十年将要经历一次根本性转变，虽然到2020年全世界制造业的产量将会翻番，但随着新技术巨大影响的显现，制造业的生产力将得到极大发展，其劳动密集程度将大大降低，制造业的就业人数将很快减少。

而事实上，新技术的应用，并不仅仅局限于电子信息、生命科学等被称为高新技术产业的领域。即使是那些历史悠久的传统产业，例如最为古老的纺织行业，技术革新的速度也已经越来越快——那些让人体更感舒适、更接近环保需求的纺织产品越来越受到市场青睐，要达到这些要求都需要高端技术的研究和应用。

当然，制造业面临的革新挑战不但来自技术研发，技术进步也不是知识社会的唯一表现。在全球化竞争的时代，生产过程的优化、商业模式和物流方式的选择，乃至管理制度的创新，都将决定一个制造企业的生命力。从一家企业到一个区域，其整体竞争力都将取决于生产组织过程中的知识含量，以及知识更新的速度和能力。这意味着，知识社会的到来，将对全球经济的竞争格局进行重新定义，在生产要素早已实现全球化配置的当下，掌握更具知识含量的生产方式才能掌握更多的经济话语权。

在此背景下，像大沥这样在某一产业领域拥有雄厚基础的经济强镇，该如何在全球产业链中向继续扮演重要角色，继续巩固、发挥、提升已有优势？

显然，保持制造业的领先地位是首要前提，这是由中国经济的现实地位决定的。经济学家们普遍认为，中国在全球经济分工中的地位，至少在未来10—15年时间内，其首要职能还将是继续发挥全球主要制造中心的作用。因为从世界来看，全球的个体消费者仍然需要优质低价的中国产品满足基本需要，中国继续扮演世界工厂的角色符合全球利益。而就中国本身而言，38％的单位从业人员岗位、39％的税收要由制造业提供，继续扮演好制造中心的角色是国内经济平稳健康发展的客观需要。

但是，目前中国劳动力成本进入上升期、人口老龄化速度正在加快也已是不争的事实，同时中国的资源生态条件支持庞大制造业的潜力已到极限，支持组装加工贸易的力量逐步弱化。与此同时，国际金融危机的发生使很多国家采取了保护主义政策，不少经济学家从自由贸易的提倡者变成反对者。虽然G20峰会后，各国领导人在全球经济再平衡问题上达成共识，但就平衡方式而言，几乎所有国家都希望再工业化和扩大出口。从宏观含义上说，这意味着生产能力供给的全面增加。

当所有国家都回过头来开始学习“中国模式”，也就意味着“中国制造”将面临比以往更为激烈的竞争压力。在全球经济一体化的今天，任何一个区域的经济都不是封闭体，任何一个区域的产业发展也随时反映着全球经济的阴晴冷暖，小至如大沥这样代表着“中国模式”最典型特征的小镇，又何尝不需要在全球产业分工、珠三角城市群、广佛一体化所构成的坐标体系中中寻求自身定位？

从全球经济分工的历史看，虽然“中国制造”在过去30年中创造了前所未有的经济奇迹，但至今依然无法取代日本、德国在先进制造业领域的比较优势。这同样说明，即使同样是做制造业，技术和知识依然是决定竞争力的核心因素。中国要想在全球经济分工合作中确立转型升级的国家地位，在保持传统竞争优势的同时，还必须加大知识产权保护力度，提升人力资本的质量，增强技术创新能力，完善产业配套和物流配送能力，建立更加适应全球竞争的投资软环境，以此为基石发展战略性新兴产业，提升制造业的质量和水平。

以大沥这样的经济强镇为切片，这样的发展思路正在中国大地上蓬勃兴起。自2007年大沥在以壮士断腕的决心推行节能减排治污，腾出新的发展空间后，2009年南海区政府与大沥镇启动1.15亿元专项资金，与中国科学院共建“中国科学院佛山产业技术创新与育成中心生物医药科技产业中心”合作项目，建设中科院南海生物医药科技产业中心园区，昔日的有色金属名镇试图在生物医药这一新兴产业领域闯出新的空间。

与此同时，借助广东金融高新技术服务区从南海中心城区向大沥的延伸，金融、科技、产业的融合也已被看作是大沥推动镇域经济增长和区域一体化的新引擎。就像30多年前大沥农民纷纷进广州做生意、去香港学办厂一样，现在的大沥人对创造财富依然激情如旧。随着一些高新产业入围，来自全国甚至世界的人才入巢，能在中国经济转型的大潮中，再次看到大沥屹立潮头的身影吗？

第一节　知识社会　产业再造

为应对全球制造业的剧变，南海正探路一种全新的智慧支持：通过“政府——院校及科研机构——产业及企业——中介组织”为链条运作的智慧运营管理模式，建立“产业智库”，借助长期积累的产业优势，在政府规划引导下运用市场机制，吸引国内外创新资源就地产业化，最终形成智慧模式与智慧文化的“双轮驱动”。

1. 中科院南海生物医药产业中心揭牌

作为南海经济开发区生物医药产业基地的核心部分，2011年5月25日上午，中国科学院南海生物医药科技产业中心（以下称“产业中心”）在开发区大沥园揭牌。与此同时，第一期29个进驻项目举行了签约仪式。

南海区区长区邦敏表示，产业中心将充分整合中国科学院的技术、人才和项目资源，建设中国科学院生物医药领域重要的技术转移中心和成果转化基地，通过“金融、科技、产业”融合带动南海产业、城市转型。

单个项目年产值过10亿元

第一批进驻园区的29个产业化项目包括新药研制、医药原料和中间

中科院南海生物医药科技产业中心挂牌。

体、医疗器械、保健品和功能食品等类别，例如用于多种恶性肿瘤治疗的“重组人p53腺病毒注射液”、新型专利产品肝癌诊断试剂盒等。中科院专家组认为，这些项目科技含量高，个别项目达到国际先进水平，大部分项目的产业化前景和市场前景较好。

产业中心是“两条腿”走路：一条是孵化，引进研发团队，直接孵化产品；另一条是直接引进一些有影响力有产品的药厂、健康品的企业直接投产。园区中的所有项目都是全产业链操作，包括研发、中试生产、销售及最后的康复理疗。

“实现产业化后，单个项目每年的产值至少10亿元。”中国科学院广州生物医药与健康研究院副院长朱咏峰介绍说，产业中心选择的都是技术处于国内外领先、较快实现产业化的项目，目前有多个项目进展很顺利，预计一至两年就能投产。

第二批项目下半年公布

瞄准南海区生物制药领域空白，2009年下半年，南海启动1.15亿元专项资金与中国科学院共建“中国科学院佛山产业技术创新与育成中心生物医药科技产业中心”合作项目，饮得佛山生物制药、中成药产业

“头啖汤”，并规划建设中国科学院南海生物医药科技产业中心园区：建设产业发展平台、引进孵化项目，目标建设华南地区最好的生物医药产业发展平台，最终建设国家级的生物医药产业园区及健康产业基地。

产业中心规划占地面积4259.1亩，分两期建设，将建产业化基地、孵化中心、药物临床前评价中心、药物临床研究基地、医药商贸区等7个功能区，以逐步建立从研发机构、孵化器、再到产业化基地的阶梯式产业发展链条。

产业化基地一期土地143亩整合工作已经结束，即将在南海经济开发区“产业智库”与孵化中心二期同时开工建设，届时入驻的第二批近30个项目2011年下半年将发布。

据了解，符合规定并按规定程序经过确定的入园企业，将享受产业化项目资金扶持、产业化优惠政策、提供孵化场地等一系列优惠政策。产业中心还会为入园企业提供七项综合服务保障。

吸引民间资本参与

“除政府的专项资金，我们今后将更多发挥南海特别是大沥丰厚的民间资本作用，政府已经投了一笔钱建立投融资平台，期待发挥共感的作用，撬动民间资本投入到生物医药中。”梁广明介绍说，较高的市

场化程度、高效的金融配套服务能力以及民间资本较强的投资与融资能力，对于投资周期较长、前期资金投入较大的生物医药产业有一定的吸引力。

此外，产业园附近的广东省金融高新技术服务区吸引了银行、证券、保险等金融企业区域性总部和保险金融中心落户，可为企业融资提供得天独厚的条件。据他透露，第一批进驻的项目已有不少民间资本有合作意向。

“南海、佛山是民营资本最活跃的地方，民营资本一旦和中科院核心权威的生物科技相结合，爆发力将是巨大的。”南海区区长区邦敏说，民营资本整合生物医药技术产业链，将为南海“十二五”期间产业城市社会发展注入新的动力。

（原文见2011年5月26日《南方日报》，作者：张素圈　周满奇　梁江萍）

2. 从“星期六工程师”到“产业智库”

20世纪80年代初，蓬勃发展的南海乡镇企业因备受技术、人才、管理等因素掣肘，向广州市研究所、国有企业及高校“借脑”：一些科研人员利用节假日为企业担当技术顾问、助力科技成果“市场化”，从而获取适量报酬。“星期六工程师”也因此闻名全国。

如今，南海早期以代工生产、村组地租经济为主的产业形态，逐步被大规模的现代制造业、服务业及战略性新兴产业所取代。在新形势下，“星期六工程师”所能起到的作用日益减小。

为应对全球制造业的剧变，南海正探路一种全新的智慧支持：通过“政府——院校及科研机构——产业及企业——中介组织”为链条运作的智慧运营管理模式，建立“产业智库”，借助长期积累的产业优势，在政府规划引导下运用市场机制，吸引国内外创新资源就地产业化，最终形成智慧模式与智慧文化的“双轮驱动”。

从“星期六工程师”到常驻智库

2011年5月，两个“院地合作”项目开启了南海经济开发区“借脑”激活潜力的“智变”新篇章：中科院南海生物医药科技产业中心挂牌、燃料电池及氢源技术国家工程研究中心华南中心暨广东省广顺新能源动力院士工作站揭牌奠基。

中科院南海生物医药科技产业中心位于南海经济开发区大沥园内，揭牌当日29个入驻项目举行了签约仪式。大沥镇镇长吴绍秋介绍说，园区内的人才都是依附项目而来：引进研发团队孵化产品；或直接引进有产品的企业投产。

“与星期六工程师抽空私访不同，我们每个项目都至少带来一个博士，再过几个月可能会超过100个博士。”吴绍秋仍记得上世纪80年代的时候，一到周末，刚放下教鞭的大学教授就乘车来到大沥民营工厂“炒更”，而如今，产业中心配有食堂、公寓、健身馆等配套设施，人才都是常驻园区就地孵化项目。

按规定程序经过确定的入园企业，将享受产业化项目资金扶持、提供设备、孵化场地、融资等一系列优惠政策。例如第一批项目专家评审后，根据情况，每个项目可得到100万到600万元的资助，对符合条件的孵化项目，经过审核可以给予最长不超过3年的免租金优惠。

“我们提供这样的公共服务平台，很自然就能吸引很多团队。”产业中心副主任梁广明说，“下一步将继续完善更丰富的生活配套设施和信息源，通过这些方式留住人才。”

南海区政府方面则认为，像南海这样的城镇化特点比较明显的区域，不可能像北京、上海、广州那样建高精尖的科研院所，但这里产业基础雄厚，有条件把那些与本土产业相关的科研项目拿到这里进行孵化，实现科研成果的产业化。“南海没有高端的科研院所，但我们可以借助产业基础，把相关的创新成果在本地实现孵化，这是建‘产业智库’的意义所在。”南海区委常委孔海文说。

“外脑”集聚促进本土产业升级

中国科学院院地合作局副局长孙殿义介绍说，新揭牌的两个“中心”都将充分整合中国科学院的技术、人才和项目资源，建设为中国科学院在佛山市新能源科技领域、生物医药领域重要的技术转移中心和成果孵化基地，“通过这种产学研的方式紧密与产业结合，把技术变成产品，最终实现产业化，立足南海，面向珠三角服务全国。”

在这片被定位为“广佛国际商贸城”的中心区，包括有色金属交易中心，有色金属总部大楼在内的项目正在建设。

入园项目都是技术处于国际领先水平并接近产业化，借助中科院和广东省建立的全面战略合作关系，南海经济开发区正在搭建智慧共享平台，利用国内外顶尖科研院所的人才和技术，打造本土高端产业。

为了实现以智而制，大沥生物医药产业中心目前已在南海经济开发区“产业智库”启动第二期相关载体建设。“将一部分项目转移到南海中部产业智库，不仅有利于政府服务人才、项目，同时靠近大学城，人才聚集带来的交流碰撞对他们本身也有好处。”梁广明介绍说，生物医药高投入、高风险、研发周期长等特点，促使其必须向经济发达地区集聚、向专业智力密集区集聚。

此外，原来的“星期六工程师”是为某个企业的某个项目服务，而“产业智库”则从一开始就立足于为整个产业提供关键性支撑，为整个产业的发展服务，也为创新成果实现产业化服务。

据悉，南海经济开发区产业智库选择的产业除大沥镇的生物医药外，还涵盖狮山镇的精密制造，罗村街道的电光源等产业。狮山镇镇长王雪举例说，打造产业智库，政府开设一些优惠政策吸引了大学城几家民企的研发部门进驻，然后考虑研发中心和生产厂房之间的距离，最后企业把总部也搬来了。

“政府能够集中社会力量，在看准方向的前提下进行多部门协作和大规模投资，从而使新技术迅速转化为生产力。”对于未来的发展，南海经济开发区相关负责人表示，还是要坚持市场化方向，“政府毕竟离技术前沿较远，新兴产业最终成长为战略性支柱产业，是市场竞争的结果，而不是政府规划布局的结果”。

如今，南海经济开发区不仅实现了跨镇土地资源的规划整合，还将通过打破产业边界，汇集各方资源，通过政府搭建产业及生活配套平台，发布支持政策打造智库平台；院校及科研机构作为创新源泉，提供核心智力支持；产业及企业作为智力需求方，提出研发需求并将智慧成果转化为生产力；而中介组织作为保障平台，为智慧成果提供一系列保障措施，最终形成以“政府——院校及科研机构——产业及企业——中介组织”为链条运作的智慧运营管理模式，实现以“智”而制的产业核心竞争能力。

智库平台的完善提升了产业工人的经济价值需求，而随着相关公共服务设施的完善和开发区各镇街的科教资源整合，南海经济开发区将会把产业工人的社会生活需求提升。

在未来发展中，把“人”作为最核心的要素，以产业成长、区域成长和文明成长来推动人的成长，同时又通过人的成长来实现产业成长、区域成长和文明成长。也就是说，在产业升级和城市转型的进程中，同步实现人的升级和城市文明的培育与崛起。

在此过程中，在经济开发区中工作的产业工人，在经历“成长四部曲”的全面成长后，将从原来只有“经济人”的唯一属性，回归到“经济人、社会人、知识人、文化人”综合属性，从而实现人、产业、城市与文化的融合发展。

（原文见2011年5月30日《南方日报》，作者：张素圈）

3. 后节能减排时代的大沥抉择

这是一场新与旧的对决，更是一次破与立的变革。

三年前，这里是臭名昭著的“垃圾村”，废旧塑料堆满全村各个角落；三年后，这里被定位为“广佛国际商贸城”，有色金属交易中心、总部经济商务大厦等现代服务业项目即将动工建设。

南海区大沥镇联滘村，自2007年强势取缔废旧塑料行业开始，一场以环境治理为先导、以产业升级为基础、以城市转型为目标的变革就在这里酝酿。2010年9月16日，在以联滘村为中心的广佛国际商贸城中心区，6个期待已久的产业发展项目即将动工建设。历时三年，这片曾经打响南海环境治理第一枪的土地将再次进入大众视野。

而整个大沥，这个因铝型材、内衣等传统制造业而名扬天下的制造业重镇，在历经三年的环境治理风暴阵痛后，如今将何去何从？“四化融合，智慧佛山”的号角已经吹响，这个在制造业时代呼风唤雨的区域，能否再领时代潮流？

一个月以来，笔者深入大沥镇进行实地采访，试图剖开笼罩在这个经济强镇脸上的面纱，并以此为切片，探究“智慧佛山”语境下镇域经济的转型希望。

环境治理：三年“立体式”环保战全镇蔓延

作为南海经济最为活跃，同时也是南海节能减排治污压力最大、产业转型压力最大、城市改造压力最大的镇，大沥拥有“南海模式”曾经的荣耀，也背负着工业初期积累的创伤。

2007年初，一场轰轰烈烈的废旧塑料回收基地清理整治行动以雷霆之势展开。近2000家废旧塑料加工企业一个月内被取缔，在联滘片区及周边经营了30多年的废旧塑料回收加工行业成为历史。

此次取缔行动仅仅是大沥镇环保之路的新起点。随后，所有产生污染的行业，都被列入整治之列。从关停镇内仅有的3间陶瓷厂，到175家小熔铸企业全面关停、555个干锅炉关闭，一场“立体式”的环保战在大沥整个区域蔓延。

对“中国铝材第一镇”大沥来说，要让镇内180多家铝型材厂及相关行业或关停或整治，这需要很大的魄力。但必须正视的是，经过20年的发展，大沥铝型材的竞争力渐渐下降了：龙头企业不突出；工艺流程、设备水平和技术特征逐渐被竞争区域追赶上来；发展空间制约规模扩大。

目前，铝型材及相关行业整治已基本告捷，需要整治的180多家铝型材企业，绝大部分已按要求完成整治提升。

产业淘汰升级的同时，大沥已经下了“治污”的决心：三年投入约26亿元治理汾江河大沥段及内河涌综合整治；年内完成约87公里的配套管网铺设，确保年底城乡污水实际处理率达77%（日污水处理量约为19万吨），2015年全镇污水处理率达80%以上。

从“制造”向“智造”转变、从城镇向城市转变，正是从一系列环境治理开始的。如没有持续三年的治理风暴，何来今日再发展的土地和环境空间？如今，取缔废旧塑料业留下的土地，承载着“广佛国际商贸城的中心服务区”、“大沥生产服务中心”和“南海城市中心区北部重要节点”的发展重任，随着包括有色金属交易中心在内的6个项目即将破土动工，酒店、高级商务办公楼等将建设成为大沥镇的形象地区和标杆地区，成为展示大沥的“窗口”。

产业升级：建设五大平台配套本地优势产业

随着山东及江苏分厂的相继投入使用，广东华昌铝厂位于大沥长虹岭的新厂区建设也已全面开始。然而，在形成年产20万吨高档铝材的规模后，华昌却深感集团化管理的重要及现实的不足。

2009年底，华昌拍下广佛国际商贸城中心区一地块，投资3亿的总部大楼即将在这里拔地而起。

与华昌作出同样选择的，还有广东坚美铝业、华鸿铜管、金一百铜业、广东伟业铝厂等大型有色金属企业。9月16日，在这片被定位为“广佛国际商贸城”的中心区，包括有色金属交易中心、有色金属总部大楼在内的6个项目将举行动工仪式。

摊开地图，广佛国际商贸城雄踞广佛黄金商贸走廊与南海城市中心区中轴线的黄金交汇处。大沥镇委书记陈有相说，建设商务中心区的目标是推动大沥工业制造业由现在的生产向研发和下端销售转移，形成特色总部经济。“既是引导产业升级和拉动经济可持续发展的标杆，也是城市转型的标杆。”

目前大沥从事有色金属行业的企业约2000家，其中铝型材加工业居“龙头”地位。尽管近两年铝型材产业调整使得部分铝企外迁，但以伟业、华昌等企业为代表的大型铝型材企业仍“坚守”大沥，引发了对企业外迁热潮的冷思考：这里的产业集聚效应越来越被企业关注。

这种集聚效应有两个关键要素：一是生产环节逐渐迁往西部，研发、销售等环节留在中部形成总部经济聚集；二是建设有色金属交易中心，为企业商户提供一个产品展示、信息发布、采购交易的平台，沿产业链把有色金属加工的上下游配套企业集聚起来，并在此基础上衍生出国际采购、金融保险、物流、会计法律、酒店服务等强大的商务配套，比如将于16日同时动工的中盈国贸中心。

广佛商贸城中心区往南，与北延的千灯湖D区连成一线，一条贯通大沥、连接各大生产性单元的南海城市中轴线清晰展现，这正是“一脊”。其中，广东金融高新区北延后不仅将延续高新区金融集约发展的步伐，而且将依托“一河两岸”建成吸引高端人才、具备现代城市生活元素的休闲旅游区域。

大沥完整的思路是“一脊两翼、东改西拓”。在西翼，有色金属产业园首期开发的1800多亩高新技术开发区已引入40多家企业；广东电缆厂、伟业铝厂、华昌铝厂、占美金属等本土知名企业，由东部西迁至占地2000多亩的有色金属产业园二期，集聚效应逐步显现。

西翼同时承担大沥新兴产业的培育。大沥镇镇长吴绍秋表示，大沥经过几年招商、筛选，最终选择和中科院合作设立中医药生物科技园，作为今后大沥产业发展的动力。目前，中医药生物科技园孵化器已启动，39个申请入园的项目经过项目评审会评审，有十多个项目将于近期入驻。

而100多家旅业和50多个专业市场则聚集在东部广佛路和广佛新干线两大东西主干道及周边纵深区域。同时，大沥规划了首期为300多亩的内衣产业园区，促进“盐步内衣”加快走向精深，走向国际。

大沥思路：敢破善立，打破固有思维

向微笑曲线两端延伸，寻求从“汗水”到“智慧”的突破，是大沥转型的核心。

大沥镇委书记陈有相认为，在初步完成落后产业淘汰迁移的调整工作，理顺各行业相关项目、相关企业，引入审批机制后，大沥必须打破固有思维，推动产业优化升级，全力构建三大发展平台，通过深入实施“一脊两翼、东改西拓”发展战略，进行“强三优二”，实现产业名镇、商贸新城的发展目标。

大沥提出产业要谋篇布局，构建五大产业发展平台。包括以广佛国际商贸城和广东金融高新区D区为核心的商贸业与服务业中轴、西部有色金属产业园、中医药生物科技园，东部盐步内衣产业园区、海北新城。

陈有相认为，铝型材产业在逐渐西迁聚集的同时，仍然要继续进行落后产能清理淘汰。而内衣产业园区将为内衣产业的提升发展提供载体，以进一步发挥产业集群效应，擦亮内衣区域性品牌，促进“盐步内衣”加快走向精深，走向国际。

大沥镇镇长吴绍秋表示，产业发展是区域发展的动力和支撑。根据现实需要，海北新城在产业发展上下功夫。同时，海北的住宅发展在定位上要和周边地方，包括金沙洲、里水等形成错位。通过配套方面的完善和提升进而提升居住群体的层次。

（原文见2010年9月8日《南方日报》，作者：贯抒　胡智勇　梁江萍）

第二节　种好梧桐　引来凤凰

新兴产业具有技术含量高的特性，能否聚集人才、吸引人才、留住人才成为其发展顺利与否的关键。

1．种好梧桐树　吸引金凤凰

“十二五”开局，佛山市委常委、南海区委书记邓伟根将南海产业的发展路径概括为“植产兴业”，其中培植科技型、都市型的新兴产业成为新一轮产业发展的重要抓手。节能环保、生物医药、新材料、智能装备等新兴产业将挑大梁，目标是“十二五”期末，实现全区战略性新兴产业产值翻两番，超过1000亿元。

南海之所以有今天，依靠的是改革开放30年传统产业的积累。近年来，随着能源、原材料和人力资源成本的上升，传统优势产业优势下降。而新兴产业因技术含量高、投资收益大、渗透性强等特点，成为转型时期带动经济社会发展的战略突破口。

由于新兴产业具有技术含量高的特性，能否聚集人才、吸引人才、留住人才成为其发展顺利与否的关键。对于南海而言，该如何补原始创新弱、高端人才少等方面之“短”呢？

“公司成立了，人员没到位”

专业人才匮乏，研发能力较薄弱，难以开发科技含量高和附加值高的产品，是药企最大瓶颈。

2009年下半年，大沥西部中国科学院南海生物医药科技产业中心园区建立，园区第一批产业化项目专家评审会于2010年7月举行，最终28个项目通过评审。

据了解，产业园的人才都是依附项目而来：引进研发团队，通常是教授带几个研究生，直接孵化产品；或直接引进一些有影响力有产品的药厂、健康品企业直接投产。而这都需要新招一批生物医药方面的专业人才。

有好项目，招人却是个难题。产业园副主任梁广明介绍说，2010年第四季度起这些项目陆续进驻园区，原本预计今年1月全部入驻，但由于没招到人，目前还有多个项目“公司成立了，人员还没到位”。

据了解，南海区制定的高新技术产业发展战略规划中，生物医药产业作为一项重要的项目位列其中。“但专业人才匮乏，研发能力较薄弱，难以开发科技含量高和附加值高的产品，是其最大瓶颈。”南海区食品药品监督管理局相关负责人介绍说，对药企而言，长三角和华北地区有更好的投资土壤，而最好的土壤就是人才。像上海、江苏、浙江、河北等地，都是我国老牌制药基地分布的地方，人才基础成熟。而南海除了电大外，没有正式的大专院校，不能给南海生物医药产业提供充足的人才资源和创新环境。

“此外，南海从事新产品的科研开发能力弱，高科技人才十分紧缺。新药研究学科带头人和新药开发的专业技术人员较少，生产企业中技术、质检、管理等方面的高级人才匮乏。”该负责人说，对于生物医药而言，尽管这一不足可以通过外来科技人员的迁入来弥补，但从长远来看，人才资源的不足必将影响产业的可持续发展。

自有人才比例低，主借“外脑”

目前南海共有6所大专及以上院校，每年为社会输送各类人才约2万人，还需引进大量人才，人才缺口很大。

相关数据显示，到2009年底，南海区人才总量约为28.32万人，占常住人口的13.48%。与2004年的16.53万人比较，年均增长11.36%。

近年来，南海的人才学历结构得到明显改善。至2009年，本科以上学历占人才总数的比重为17.20%，比2004年增长35%；技能人才尤其是高技能人才数稳步增长，由2004年的1321人增加到2009年的3561人，净增2240人。

尽管如此，问题依然存在，且面临着新的形势。南海区人力资源与社会保障局相关负责人介绍，“十二五”时期，南海区将大力发展现代制造业、高新产业和新能源产业，南海区现有的人才规模和结构无法满足未来经济社会的发展需要。

数据显示，2008年，南海高级职称人才占就业人口的比重仅为0.2%。目前南海共有6所大专及以上院校，每年为社会输送各类人才约2万人，人才的自有比例较低，还需引进大量人才。人才缺口很大，严重制约了本地产业升级改造的进程。

不仅是生物医药产业、文化产业，目前南海的发展重中之重是金融科技产业。记者从今年开春的多场招聘会上了解到，从2010年下半年开始，随着金融企业的进驻，南海对大专以及本科学历人才的需求迅速上升，成为南海人才需求的一大新特征。

南海劳动就业服务中心今年的工作重点，由往年的帮助高校应届毕业生落实岗位，转为主要思考怎样帮企业招到满意的学生。据了解，广东金融高新技术服务区的金融机构中，法国浪潮、PICC、IBM等知名公司都要求聘用人员学历达到本科以上。由于佛山本地高校数量很少，今年南海劳动就业服务中心将重点开拓外地的本科院校毕业生资源。

该中心相关负责人介绍，由于南海知名度在外地并不高，外聘本科院校学生有些难度：“比如在西安招聘时，那边的学生只知道广州、深圳、东莞这些城市，而说起南海，很少有学生知道。”为了帮助企业招聘到较高层次的人才，在外地高校进行宣讲时，服务中心只能主打名企业牌，用在国内具有知名度的企业吸引人才。

人文环境有待改善

虽然园区有宿舍、食堂、相关运动室，但对年轻人来说，这些太过于单调，“这儿生活用品都不好买，更不要说逛街娱乐了”。

梁广明说，本地仅有佛科院开设了相关专业，由于本土生物医药人才紧缺，园区都是在网上发布信息，面向全国招贤纳士。

即便如此，效果还是不明显。“主要是园区及周边配套、基础设施未能满足员工、特别是高端人才的出行、文化、娱乐、购物、教育、餐饮等需求。很多人才一看我们这里的软环境都打了退堂鼓。”他坦言，园区位于大沥西部，交通不方便，周围生活配套环境不太完善，虽然园区有宿舍、食堂、相关运动室，但对年轻人来说，这些太过于单调，“这儿生活用品都不好买，更不要说逛街娱乐了”。

梁广明说，园区建设一期用房已饱和，第二期还在建设中。目前还有很多项目在排队等，由于每个项目都至少带来一个博士，再过几个月可能会有超过100个博士。

由于园区建设才两年多，相关配套还在筹备中，目前梁广明只能光凭一张嘴“描绘蓝图”游说人才，颇为无奈。“不能为人才提供便利的生活条件和业内交流平台，在吸引和留住人才方面就会面临很多问题。”

在文化产业领域，也有类似的例子。爱尼莫动漫公司两年前从深圳搬到南海桂城，总经理李国伦介绍，刚来时信心满满，一年后因市场环境因素，觉得越来越“难啃”。该公司两年前想打造一部黄飞鸿主题的动画片，虽准备好样片、剧本和人力，但因融资难题，至今仍无进展。他说，从北京来的一些影视制作人，也因发展条件不成熟，做几年又回去了。

“有利于人才发挥作用的人文环境还有待改善。”南海社保局相关负责人表示，目前南海文化教育环境和事业环境明显滞后，对人才特别是高层次人才缺乏吸引力。此外，产业结构层次较低，很难承载大量高层次人才。据了解，南海第二产业所占比重高达62%，第二产业年总产值超百亿元的行业大多位于产业低端的传统制造业，现代制造业和高新技术产业的年总产值相对较低，对人才特别是高层次人才缺少足够的吸纳和承载能力。

推多项工程“育才引智”

实施“育才引智”策略，加快构筑人才集聚高地，已被列入2011年以及今后一段时间南海将要实施的四大战略之一。按规划，南海将推进高层次人才引进工程、高技能人才培养工程以、人才集聚工程及人才安居工程。

南海“十二五”人力资源发展规划中介绍，南海将建立高层次人才引进和创业平台，吸纳一批海内外高层次专业团队和科技领军人才。同时，进一步优化创业创新环境，政府财政每年给予人才引进经费增长速度与GDP增长率相同比例的支持。实施高层次人才创业扶持计划，政府对符合条件的创业项目，可提供启动经费支持，经费总额可高达100万元，引导金融机构、社会资金与高层次人才及创业团队的合作。

还将放宽重点产业人才、紧缺型人才准入限制，重新梳理就业、创业、居住、培训、职称管理、技能鉴定、户籍、社会保障等现行政策，出台更有针对性的人才引进和激励措施。坚持“吸引、培养、使用”和“产学研”相结合，在使用中培养人才，留住人才。

此外，南海还将推进人才安居工程。适度建设一批专家公寓，吸引高层次人才扎根南海；对符合一定条件的高层次人才发放购房补贴，对特别顶尖的领军人才或工作满5年的高级人才可给予住房产权。鼓励镇（街）建设人才公共租赁房，以“租赁”的形式面向优秀人才，以低于市场价格的租金优惠租赁给区域内的引进人才。结合技能人才积分入户政策，限定公共租赁房的入住年限，鼓励人才不断提升。

实施本地技工人才倍增计划，培养开发本地人才资源。重点发展南海高级技工学校（技师学院），扩大办学规模，争取在此基础上继续打造“南海理工学院”，区财政力争每年投入500万元用于实训基地和设施设备更新改造，建立与产业人才需求相匹配的技工人才培养体系。

（原文见2011年3月11日《南方日报》，作者：张素圈）

2. 像招商引资一样招才引智

2011年1月6日，广东省委召开十届八次全会，当日下午，中共中央政治局委员、省委书记汪洋走进佛山与会人员所在的第五小组，勉励佛山在“珠三角一体化建设、加快转型升级、建设幸福广东”等方面，给珠三角、广东乃至全国树立一个新样板。

在随后召开的全省人才工作会议上，汪洋指出，要大力实施人才强省战略，把人才优势确立为“第一优势”；要积极促进产业转型升级，建立倒逼机制促进企业转型升级，以创造巨大的人才需求；要实施重点人才工程，优先培养造就高层次创新型人才，优先开发经济社会发展重点领域专门人才，统筹推进人才队伍建设，营造吸引人才的良好环境。

佛山市南海区作为全省产业大区，自此着力谋划新的人才战略，谋求人才促进产业转型升级的幸福蜕变，并确立“人才立区”战略，寻求一条“产业扩充人才容量，人才超前引领经济社会发展”的新路。

2010年，南海区实现地区生产总值1796亿元、工业总产值超4400亿元，未来5年，这个数字则要翻一番。以前依靠土地、项目带动的城市发展优势，伴随土地要素资源的限制正在逐步减弱，从“人口红利”向“人才红利”的转型势在必行。

若将南海视为“人才强省”的一个具体实践区，这里发生了什么？又是否可以透视人才引领对于经济社会转型的题中要义？带着这些问题，记者走进了南海。

柔性引才已初显成效

从广州芳村驱车，经龙溪大道一路直行至海八路，不到15分钟，便到了位于南海中心城区的广东金融高新区，PICC南方信息中心的标志牌，预示着这里的金融生机。

来自深圳的张扬博士，便在广东金融高新区工作。1年前，南海与北京大学合作在此建立博士后工作站，张扬作为首批被引入的金融研究人才，对广东金融高新区的金融创新等进行深入课题研究。

不用迁户口、关系仍留在深圳，却在南海进行具体科研，这样的张扬是南海柔性引才的一个缩影。与他类似的，还有南海的4个院士工作站，以及广东昭信集团合作引入的甘志银LED团队，甘志银团队的智力资源支撑，让昭信这家昔日以制鞋等传统产业为主的企业，树立了LED行业中半导体照明芯片设备的核心竞争力。

产业转型升级急唤人才

佛山市委常委、南海区委书记邓伟根在南海区人才工作会议上提出，人才是“立区之本、发展之核”，要在全社会形成“所有事业都要依靠人才”的观念，用最人本的理念、最精干的力量、最真诚的态度、最高效的工作、最好的品质为南海的各路人才服务，将“人口红利”转变为“人才红利”。

这也是南海乃至珠三角经济社会转型的必然选择。南海从“广东四小虎”到全国县域经济十强，曾开创了全国瞩目的“南海模式”。伴随产业转型升级，广东金融高新区、广东新光源产业基地、广东都市型产业基地等现代产业载体相继落户，一汽大众、奇美电子、PICC、富士通、旭瑞光电等尖端企业也纷纷进驻，南海现代产业体系雏形初现。

没有人才，何以支撑现代产业体系？没有人才，何以推动经济社会转型？在科技、资本等资源伴随人才成长而快速集聚的当下，如何通过人才超前引领产业、区域发展，成为摆在决策者面前一道更为现实的难题。

未来10年实施六大工程

欲达此目标，勇气和智慧都不可或缺。为此，南海区率先成立了实体运作、独立办公的区级人才办，牵头负责“人才立区”相关政策的制定、执行，以及人才工作统筹协调、督办、考核等工作；同时，将参考招商引资，将人才工作目标责任落实到各部门和各镇（街道），实行区、镇（街道）党政领导班子挂钩企业服务企业人才工作的机制。

按照“人才立区”战略，将在未来10年，投入不低于百亿元专项资金，投入人才科技领域，重点实施六大工程，包括“人才安居工程”、“创业硅谷工程”、“引龙孵凤工程”、“十万雄兵工程”、“柔性引智工程”以及“沃土育才工程”。

南海区委组织部副部长、区人才办常务副主任黄文富说，南海现在是把招商引资的决心和勇气，放到人才工作上来，除了以极大的魄力完善并创新机制，南海接下来将把招才引智和人才服务工作做到最实处。

（原文见2011年8月19日《南方日报》，作者：赵进）

3. 人才超前引领产业发展

要让人才超前引领产业发展，必须在人才与产业之间，寻求到一个共融的契合点，让人才带动资源集聚的同时，能切合当下产业发展的趋势，形成发展合力。然而，如何做到这一点？

从南海“人才立区”战略数十个政策文件中，领军型高层次人才成为一大关键，对于领军型高层次人才或特殊人才，南海按照“一人一策”原则进行扶持。

产业升级提供事业平台

南海区出具的一份产业发展材料显示，“十二五”期间，南海将形成电子信息、装备制造、汽车及零部件、半导体照明等支柱产业，环保、新材料、新能源、生物医药等新兴产业初具规模，传统产业和现代产业并举的新兴工业产业格局。

这为南海人才战略提供了良好契机，将为人才进入南海，提供充分的事业平台。

2011年7月，以中国工程院院士徐德龙命名的院士工作站，在南海的蒙娜丽莎公司总部设立，成为中国陶瓷行业首个院士工作站。徐德龙院士及团队，将对陶瓷科技提升和成果转化，产生极大推动力。业内人士分析，如果不是企业发展壮大，前景被看好，很难想象能吸引到如此重量级的专业团队。

这也是南海人才战略“政企共振”的一个缩影。实际上，目前广东金融高新区已初步成型，吸引了美国AIA、PICC、香港新鸿基等国内外金融巨头入驻，仅此一个平台，未来几年就将产生“十万白领”的人才需求，而随着一汽大众等项目推进，届时对于专业技能人才的需求也将骤增。黄文富坦言，对于人才，南海是“求贤若渴，爱才如命、惜才如金”。

为了吸引大量符合目前产业发展所需的人才进入，南海通过政策革新开展招才引智工作，并将设立海内外引才据点，聘请“引才专员”，引入战略性新兴产业、现代服务业等领域的创新创业人才。同时，南海将推出“十万雄兵”计划，围绕现代产业集群，“订单式”培养数十万产业工人，并建立企业技能人才培训补贴机制，建立多层次、全方位的培训体系。

人才引领新兴产业发展

除了配合目前产业发展，完善并革新招才引智机制，南海将从战略性新兴产业的发展趋势着眼，构建领军人才引领新兴产业发展的模式。

据介绍，位于南海的钜仕泰公司，重金引进了中科院沈阳金属所的高级工程师，现已研发出钨钛、铜铟镓硒靶材，这些材料为第三代太阳能光伏材料，居于世界领先水平。在该高级工程师的智力和资源推动下，该企业正在与中科院合作申报国家863计划。一个领军式的高层次人才及其团队，让新材料行业在南海强势崛起。

而同样位于南海的邦普科技公司，设立张懿院士工作站，在中国工程院院士张懿及团队支撑下，邦普科技几大研究机构的技术研究，已全面覆盖小型电池、工具电池、动力电池等6大领域，成为全球最完善的系统性废旧电池研发机构和产业化示范企业。

这种领军型高层次人才带动一个新兴产业崛起的效应，不言而喻。今后，南海将全力推进高层次人才集聚的“568”计划，用5年时间，引进、培育60个包括国家“千人计划”、“中科院百人计划”和省“珠江人才计划”在内的领军型人才及创新创业团队，扶持800个科技创新人才及团队，创办科技企业或进行成果转化。

（原文见2011年8月19日《南方日报》，作者：赵进）

■时评

从“一见钟情”到“百年好合”

人才立区，关键是要让人才爱上南海。

爱是需要理由的，所谓没有理由的爱，或者因为冲动，无暇分辨，或者因为年少，无法分辨。

爱上南海，是因为环境的优美、工作的机会、生活的富足、精神的满足。

爱是不需要理由的，所谓有理由的爱，或者因为功利，满足外在，或者因为心理，满足内在。

爱上南海，是已经与南海融为一体，青春的激情在一起，生命的足迹在一起，成长的烦恼也在一起。

既然爱是情感与理智的交织体，那么，人才立区战略也必然从这两方面去思考和实践。让我们一起来讨论人才与南海之间的“一见钟情”、“谈婚论嫁”、“七年之痒”和“百年好合”。

首先，“一见钟情”的条件是什么？对于男女双方来说，吸引力产生于“样子、脑子、性子”；对应于区域来说，吸引力产生于“政策、文化、环境”。

政策方面，在一段时间的沉寂之后，受益于最近出台的人才立区战略，南海在人才重新具备了一定的比较优势。

文化方面，受益于“狮舞岭南，龙腾南海”文化发展行动计划，广佛都市文化、岭南旅游文化、现代产业文化，将成为吸引人才的重要因素。

环境方面，既要重视城市硬环境的美化，也要重视文化软环境的打造，更要认识到人才本身构成了环境的核心部分，对于人才来说，看重的是在这里有志同道合的伙伴、有意趣相投的朋友，人才也有“羊群效应”。

其次，“谈婚论嫁”的条件是什么？对于男女双方来说，条件是“房子、票子、位子”；对应于区域来说，则是“安居、收入、发展平台”。

应该说，南海的“人才安居工程”、“创业硅谷工程”、“引龙孵凤工程”等充分考虑到了如何让人才与南海“结合”的各个要素，各大新闻媒体也纷纷突出了“十年百亿”、“6000套人才公寓”等字眼。

再次，“七年之痒”如何避免？破解之道，一曰“定期保养”，二曰“共同发展”。

对于人才来说，更重要的是事业的不断发展。“植产兴业”不仅仅是产业工作的领地，更是人才工作的领地。高端的产业才能留住高端的人才，发展的产业才能留住发展的人才。

最后，“百年好合”如何达成？“人生不满百，常怀千岁忧”，越是人才，考虑得越长远。对于人才，要“引得来”，也要“留得住”，更要“住得长”。“住得长”的关键词大抵有这几个：事业、宽容、家乡。

“事业”：一旦有了孩子，婚姻会稳定得多，同样，一旦在南海拥有了自己的事业，人才也会安定得多。如何帮助人才把事业做大做强并进一步做长，是值得政府各个部门深思的问题。

“宽容”：有幸庆祝“金婚”、“钻石婚”的秘诀是“宽容”。人才的成长有快有慢，成就有大有小。林毅夫说：对发达国家来讲，自主创新真正的平均回报率能达到3%算是非常不错了。所以，在人才的评价方面，不宜过分拘泥于数字与回报。宽松的环境才是人才成长的真正沃土。

“家乡”：文化不能成为“穿堂风”，人才不能成为“过路客”。

故乡只有一个，而家乡可以众多，我们不可能让人才“直把他乡当故乡”，但可以“直把南海当家乡”，这就涉及到前文所述的“环境”、“文化”，尤其是文化认同感。

需要强调的是，我们的眼光对外吸引人才的同时，更要眼光对内培育人才，其一，南海本身已经或正在培育优秀人才，其二，每一个引进的人才都会成为内部人才。在“引得来”、“留得住”、“住得长”之外，我们要重点研究如何“育得出”，为“存量人才”提供优惠政策和发展平台，为“潜在人才”提供规划、资金、培训等方面的支持。

如此，我们才可能打造出不同于硅谷、昆山的人才立区的“南海模式”。

我们期待，人才与南海，那一场轰轰烈烈的风花雪月，我们更期待，人才与南海，那一场长长久久的美满姻缘。

（原文见2011年7月8日《南方日报》，作者：禹飚）

▶▶后记

新兴产业崛起背后的抉择

经过了逾30年的探索，大沥在中国的镇域经济中有着举足轻重的地位。

但是，大沥多是土生土长的传统产业。从2007年开始，大沥镇政府意识到要产业结构的调整，但是选择什么产业呢？当时大沥政府想到是做光电子、生物医药。2008年，大沥开始颇费心思到处招商引资，研究怎样发展这些新兴产业，考察后大胆提出要做中国的中医药生物产业园，在大沥做生物科技并无多少优势，怎么做呢？

答案是：先引进“外脑”，再激活本地资源。大沥政府派专员跑了很多次北京，找了很多领导、专家，在2009年上半年，找到了中国科学院的广州生物医药研究院，初步洽谈在大沥建一个产业园区。

2009年1月，广东省人民政府和中国科学院签署了《全面战略合作协议》），3月中国科学院与佛山市人民政府达成了建立全面战略合作关系的共识。在南海还没有和中国科学院有任何合作的时候，大沥已经率先和中科院广州分院有了建设生物医药产业园区的初步想法。大沥把想法思路写成材料报给南海区政府相关部门，经审核后，区领导表示要把这个项目纳入佛山与中国科学院“院市”合作的框架内，园区由此诞生并一跃成“国家级园区”。

随后，佛山市政府在2009年《佛山市“3＋9”特色产业基地实施方案》中提出建设国家级医药保健品产业基地，重点发展中医药生物科技产业，着力构建以佛山市南海区为核心的产业化平台。

中医药生物科技产业，仅单个产品的产值即可实现上亿元的年产值，却只需几十个人就可以操作，这让很多靠加工赚取微利的传统企业觉得不可思议。但是，对于一个还处于城镇化进程中的区域来说，农村与城市并存的格局能孕育出发展高新技术产业所需要的产业环境吗？城市与农村并存的格局能吸引发展高新技术产业所需要的技术人才吗？我们拭目以待。

第八章

文化领军

虽然一路高歌猛进的经济发展，让大沥甚至创造出了“富可敌市”的财富神话，但工业化、城镇化浪潮的到来，却也不断冲击着这个经济强镇的社会体系。伴随一座座工业厂房在田野乡间的崛起，伴随城镇与乡村界限的日渐模糊和大批外来人口的涌入，一个处于工业化进程中的城镇，其原有的乡村文明体系逐渐解体，而文化建设长期滞后于经济发展、城市化同时滞后于工业化的发展模式，却又没有培育出新的文化体系来引领这一几千年从未有过的大变局。

相传，唐代时大沥叫“大历”，那时出了著名的10位诗人“大历十才子”，包括写出“柴门闻犬吠，风雪夜归人”的刘长卿。后因为当地河网交叉，加上水，名曰“大沥”。

这种说法并不是无根据，在清代，大沥四堡社学门口还有这样一副对联：“大历才子高魁，扶南溟而鹏程九万；平地一声累奋，梯云路而鲤化三千。”

意思是大沥本地人才辈出，当地人对文化的推崇可见一斑，“大沥”于是沿用至今。

而在近代，中国照相机之父邹伯奇、中国左翼作家联盟的创始人冯乃超等一大批熠熠生辉的杰出人物，在影响中国、改变中国历史的同时，也奠定了大沥人特有的文化气质，其核心和精髓就是海纳百川的包容精神、敢为人先的有为精神、以及团结奋发龙狮精神，潜移默化地影响着大沥人的思想和行动。甚至有人认为，在中国改革开放进程中，最能代表“南海模式”精髓的就是大沥镇，而大沥镇之所以能够创造“中国铝材第一镇”、“中国有色金属名镇”等让外界艳羡的经济地位，正是源自于大沥人骨子里的崇商文化。

“10年比经济，50年比制度，100年比文化”——时至今日，文化之于一个城市、一个地区、乃至一个国家的引领作用，早已无需赘言。按照美国社会学家David Popenoe的定义，文化是一个群体或社会共同具有的价值观和意义体系。无论一个国家或一个地区，其核心竞争力就是文化。历史已经证明，自第一次工业革命爆发以来，各国经济领域的竞争力主要来自于技术、制度等各类创新的组合，而创新精神和创新能力的产生，说到底还是由一个群体的文化决定的。

如今，大沥的经济总量位居南海前列，在中国镇域经济的比较中，其经济地位也占据着重要地位。但是，在过去30年中，依靠“洗脚上田”的农民大胆创新而一直屹立于中国改革开放潮流之上的大沥镇，要从以往以加工贸易为主的劳动密集型经济逐步向以自主创新为主要特征的知识型经济转变，其赖以成长的力量来自哪里？

当我们追寻大沥之所以崛起的原因时，会将其最根源的推动力归结于文化的力量一样，大沥下一步转型升级的关键，依然来自于整个区域骨子里的创新精神以及吸纳各方资源的包容精神，同时亦取决于整个区域的环境与文化对于以人才为核心的外界资源的吸引力。正如佛山市委常委、南海区委书记邓伟根所言，经济发展到一定阶段，文化将起到灵魂和统领的作用，成为资金、土地之外的另一种要素资源，“文化也是城市发展的一个要素，要探索一条文化与产业、环境、城市共融的路子！”

把文化的触角放之于整个珠三角崛起的全局，我们亦可以发现正是由于改革开放之初整个广东创新创业文化的出现，才造就了当年整个中国“孔雀东南飞”的奇特景象，这成为珠三角先行一步的关键所在。而今天的珠三角，由于长三角、环渤海两大经济圈乃至内地省份的逐渐崛起，昔日汇全中国人才于一隅的景象已难以重现。甚至曾于上世纪八九十年代从广州开始风靡全国的流行音乐热，也由于大批人才北上，难现往昔辉煌。

珠三角真的是“富”了口袋，“穷”了脑袋？一方面，城市的骑楼街、乡村的镬耳屋所代表的岭南文化元素正逐渐离广东远去；另一方面，最能代表文化水准的“大师”级人物在广东也越来越少，甚至已然出现大批传媒人才、文化人才“北上”的景象。而动辄六、七百元人民币一张的演唱会门票，反映文化市场畸形的同时，又从另一个层面表现出人们对文化的渴求。

以此反观大沥，虽然一路高歌猛进的经济发展，让大沥甚至创造出了“富可敌市”的财富神话，但工业化、城镇化浪潮的到来，却也不断冲击着这个经济强镇的社会体系。伴随一座座工业厂房在田野乡间的崛起，伴随城镇与乡村界限的日渐模糊和大批外来人口的涌入，一个处于工业化进程中的城镇，其原有的乡村文明体系逐渐解体，而文化建设长期滞后于经济发展、城市化同时滞后于工业化的发展模式，却又没有培育出新的文化体系来引领这一几千年从未有过的大变局。

由此我们发现，当像大沥这样支撑着珠三角工业化半壁江山的经济强镇喊出转型的口号时，却突然意识到它们并没有相应的城市氛围和城市配套设施，来吸引转型最迫切需要的人才——想让掌握了核心技术的科技人才长期在镇（街）甚至在位于村里的工厂进行创新，这几乎是不可能的奢望。一位曾在南海镇街工作了一年的软件工程师说，我宁愿每个月少拿一万块工资，我都要回广州去工作，因为这里没有可以相互交流的信息人群，长期在这里工作会让我贬值。

这就是转型背后文化力量确实的尴尬。经济发展所带来的不仅是GDP的增加，还有社会的重构和思想潮流的变化，在传统与现实之间，大沥需要寻找产业转型与升级的文化推动力。

广东历来被人批评为是“文化沙漠”，“文化强省”的建设由无数个文化细胞组成。强镇如大大沥者，在文化这条道路上能走多快、能走多远?

第一节　经济向前　文化相随

10年比产业、50年比制度、100年比文化。大沥之所以能在改革前30年中崛起，正是得益于这里天然的重商文化，而大沥需要在未来永续长青，更需要塑造长久的软实力，需要文化建设为“智变”创造持续动力。

1. 文化为先：经济重镇向软实力看齐

2010年9月16日，广佛国际商贸城中心区将在大沥联滘奠基动工，值得称道的是，该商贸城的建设注入了文化内涵，“九龙河涌文化长廊”作为商贸城的配套设施，将当地的人文与历史文化理念融入其中。以栏杆板、浮雕、石阵等艺术作品为引线，串起4个反映大沥文化发展历程与展望未来的景点。

“文化是一个城市发展的灵魂，我们需要重新挖掘和包装大沥的文化内涵，并以此提高城市品位、加快经济转型发展。”大沥镇委书记陈有相说，在重大商贸项目的建设中注入文化内涵正是出此考虑。以文化促经济转型和提高城市品位，是大沥作为南海东部商贸重镇的发展方向。

10年比产业、50年比制度、100年比文化。大沥之所以能在改革前30年中崛起，正是得益于这里天然的重商文化，而大沥需要在未来永续长青，更需要塑造长久的软实力，需要文化建设为“智变”创造持续动力。

转变：大型商贸项目注入文化内涵

2010年8月20日，在南海区十一届八次全会上，佛山市委常委、南海区委书记邓伟根提出，南海要以文化为切入点，探索一条文化与产业、环境、城市共融的科学发展新路。

“文化是一个区域得以生生不息永远向前的核心动力，大沥要在南海区的统一部署下建设绿色宜居的工商名城，就要培育与之相适应的文化生态。”大沥镇镇委书记陈有相如是强调文化对区域发展的重要性。

凭借着广佛都市圈的核心区域的区位优势，在结合城市建设和产业发展实际后，大沥确定了打造广佛国际商贸城中心区的发展规划，于2010年9月16日在大沥联滘奠基动工。

据了解，广佛国际商贸城中心区规划建成在全国都有影响力的有色金属交易中心、酒店服务、商务办公服务、金融保险以及其他中介服务的服务业。而在这些项目的规划建设过程中，大沥开始注重注入文化内涵。

例如，位于广佛商贸城中心区的九龙涌文化长廊，将大沥的本土文化融入一河两岸的景观设计，两岸设置休闲步道、拱桥、亲水平台、灯光、园林绿化等内容，为广佛商贸城中心区提供漫步、休憩的生态休闲绿地长廊，预计国庆前竣工。

据悉，该文化长廊设计成“岭南水韵绿水乡情”风格，河涌的位置和形态在整个商贸区域的规划布局中形成金水环抱、水聚万财之意。

河涌全长1.6公里，分4段，以狮跃龙腾为主题，将当地最具传统特色的龙狮文化作元素注入其中。景观设置分5个节点，将大沥的历史文化名人、姓氏文化、水乡文化等特色文化以河涌栏杆板、浮雕展现。

“我很赞赏（九龙涌项目）河涌文化景观融为一体，不单是商贸城或者商贸设施，还是文化设施，这个理念挺好。”2010年9月7日，广东省委宣传部副部长、省文明办主任顾作义参观了九龙涌文化长廊项目后评价说，大沥商贸发达，近年来在多个大型商贸项目中融入文化元素，对推动大沥的文化建设有积极的意义。

展望：打造广佛都市文化高地

2010年南海区委十一届八次全会通过了《“狮舞岭南　龙腾南海”

文化行动计划（2001－2015）》。按照该计划，经济重镇大沥又有了新的发展定位，同桂城、里水一起打造为“潮涌灯湖”广佛都市文化高地，满足未来千灯湖金融区十万白领的文化需求，用“文化牌”吸引更多的高端人才，为经济的转型打下坚实基础。

“把内衣产业打造成集工艺参观、创意DIY等为一体的创意文化产业；设立摄影荣誉伯奇奖，加速广东书法园的建设，力争建设成为广佛都市文化新高地。”陈有相说，作为打造广佛都市文化高地的骨干力量，大沥新时期的发展方向已越发明朗。

在经济转型的阵痛期，经历了以环境为代价的发展模式后，大沥有识之士清醒地认识到，只有寻找新的经济增长点、改善城市面貌、提升城市环境，才是保持区域持续竞争力的关键。在刺激经济新增长点的同时，文化产业的带动也为这座工业重镇注入了新的鲜活元素。

“内衣产业是大沥的特色支柱产业，我们正计划将其打造成南海比较大的文化产业。”陈有相说，下一步大沥将贯彻落实全会精神，打造内衣一条街或其他形式的内衣行业的服务平台，集中展示内衣文化。

盐步正在申请“中国时尚品牌内衣之都”，牌匾有望在年底前颁发。“内衣产业本来就是一个都市型产业，与文化的结合也十分紧密，完全可以打造成集工艺参观、创意DIY、集中展示等为一体的创意文化产业。”

陈有相说，大沥还将加快广东书法园的建设，力争在明年建成投用。此外大沥还将设立摄影荣誉“伯奇奖”传承邹伯奇精神，并举办全省甚至是全国范围的摄影“伯奇展”，宣传摄影文化，争创“中国摄影艺术之乡”。

探索：借助“市场”无形之手推动文化产业

“900元第一次，900元第二次……”2010年8月28日下午，在大沥新都会信盈艺术馆举行的“翰墨献爱心·中青展书法作品慈善拍卖会”现场，热心的市民一次又一次举手，拍下墨宝献出爱心善款。

该馆营销总监刘世奇说，艺术展馆占用的场地如果租出去，年收入会在5000万元以上，但是投入文化建设后，一方面会增加地产品质的档次，实现品牌增值，促进当地产业经济圈的营造升级；另一方面，也可以艺术馆为平台，与中国美协合作成立创作基地，建立拍卖行进行艺术品交易，并与大沥镇政府谋划的文化产业园相结合，涉足文化交易市场。

“企业从发展传统产业的单一战略到介入文化产业，是发展策略的转变，也体现了降低市场风险和资本增值、品牌增加的转型意识。”南海区文体旅游局常务副局长麦绍强，南海的文化需求市场已经开始显现，正在形成一种企业主动投资而市场需求开始加强的态势。

大沥镇政府在加大文化设施和完善公共文化服务体系的同时，也开始着力引进民间力量参与文化品牌的建设，把市场化运作方式引入文化领域，将为本土原创文化的发展提供新的渠道。

而在一些常态的文化活动中，大沥也越来越多地引入市场手段。例如，在“龙狮舞·大沥情之众妙斋中国画名家作品展”中，大沥就一改以往由政府主导并组织画展的方式，作品展由大沥本土收藏家和书画家发起，政府只是承担引导和协调的职能，通过专业机构以“文化经纪”的模式进行运作，把本地艺术家的作品推向市场。

“在政府的引导下以民间艺术创作力量为主体，并借助市场化方式推动文化产业的发展，是大沥打造文化名镇的有力探索。”大沥镇有关负责人表示，政府搭台吸引社会资金注入，这样既传承和发展了传统文化，也可能带来可观的社会和经济效益，在市场经济的条件下，为传统文化的发展注入新的活力。

随着经济的发展和社会对文化艺术需求的增加，大沥正逐步完善文化发展思路，使文化创作与文化市场共同繁荣。

（原文见2011年4月15日《南方都市报》，作者：王笠舟）

2. 360亿GDP背后的文化逻辑

30年前，建立在废旧金属回收行业基础上的有色金属、铝材加工行业，如今已成为行业龙头；1981年落户盐步的第一家港资内衣厂，蝶化为如今独步全球的“盐步内衣”集体品牌。产业重镇声名鹊起并非偶然，除地缘优势、历史沿革和当地人的勤苦作风以外，地方政府有所为有所不为的唯实做派，为产业的生长提供了宽松的管理环境和有力的扶持。

2010年，大沥镇GDP达到了360亿元。剥开经济数据，行商坐贾栖枝大沥，自有其内在的文化逻辑。

唯实唯真，30年前抢得先机

20世纪80年代初，政治寒冬开始逐渐远去，经济的春天蹒跚而来。素以勤劳、务实作风著称的珠三角地区开始率先“解冻”。而地处“广佛走廊”的南海大沥更是其中的先知先觉者。

原大沥镇镇长叶炳垣清楚地记得80年代初的一件事：大沥引进全南海第一家“三来一补”外资企业——香港人王钦开办的一家塑料制品厂，受到很大阻力，经大沥领导不断沟通努力，终使其在大沥落户生根。

叶炳垣回忆，在20世纪80年代末期，大沥出现了200多家铝型材相关企业，有关部门派员到大沥调查原因，时任大沥党委和政府回应调查人员：这不是国家投资的厂，是私人投资的，符合改革精神。

在初期落户大沥的大企业的带动下，大沥以逐渐形成以“三来一补”为主的外向型经济。当地企业人士对此评论：“正是大沥的领导们在那个年代顶住了压力，使得当时的企业在大沥生根开花，才有了今天包括有色金属、内衣生产等产业名镇的辉煌。这与大沥政府唯实、务实的精神是分不开的。”

勤于开拓，产业名镇迅速崛起

大沥当地并无有色金属资源，由于地处广佛走廊，在改革开放后通过废旧金属回收业的发展而成具备了有色金属集散地的优势。1984年，大沥人邝锦华、梁灼林等人率先办厂，用简陋的熔炉和粗放的工艺加工铝型材产品，大沥自此走上通往“中国铝材第一镇”的道路。

“大沥铝型材产业之所以能发展到现在的规模，一方面是有行业的先发优势，另一方面则是有良好的创业环境。背后体现出来的是大沥包容、务实的文化氛围和大沥企业家敢为人先、努力拼搏的创业精神。”大沥商会秘书长梁环说。

与大沥其他行业不同，内衣在发展伊始就显得更为特殊。1978年十一届三中全会之后，香港黛丽斯有限公司就开始到盐步寻求合作，于

1981年动工兴建丽施内衣厂。该内衣厂最初是作为“三来一补”企业落户盐步的，发展势头迅猛，1983年，其产品冲击到美国市场。

“中国铝材第一镇”、“中国有色金属名镇”、“中国内衣名镇”和“中国时尚品牌内衣之都”、“中国再生金属物流加工基地”、“广东省有色金属产业集群升级示范区”……这些称号，都属于面积仅125.77平方公里的大沥镇。

品牌革新，工业大镇华丽转身

2010年9月16日，总投资约28亿元的广东有色金属交易中心在大沥镇广佛国际商贸城中心区奠基。这一世界级平台的建立，将推动大沥有色金属产业向产业总部转型。大沥目前拥有有色金属企业及关联企业约2000家，其中铝型材加工业居全国“龙头”地位。

2010年12月21日，大沥镇另一品牌产业——盐步内衣也传出重大喜讯：新怡、奥丽侬、嘉莉诗、美思、依之妮、俪柏、爱乐思等7家盐步内衣名企老总宣誓结盟，盐步“内衣联盟标准”横空出世，内衣产业也将以全新姿态再度起航。

改革开放30年，大沥勃发的专业市场已经成为与工业制造相辅相成、不可或缺的经济要素，也是工业大沥最为醒目的品牌。

大沥正从“制造”转向“智造”，工业制造业由生产向研发和下端销售转移，形成特色总部经济。与产业转移一同进行的是大沥镇域经济品牌的更新升级，对于大沥坐贾行商文化，这也是新的洗礼。

（原文见2011年4月15日《南方都市报》，作者：王笠舟）

3. 文化，不仅仅是建楼放书

2010年9月13日下午2时许，珠江支流水口水道上，大沥村民组织的国际标准龙舟赛250米直道拔旗折返竞赛在此举行，引来了数千村民观看。

不远处，村民的私家车从水边一直排到几百米外，其中不乏奔驰、宝马。大沥镇党委委员陈志刚表示，大沥人富裕之后，精神需求逐步提高，“龙舟选手来自各行各业，其中不乏企业老板”。

江心村领队黎先生透露，以往龙舟赛都是官方组织，村民参与，但这次龙舟赛是村民自己申请，自己组织，企业赞助，政府协助的比赛，“而且农民是用国际标准，划自己的龙舟”。

不仅是大沥，随着群众生活水平的提高，如何满足群众日益增长的文化需求、如何增强基层文化的造血功能，已成为南海各镇街新时期的惠民要务。

用活基层文化设施是关键

作为省首批特级文化站，到目前为止，大沥已有191间文体楼，文体设施已均衡覆盖到每一个行政村的每一个村民小组。

9月12日下午，大沥河东村虎榜村民小组的一颗大榕树下，近10名中老年妇女围成一圈，一只彩羽毽子在空中划出漂亮的圆弧，眼看着就要落地了，一个大姐用腿一个倒钩，把毽子稳稳当当地挑向空中。

旁边看热闹的一个村民说，除了围圈踢毽子自娱自乐，他们还常常去虎榜文体中心打球跳舞。

2009年5月8日，作为河东村社区文化建设的亮点工程之一，虎榜文体中心落成并向村民开放，总投资近500万元。3层的大楼，总建筑面积2653平方米，内设篮球场、健身室、舞蹈室等体育运动场室，以及表演舞台、演奏室、会议室等功能场所，同时还设立了农家书屋、文化长廊、展览室等配套设施。

河东村支委委员陈志铭说，河东村文明建设起步较早，虽然各村都建有文化室，但都存在功能单一、场室面积小、活动项目少等缺点。

2007年开始，村里做出了用3年时间投入1500万元用于全村公共文化阵地建设的决定。如今，每个村小组都建成了从功能单一的文化室到功能设置多样的文化、体育活动中心。

作为省首批特级文化站，到目前为止，大沥已有191间文体楼，文体设施已均衡覆盖到每一个行政村的每一个村民小组。

“过去政府总习惯于把文化设施建设当作送温暖工程，热衷于兴建多少个文化馆（站）、赠送了多少册图书，表现对基层文化的关心，很少思考这些设施、设备、图书的实际使用效果。”大沥文化站站长李智勇说，在新的发展时期，如何对现有农村文化设施进行一次梳理、归类和整合，用好、用活文化设施，才是关键所在。

“大沥把文化共享工程和‘大众广场缤纷show’两个品牌作为长期坚持的一种机制。”李智勇说，具体到大沥，在硬件基础设施完善的基础上，重点注入灵活创新的软性元素，建立一种长效机制和管理模式是今后的发展方向。

社会化文化管理迈新步

按照南海文化发展计划，南海将深入推进文化体制改革，加强各类协会和民间团体建设；进一步转变政府职能，逐步建立政府采购公益性文化产品和服务制度。

在南海区委十一届八次全会上，一份名为《狮舞岭南·龙腾南海》的文化发展行动计划被公布。

文件指出，到2015年，全区基本建成以区级大型公共文体设施为核心，镇（街）公共文体设施为枢纽，村（居）基层文体设施为基础的三级公共文化服务网络，持续开展各项群众文化活动，在珠三角率先建成“城乡十分钟文化圈”。

“加强镇级公共文体设施网络建设”作为打造“城乡十分钟文化圈工程”的内容之一被列入其中。该文件指出，要推动各镇街加快建设集图书馆、电影院、文体活动场馆等功能于一体的新型多功能综合文体活动中心，探索社会化管理运营模式。

大沥镇设大沥、盐布、黄岐三个文化站，另外还有9个文艺协会，过千名会员全部是大沥民间书法、摄影、粤曲等文化爱好者。文化站每年拿出1／10的活动经费，用来鼓励9个文艺协会积极开展社区文化活动，建立公共文化服务考评体系，根据不同协会开展活动的效率进行奖励。

“大沥基层文化的管理模式是以文化站作基点，发挥其均衡全局、统筹片区的作用，协调9个文艺协会，深入基层开展文化活动，做到‘条块结合’。”大沥镇相关负责人说，送文化下乡，镇、村两级提供政府购买的公益服务不能完全满足广大农民日益增长、日趋多元的文化需求，目前正探索一条社会化的管理模式。

该镇聘任了社会文化指导员，成立了南海首个文化义工艺术团，通过文化义工，指导村居开展群众文化活动。这些文化义工大部分是各协会成员，他们深入到村小组，利用村居文体设施办免费书法培训班等活动。

按照南海文化发展计划，南海将深入推进文化体制改革，加强各类协会和民间团体建设；进一步转变政府职能，逐步建立政府采购公益性文化产品和服务制度。

引入市场机制运作文化项目

可行的方式是，政府拿出启动资金，用优惠条件吸引大批企业家参与进来，并通过创新机制，调动民资投入文化的热情，文化系统基层单位也转变观念，实行社会化运作、企业化管理。

南海社会民间参与基层文化建设热情渐起，积极扩建文化基础设施，举办群众文化活动，但资金从哪里来？

以基层文化建设一直走在南海镇街前列的大沥为例。大沥文化站站长李智勇介绍，2010年“文化共享工程”已达208项，平均下来，每隔一天就有一场群众文化活动。

“村委会出资55%，8个村小组承担剩下的45%。”大沥沥东村计划建设一个文化休闲广场，建设费用全部在村集体资产中拨付。

对于每年的各类文化活动，李智勇透露，主要是政府出资购买服务，基本上没有市场化的操作模式，“我们也想过招商引资，但让资本运作还有一段路要走，目前首先要营造好群众文化氛围，激活农村基层消费市场”。

培养农村文化市场非一日之功，政府主要出资非一日之计。大沥镇相关负责人坦言，对于大沥基层文化发展而言，真正的良性运作，最重要的是建立长效管理机制。

南海区文体旅游局常务副局长麦绍强认为，可行的方式是，政府拿出启动资金，用优惠条件吸引大批企业家参与进来，并通过创新机制，调动民资投入文化的热情，文化系统基层单位也转变观念，实行社会化运作、企业化管理。

“在群众文化需求达到一定程度时，考虑将公益性文化设施和文化市场化运作结合起来，利用有限的场地，招揽文化企业，实现以文养文。”大沥镇相关负责人说。

以文养文的观念得到了不少人的认同：“基层文化站应该探索引入

市场运作机制，按照政府支持、市场运作、增强活力的农村文化建设思路，政府主导、企业赞助、市场化运作是新的发展方向。”

南海区政府有关人士称，探索创新对各类社会文艺团体的扶持发展方式，引导、扶持和发展企业、校园、社区等各类群众文艺团体加入到基层文化的建设中，是今后南海开展基层文化建设的新路。

（原文见2010年9月15日《南方日报》，作者：张素圈　梁江萍）

4. 为产业名镇打造文化名片

经济基础决定上层建筑，经济培养文化，文化带动经济。勤劳、务实、敢为人先的大沥企业家，在夯实了大沥的经济基础后，开始与当地政府一起，描绘这座产业名镇的文化发展蓝图。

文化行商，将带动产业发展，让大沥产业布局更加合理；文化行商，能够搭建桥梁，结识各界朋友，为自身发展创造更大的舞台；文化行商，能打造城市名片，并以城市形象聚纳资源反哺经济。大沥这座广佛商都，历经30年经济飞跃后，将在文化上寻找新的发展动力。

遭遇瓶颈　产业名镇迎来化机遇

过去，大沥镇以这些名号著称：“中国铝材第一镇”、“中国有色金属名镇”、“中国再生金属物流加工基地”、“广东省有色金属产业集群升级示范区”、“中国内衣名镇”和“中国时尚品牌内衣之都”。

炫目的经济数据背后，不大为外界了解的是，大沥历史上出现过林良、邹伯奇、冯乃超、邝露等众多历史名人。并且，大沥还是中国民间文化艺术之乡——醒狮之乡、粤曲之乡。“经济发展到一定阶段，文化要素就是一种灵魂、一种统领。”佛山市委常委、南海区委书记邓伟根说。

其实，大沥已有企业拿文化做过文章，比如请龙狮队身着本地生产的外穿内衣来舞龙舞狮，宣传品牌形象；也有企业举办选秀活动、投资拍摄电影为企业形象做宣传。去年8月，南海出台了《“狮舞岭南·龙腾南海”文化行动计划（2001—2015）》，提出把文化作为切入点，探索一条文化与产业、环境、城市乃至社会转型共生共融的科学发展新路。对于产业名镇南海大沥来说，这是一个新的发展机遇。

文化投资，大沥商贾先知先觉

早几年，富于开拓精神的大沥商人已嗅到文化产业商机，并着手打造文化产业。今年1月，坐落于大沥镇南海新都会广场5楼的中国信盈艺术馆正式开馆，该馆占地面积6000多平方米，总投资上亿元。据了解，信盈艺术馆是目前国内最大、设备最齐全的民营艺术馆之一。

“有人称广东是‘文化沙漠’，但这并不代表广东没有文化，只是缺少一个平台。像北京有琉璃厂、潘家园，它们提供了艺术交流的渠道。我们建这个艺术馆就是为了搭建平台，让艺术家和普通大众交流。有了平台，就能聚流成河。”信盈艺术馆馆长潘润标说。

早在2008年5月，大沥民营企业家开办的“众妙斋”对外开放，目前已多次举办美术展、奇石展等展览活动。今年8月，全省首个书法主题公园“广东省书法园”在大沥奠基，“大沥杯”第三届中青年书法篆刻作品展览同时开幕并长期落户大沥。去年11月，广东嘉莉诗集团投资6亿元建设“广东嘉莉诗文化广场”，将其作为国家文化部中国美术创作研究基地——广东省基地的总部大楼。除去地方政府在文化产业发展方面的作为，越来越多的大沥商人开始涉足文化创意产业。“现在大沥人是有钱了，但如果只是唯利是图，对社会也是一种危害。”潘润标说：“文化带动经济，经济培养文化，这个双向互动的良性循环，使整个社会往更美好的方向发展。”

文化＋产业，大沥发展新实践

2010年，大沥镇GDP达到了360亿元。然而，不管是内衣、铝型材、商贸等大沥优势产业，还是龙舟、龙狮、粤曲、书画等大沥传统文化，虽各自花开繁茂却甚少交集，边际效益递减作用下，想获取新增长愈来愈难。

有专家认为，传统产业要摆脱资源、成本依赖性，实现新一轮增长，可考虑引入文化元素来丰富产品和品牌的内涵；而传统文化要发扬光大，需要更高程度的产业化。继盐步内衣联盟标志于日前横空出世后，规划中的中国内衣创意产业园、国际内衣文化博物馆预计将在不久的将来破土动工。与其他传统制造行业一样，盐步内衣遇到发展瓶颈，现在开始在文化上寻求出路。

据大沥文化站站长李智勇介绍，大沥在发展文化创意产业方面，将立足本土，一方面打造特色文化旅游产业，另一方面，打造内衣文化产业，建设中国内衣创意产业园、内衣博物馆，为传统产业注入文化元素，升级并延伸产业链，使其在国内、国际竞争中更具优势。“在有色金属、铝材等行业，也将注入文化元素，建立创意、研发、设计平台，提高产品工业设计水平以及企业品牌形象。”李智勇说。

（原文见2011年4月18日《南方都市报》AII05版，作者：黎诚）

第二节　缘聚于此　此处吾乡

一个城市不能缺少温情和关爱，这种关爱就要体现在外来人口与本地人口的相互共融，使他们与本地人一样享有同样的公共服务。接下来，大沥将出台系列服务外来人口的政策，使他们真正感受到大沥的温情。

1. 大沥启动优秀外来工评选

2011年12月经过严格评审，大沥镇30名优秀外来工候选人从200多名被推荐的名单中脱颖而出。候选人名单将进行公示，接受社会监督，明年初举行颁奖。

据悉，大沥优秀外来工评选活动自启动以来，在社会各界掀起一股推荐热潮。根据评选标准，只要是非佛山市户籍，年满18岁，在大沥工作、生活1年以上，个人有突出贡献或有感人事迹的外来人员均可报名参加。通过社区推选、企业推选、社会推选和公众自荐4种方式，大沥共征集到200多名优秀外来工人选。他们当中有教师、医生、售货员、厂企主管、一线生产工人等，涉及社会各个阶层。

南海区委常委、大沥镇委书记李志伦表示，目前大沥在倡导建设“关爱共融、温情大沥”，一个城市不能缺少温情和关爱，这种关爱就要体现在外来人口与本地人口的相互共融，使他们与本地人一样享有同样的公共服务。因此，接下来，大沥将出台系列服务外来人口的政策，使他们真正感受到大沥的温情。

▶▶访谈

南海区委常委、大沥镇委书记李志伦：关爱共融　温情大沥

记者：十二五期间，大沥的发展思路是什么，哪些是最关键因素？

李志伦：在南海，大沥是转型任务最艰巨、最迫切的镇街。产业、人员结构复杂，城市形态低端等特殊的特点决定了大沥目前的发展。十二五是大沥转型的最关键时期，如果大沥这几年没有抓住这个机会，将来就会沦为三流的镇，这次转型的“力度”与“品质”的高度，决定了未来竞争的成败。它要求我们的发展要从数量向质量转变，要从大到强。未来五年，我们要通过全面转型，力争让大沥一年变面貌，三年见成效，五年显特色。

记者：作为沥桂一体的重要组成部分，大沥将如何推进城市品质提升？

李志伦：未来五年大沥转型首要做的事情，就是要加速推进沥桂一体，实现城市品质提升，并以此来带动产业、人才等品质的提升。

目前大沥可开发的土地已基本用完，只能是在原来的基础上改造，当前思路是智造一个核心区，提升城市形象。首先要让桂和路与南海大道的建设标准一致，做好两个抓手：位于岳利沙片区的金融D区尽快建好，让南海中心区的一河两岸没有什么差别，成为未来南海最靓的地方，同时不断扩大金融D区的范围，将周边的旧物业旧厂房改造，实现城市形态的更新；另外一个是联滘片区的广佛商贸城中心区，包括广东有色金属交易中心、广佛智城以及高端社区及市民广场等。处于中轴上的这两个地方，打造成未来大沥的新中心和南海的副中心。

大沥目前聚集了50多个专业市场，首先就要将其规范管理，树立一些标杆，避免市场继续走低端的路子。此外，大沥将继续保留有色金属和内衣这两个支柱产业，培育好生物医药这一新兴产业，发展都市产业和金融服务业。

记者：在社会建设方面，大沥是如何思考的，如何提升市民幸福感？特别是针对大沥外来人口多于本地人口这个情况。

李志伦：在社会建设长远方面，一定要真正做好我们最迫切最关键的方面：即关爱建设。大沥的关爱并不是简单复制桂城，而是结合大沥本土特色。大沥的外来人比本地人还多，公立学校里有一半的学生是外

来人。大沥已启动关爱建设，将通过社会道德风尚培育计划、家庭社区关爱行动计划、外来工关爱行动计划、未成年人关爱行动计划、特殊群体关爱行动计划等五大计划，在全社会营造关爱的氛围。

我们要做好外来人口服务，包括子女教育、就业、居住等社会服务均衡化，大沥目前财政收入的20%用以教育等民生事业，大沥推行的自行车主要是服务外来人口的一大举措。未来五年，大沥将以“社区”为主战场，以服务为核心，以文化为纽带，促进社区居民融合。

记者：人才是第一竞争力，大沥将采取哪些举措提升人才品质，优化城市人员结构？

李志伦：首先要激活干部队伍，更新干部观念，其次要激活大沥的企业家，要提升企业家文化。目前大沥面临着企业家第二代接班问题。我们正在建立大沥青年企业家商会，拟选取一些优秀的青年企业家来树典型，对于不愿接班的二代企业家，可给予他们发展城市型科技型产业的机会等，我们要培养一批既能赚钱，又有社会责任感，还具有国际视野的现代企业家。企业家转变了，产业也会变，企业所吸引来的人才自然也会转变，再通过他们来吸纳科技、金融、现代等各类人才。此外，大沥还将培养大量基层工作人才，包括社工人才等，来提升整体社会服务水平。

（原文见2011年12月9日《南方日报》作者：张素圈）

2. 三个外来工和他们的大沥镇

他们彼此素昧平生，他们都将事业的舞台选择在南海大沥。他们的职业是教师，是歌手，是专家，在这里，他们有一个共同的身份：外来工。

花落大沥，偶然背后往往是必然规律。一个具有开放包容文化的城市，才会有对外来工一视同仁的睿智。佛山欲建智城，大沥抓住了主旨：种起梧桐树，引来金凤凰。他们的到来，说明商业重镇也是文化通衢。因为包容，所以广纳人才，人才的到来，又丰富了商业大沥的文化内涵。

外教Barry常驻大沥6年

香肠、烤肉、啤酒、威士忌，烟花、炮竹、中国红，这里不是英伦的唐人街，这里是大陆的大沥镇。2011年2月2日，大沥实验小学，外籍教师Barry在此欢度第六个中国年。与他共度除夕的，除了从英国赶来的女儿，还有中国的同事和学生。

实验小学邹老师说，每年除夕他都有两场庆祝活动，先是家里的团圆饭，然后就回学校和Barry一起迎接新年的钟声。“我每年都很喜欢回学校和Barry一起过年，这样更有新意。”小学生李嘉豪说。

在大沥镇教书的时间一晃就是6年，孩子们喜欢这位热情幽默的老人。在教学工作上，他的严谨令人叹服。每堂口语课，他都教授一种发音规则，在下课前选10个单词进行听写，每次听写他都亲自给学生批改，并对全班的情况进行统计。全对的多少人，错一个多少人，错两个多少人……

大沥实验小学的师生家长们感动于Barry的坚持，每年都舍不得让他一个人过除夕，纷纷聚到一起，共同举杯迎接新年。新年钟声敲响之际，他总是抑制不住兴奋，拿出手机打给未能来中国的英国的朋友，让他们从电话里听听新年的鞭炮声，感受一下中国人的热情。

外来工成签约歌手

2005年9月，湖南青年王成勇来到南海大沥镇。那时的他怎么也没有想到大沥会成为他的福地，更没有想到5年后，他会成为亚运会佛山分会场主题曲的主唱歌手。

初来大沥，王成勇的工作是大沥镇谢边村一间民办学校教孩子们音乐，平日跟老乡住在一起。提及当初大沥给自己的印象，王成勇只说了一句：“大沥人对我们外来工很友好。”

5年恍如一瞬，昔日的侗乡青年，如今已是佛山音乐协会副主席、大沥外来务工人员艺术团团长、中国唱片广州公司签约歌手。王成勇认为自己的成功和这里的外来工文化分不开，“除了生活上的关心和支持，大沥镇政府这些年为我们外来工做的最大事实是提供了一个良好的平台，让有梦想有特长的青年展示自己的才华。”

大沥镇团委一位负责人介绍，为了服务外来工，团委开展“指南针”计划，包括外来青工艺术团、外来青工联谊、外来工子女义教、困难外来工子女结对探访、外来工公益培训、外来工法律和心理援助等多个项目，涵盖了外来工的个人职业发展、婚配问题、维权问题，以及子女教育问题、心理健康问题等各个领域。

科技园引来一流专家

“如果没有大沥仙溪生物医药科技园，我们的项目不可能这么快就投入试运营。”华南农业大学食品学院院长杨公明教授说。这座科技园正是中国科学院佛山产业技术创新中心生物医药科技产业中心，位于大沥仙溪水库边。

作为中科院与佛山签署共同合作开发的六大项目之一，大沥镇乃至南海区都计划以此为镇重点发展的新兴产业，并以此为突破口，大力引进一批产业关联度高的产学研孵化项目，建构南海产业智库。

杨公明教授称，为了解决企业的后顾之忧，大沥镇政府的服务细致入微。只要有高科技项目，科技园管理方包揽了几乎所有后勤工作，包括企业的注册、行政手续的审批，甚至项目所需的厂房、宿舍、实验室、运动室在前三年皆无偿供给。

“这里的环境就像花园，我每周都要从广州来这里一两次。”杨公明教授说。科技园吸引了这位把苹果浓缩汁做到全球第一的食品学专家，专家带来了华南农业大学香蕉抗性淀粉等项目。

作为华南种植面积广产量最大的水果，香蕉的工业化加工一直是业界难题。“因为香蕉极易褐变和风味遇热迅速劣变，香蕉加工几乎是所有水果工业化加工最难的。”杨公明教授透露，他带领20余博士和硕士，经过7年钻研，终于解决了该问题。最终在大沥实现科技的产业化，完全是因为这里有一流的科技园区。

（原文见2011年4月19日《南方都市报》作者：王去愚）

3. 像传火炬那样把龙狮文化传出去

“他们都不知道舞狮是什么，看完我的表演，他们都惊呆了，我带过去的狮子头也被哄抢而光。”回忆起在巴基斯坦首都伊斯兰堡传递火炬的经历，陆宇鹏仍显得有点激动。

陆宇鹏，大沥镇里一个本来默默无名的狮队队员，参加“联想奥运火炬手选拔”，凭借独具广东特色的龙狮绝技，成为选拔赛中佛山，也是广东省唯一一名奥运国际火炬手。

龙狮，让陆宇鹏得到了这个可遇不可求的机会，而在成为一名境外火炬手后，陆宇鹏也同样肩负起了把南海的龙狮，甚至中国的龙狮传播出去的重任。

火炬手身份推介龙狮

在出发去伊斯兰堡之前，陆宇鹏特意带了2个狮头和很多的小南狮，“其中一个大狮头是送给当地的政府，一个是留着自己表演用，而小南狮则可以用来送给奥组委的工作人员及当地的朋友。”

“其实去的时候还是很担心的。”从一个南海的学生，变身成为中国的境外火炬手，陆宇鹏觉得“担子”一下大了，“而且，当地还没开展龙狮这项运动，也怕会受冷落。”

陆宇鹏的担心在看到接应他的导游后，就消除了。原来，当地的电视台一直都有介绍，还多次播放了陆宇鹏在选秀时候所进行的舞狮表演短片。再加上中国文化的介绍，反而让陆宇鹏充满了神秘感。

如此一来，陆宇鹏在自信心大增的同时，也在伺机找机会好好地“秀”一下这项有中国特色的龙狮运动。

为了有更高的关注度，陆宇鹏在传递完火炬后，在体育场外终于逮到了机会。由于没有队员配合，他在现场找到了一个中国的火炬手扮狮尾，不需要动，只需由他一人舞着狮头做出各种表情。

精彩的舞狮吸引了很多当地民众，就连正在拍摄火炬传递的当地官方电视台也跑过来对陆宇鹏进行了十多分钟的拍摄。在得知陆宇鹏是黄飞鸿的第六代传人后，群众就更感兴趣了，纷纷要跟他合影，有人甚至钻进狮头里面学着舞。

亮相泰王登基60周年庆典

凭借火炬手的身份，陆宇鹏得以在国外“大肆”宣传了中国的龙狮，这可谓是广为人知的。事实上，陆宇鹏在此之前，曾经被邀请去泰国，给泰王登基60周年祝贺。

2005年亚艺节时候，陆宇鹏的狮队在千灯湖进行集体表演，“当时节目都是现场直播，连香港的亚洲电视台也有到场。后来听说是因为泰国那边看到了我们的表演，所以才会指定邀请我们过去。”

泰王登基60周年庆典，这是陆宇鹏他们最高规格的一次表演邀请。尽管如此，陆宇鹏当时的心态仍然是觉得“很好玩”。就这样，作为舞狮头的陆宇鹏和狮队20多人去到了泰国。

“我们连续几天都在当地很多广场表演，每次都吸引很多人来围观，最盛大的一次泰国公主也出席了。”而此行最让陆宇鹏印象深刻的，是和当地泰国的龙狮交流。由于同为亚洲地区，泰国的龙狮运动也发展得比较好，但相比之下，中国的龙狮表演起来则更加地惟妙惟肖，“就好像一个眨眼的动作，他们很多时候就做不出那个神韵来。”

也正如此，陆宇鹏的表演深深吸引了泰国当地的龙狮爱好者，“每次我们一表演完毕，就会有很多当地舞龙狮的人过来交流学习。”

“如果有机会，我也希望能到外面交流”

“在成为火炬手之前出外表演，很多时候只是抱着学习和顺便游玩的心态。但是现在很多想法就不同了。”陆宇鹏举例说，以前出外在机场的时候会随便伸腿，很懒散地挨着凳子，但是现在就会很注意形象，陆宇鹏觉得，火炬手让他有了更多不同的想法和经历。

“如果有机会的话，我希望能到外面交流，例如到外面做龙狮教练。”据了解，佛山作为南狮的发源地，目前很多国外的龙狮团队都会来大沥邀请“高手”回去当教练，“我有一个师兄现在在英国做教练，但不是长期驻扎在那里，而是过一段时间就回来。”

当然，在希望把国内龙狮文化传递出去的同时，陆宇鹏也在积极学习吸收。“其实到外面参加比赛或者留意外面的举动都可以学到东西。”陆宇鹏说，就好像在本届香港金像奖时，他在电视看到甄子丹和很多狮队在一起表演，发现他们很多表演都有融入街舞的元素，这让他感到很意外。“在加入这些流行元素候，观赏性提高了很多，而且年轻一辈会更接受。”

陆宇鹏坦言，如果有机会，他也希望能到外面学习交流，一方面可以学到人家的优点，另一方面也可以把这边的舞狮精神传递到国外去，“毕竟，在当过火炬手以后，觉得自己有了更大的责任感和使命感。”

（原文见2009年4月24日《南方日报》，作者：吴智臣　李慧君）

4. 龙狮传统的困境与突围

在龙狮之乡南海大沥镇，每年正月是龙狮的季节。为迎接新年，大沥人敲锣击鼓，舞动龙狮，这样的风俗已经延续了近千年。与其他传统文化一样，龙狮之乡的龙狮艺术，在传承过程中也曾遇到人才青黄不接和资金不足问题，但大沥人用学校教育和产业化，使龙狮艺术在新时代具备了自生力，在传统的困境中找到出路。

困境：传统龙狮遭遇人才青黄不接

2010年11月4日上午，广州亚运火炬“潮流”在进入广州前的最后一站佛山传递。在火炬传递前的文艺表演上，作为龙狮之乡，佛山人为火炬献上了独具特色的龙狮表演。值得注意的是，舞龙队成员完全来自大沥镇盐步职业技校高三年级。

舞龙队教练张志华老师介绍，队员们在参加表演之前已经经过高一的基本功训练和高二的比赛锻炼。“高三学生毕业后，高一二年级的舞龙队跟上。在舞龙文化进学校之前，传统的舞龙队人才短缺一直是老大难问题。”

曾经困扰大沥“龙”的人才短缺问题，如今困扰着大沥“狮”。作为广东最高水准的龙狮基地总教头，中联黄飞鸿龙狮训练基地教练黄钦添透露，以前为经费问题犯愁，如今“我最担心的是后辈人才青黄不接，现在小孩可以玩的东西太多了”。

突围：“龙”进校园“狮”产业化

今天的盐步职业技校舞龙队成立于2003年底。该校一位李姓副校长表示，在舞龙文化进校园前，盐步的舞龙传统仅囿于乡间，进校园以后，在解决舞龙后续人才的同时，也“让学校的特色教育得以提升”。据介绍，仅舞龙道具和服装一项，学校每年投入约3万元。“如果去国外参加比赛，大沥镇政府和一些机构会出资赞助。”

如果说大沥“龙”因为进校园走上简约化的道路，那么大沥“狮”则在产业化的道路上开辟出新天地。黄钦添教练介绍，中联黄飞鸿龙狮训练基地（以下简称中联基地）的前身是南海龙狮团。早在1990年代，自己每晚组织本村失学少年学习龙狮文化，其本意是锻炼身体“不要四处游荡”。

后来队伍日渐壮大，经济实力无以支撑时，本地企业中联电缆集团于1998年开始赞助并冠名“此后每年平均赞助280余万元，支持日常运作和出省出国比赛。”黄钦添说，“如果没有企业赞助和政府搭台，我们是没有今天的。”

黄钦添教练透露，因为龙狮对青少年的吸引力毕竟有限，在产业化解决衣食问题后，他开始为后辈人才担忧。“最近两年大沥镇政府在推行龙狮运动进校园，作为课外活动推广，锻炼学生身体时，也使传统文化得以继承。”

重生：龙狮人才尽出大沥

经过十余年的发展，如今的中联基地成为龙狮文化创新的摇篮。黄钦添教练说：“当今世界龙狮艺术的新创高难度动作，有八成是我们创造出来的。”

最让黄钦添骄傲的还是他们的产业化，“这是国内首家走职业化、商业化的龙狮队伍。”黄钦添透露，十余年来，中联基地培养出一千余名龙狮人才。“包括盐步职中在内的珠三角一带的龙狮教练，基本是我们这里走出的，或者曾来这里进修。”

如今佛山每逢节日或庆典，锣鼓声里必有龙狮的身影。最让这位教练骄傲的是他们身上虽未写上大沥二字，但流淌着大沥文化的遗传因子。

（原文见2011年4月22日《南方都市报》，作者：王去愚）

▶▶后记

文化人才会不寂寞

2010年，笔者曾有幸和大沥文化站人员一起“一日游”大沥，至今仍然记得盐步平地村黄氏大宗祠带给我的震撼。

如此宏大精美的镬耳屋建筑，就连西樵的中国历史文化名村松塘村所有的祠堂也要在它面前也黯然失色。平地村开村八百余年，祠堂是三进深堂院式，石雕、砖雕、灰雕及所有坤向木横直梁架上，一出出历史典故、龙凤、花卉、鸟兽等造型栩栩如生。祠堂中厅巨大的柱子与墙壁上挂着数不清的冗长古楹联，就连身边中山大学中文系硕士毕业的同僚也解释不了其中一些的涵义。

在祠堂中徜徉片刻，其文化使我辈竟有沧海一粟之感，仿佛万里驰骋收敛成一个庭院，庭院的无数飞檐指向无边无际的云天。祠堂宏伟开阔，丝毫没有曾经见到的一些岭南宅院避世诡秘之感。在这里，钟鸣鼎食的繁荣不是靠着先祖庇荫寄生，而是靠着不断的创业积累着财富滚动。

大沥的文化精神已经深刻地镌刻在每一个大沥人心中，历史上许多举世迷惘的时期，大沥人都把目光投向家乡之外的辽阔天空，用强韧筋骨走出一条条创业致富大道。

如今，华夏大地文化建设进展地如火如荼，富裕起来的大沥人却无半点炫富的姿态，而是以其惯有的低调务实精神，把文化种子播撒到每一个角落。正如大沥文化站站长李智勇所言，文化建设不是送温暖工程，不在于兴建多少个文化馆、赠送多少册图书，文化要落实到人才不寂寞，才是真正目的。

大沥的智慧来自民间，文化建设的活力同样来自民间，2008年，大沥在全区率先提出“文化共享工程”和文化义工的设想。启动后，全区首支镇级文化义工队伍也随即成立，涵盖书法、美术、诗歌、音乐、舞蹈、戏剧、曲艺、摄影等多个门类。大沥的文化义工、民间文化人总数是南海所有镇街之最，这些来自民间的土生土长的群众文化工作者和民间艺人，他们不是醉心于蜗居斗室，而是走出来与民众共享。他们开展免费艺术培训、流动书架、文艺演出等健康向上、丰富多彩的文艺活动，目前已有超过400名文化义工，先后开设了近100个形式多样的培训班，为数千名老、中、青少、幼学员提供了免费的专业培训和辅导。

当下，受市场规律和消费水平双重制约，群众文化艺术享受并非易事，政府的“文化下乡”也是杯水车薪，大沥民间的火种无私奉献于群众文化建设，满足了普通百姓的迫切需求。由于来自民间，承接地气，他们拥有比专业人士更好的“人缘”。文化义工，无半点报酬，但是他们依然保持着执著和热情，承担着传播文化、满足需求、促进和谐的重任。如今，大沥仅镇和村（居）的文艺队伍就已经达到80多支，而“大众广场缤纷SHOW”这个平台，又恰好成为文艺爱好者们展示才华和互相交流的舞台。

第九章 高峰视点

支撑佛山前30年工业化发展的专业镇经济将面临重大转型，这种转型并不仅仅表现为产业转型和城市转型，更表现为社会管理体制等社会建设的综合领域。从单纯追求工业化到以工业化为基础，实现与信息化、城市化和国际化的融合发展，其背后正是从以依赖土地、劳动力等有形要素转向依赖科技、创新、文化等无形要素的知识型经济转变。当然，未来的城市也必须从单一追求经济发展向社会综合发展转变。

城镇化成为影响中国下一轮发展的全局性命题。中国“十二五”规划纲要提出的主要目标之一就是，“城镇化率提高4个百分点，城乡区域发展的协调性进一步增强”。

南海，由于处在广佛同城的前沿，在市场经济的推动下，城镇化浪潮其实早已开启。从上世纪80年代开始，大沥和南海其它东部镇街一样，在改革开放的政策中抓住发展机遇，通过“三大产业齐发展、六个轮子一起转“的模式实现了初步工业化，其内源性的民营经济直到今天仍然星光灿烂，并成为其城镇化强大的驱动力。

30年来，南海“自下而上”的城镇化模式，成为珠三角地区农村城镇化的典型样本之一，备受全国瞩目。在这种模式以大沥等南海东部镇街为典型，通过“土地换发展”的途径，镇、村（组）、经济社（合作社）、个体等多层次利益主体在城镇化进程中实现了利益共享，极大地释放了经济活力。

但同时，由于政府干预少，缺乏统一的规划引领，在农村集体土地上就地工业化的模式并没有带动城市型经济的发展，生产性服务业曾为大沥乃至整个南海发展中的一块短板。表现出来的特征就是，像大沥这么一个发达的城镇，几乎已经没有了农村，到处都是工业厂房，但其城市中心却一直没有发展起来。

如今，经历了轰轰烈烈的“节能减排”、“三旧改造”等环境再造工程，大沥的城市建设又迎来了全新的起点。而在整个佛山，根据广东省副省长，原佛山市委书记陈去贤的分析，佛山已进入工业化后期。在此基础上，佛山明确提出工业化、信息化、城市化和国际化相融合的

“智慧佛山”发展路径。

这意味着，支撑佛山前30年工业化发展的专业镇经济将面临重大转型，这种转型并不仅仅表现为产业转型和城市转型，更表现为社会管理体制等社会建设的综合领域。从单纯追求工业化到以工业化为基础，实现与信息化、城市化和国际化的融合发展，其背后正是从以依赖土地、劳动力等有形要素转向依赖科技、创新、文化等无形要素的知识型经济转变。当然，未来的城市也必须从单一追求经济发展向社会综合发展转变。

镇域经济是佛山经济的基石，“智慧佛山”的构建也必然以镇域经济的转型升级为基石。同时，镇是联系城市与农村的纽带，因此中国的城镇化进程又天然地与农村改革联系在了一起。在佛山有两百多万在农村居住的户籍居民，如何在城镇化进程中，让这些村民与“智慧佛山”同步成长，实现人与城市的相生共融。所以，南海正在大规模开展的农村综合改革，也亟需大沥这样的经济强镇在实践中探索前行。

作为在中国改革开放进程中有典型代表意义的大沥镇，其所经历的发展历程以及其在现阶段作出的种种探索，某种程度上代表了东部沿海地区城镇化的将来。2011年是中国“十二五”规划的开局之年，也是南海区“以文化引领推动城市发展”理念正式实施的第一年，在此背景下，以大沥为代表的珠三角工业重镇应该如何前行，东部沿海地区的城镇化进程该如何推进？本书来自各个领域的专家观点，他们从不同角度对这些问题进行了阐述。

第一节　无形之手　行政边界

作为广佛同城的积极推动者，著名规划专家、中山大学袁奇峰教授对大沥非常熟悉，他直接参与了大沥广佛国际商贸城、海北新城等多项重要城市规划。关于大沥下一步的发展，袁奇峰教授认为能否实现“二次城市化”是其中的关键。

1．珠三角“二次城市化”中的土地再开发

珠江三角洲快速城市化地区当前面临着土地、环境等资源要素难以为继的困境，亟待通过“二次城市化”，盘活存量土地，实现土地的“集约节约”利用。然而，“自下而上”的发展模式使村集体成为土地再开发过程中的一个重要参与者。政府如何围绕土地整合与村集体构建利益共同体，在提升城市化质量的同时，又能保证村集体的利益诉求，是决定“二次城市化”成败的关键所在。其中，涉及的利益问题错综复杂，各利益主体间的谈判博弈也极为困难，需要观念的革新、制度的创新、政策的配套、实操的灵活来打破传统的路径依赖。

佛山南海大沥镇在联滘片区的实践探索中，在经过长时间的谈判之后，选择了由政府主导组建开发公司，然后向村集体整体租赁土地的进行整体再开发。为什么会选择这种合作模式？有哪些因素决定这一选择的？具体的合作方式如何？以联滘为案例，深入分析这些问题将有助于揭示制约珠三角“二次城市化”的关键性要素，为其他类似地区的发展提供可选择和借鉴的思路，从而制定适当的应对政策，建立灵活的合作机制，构筑互惠互利的利益共同体，促进珠三角快速城市化片区的转型。

集体土地的二次开发之困

改革开放30年，珠江三角洲经济发展取得了举世瞩目的成就。其中，农村片区的迅速崛起成为珠三角发展的典型特征，工业化在农村社区中广泛繁殖，进而推动了农村城市化的进程。在此“自下而上”的发展过程中，珠三角片区的村集体普遍扮演了极为重要的参与角色。

但是，随着快速工业化和城镇化进程的推进，土地等生产要素的稀缺性日益突显，已经成为制约珠三角持续发展最为主要的瓶颈之一。如今，每个行政村都是一个独立的经济单元（大多数村还有村小组层级的二级经济组织），以土地流转为手段、以土地租赁为核心的经营模式，争取土地开发的收益最大化、提高本村村民的收入水平；同时，它又是一个社会组织，为本村村民提供公共服务产品，负责社会事务管理。虽然每个个体都在寻求自身利益最大化，但是加起来却不等于社会总体利益最大化。具有相对独立和封闭特征的村集体，组合起来形成了以南海为典型代表的“拼贴”的城乡格局①，不可避免地造成建设用地规模难以控制、土地利用布局分散、功能混杂交错，呈现出类似于Desakota片区“半城半乡”的地域空间景观。

这种特有的“自下而上”发展模式使村集体成为除政府、市场以外的第三股力量，对片区的工业化、城市化发展产生深刻的影响。在村集体积极利用手中掌握的土地寻求地租的同时，地方政府却忽视了对农村就地城市化的调控，导致珠三角城乡空间全面破碎和利益格局割裂。因此，珠三角亟待通过“二次城市化”进行解决，以盘活存量土地，实现土地的“集约节约”利用。然而，“自下而上”的发展模式使村集体成为土地再开发过程中的一个重要参与者。政府如何围绕土地整合与村集体构建利益共同体，在提升城市化质量的同时，又能保证村集体的利益诉求，是决定“二次城市化”成败的关键所在。其中，涉及的利益问题错综复杂，各利益主体间的谈判博弈也极为困难，需要观念的革新、制度的创新、政策的配套、实操的灵活来打破传统的路径依赖。

共同开发，共担风险

南海区大沥镇在联滘片区的探索成为这方面的先行者。与一般国有土地上的片区规划与建设不同，联滘片区发展目标得以实现的关键要素是农村集体土地。联滘片区的1837亩土地，除80亩国有土地外，其余分属5个行政村所有。对村集体而言，土地已经成为一头可以持续产出现金的“奶牛”，是村民一种生活保障的依靠而不仅仅是生产资料，固守土地这唯一的财产权利正是理性经济人的表现。因此，保证土地所有权不改变是村集体配合联滘片区再开发的基本底线。在此基础上，保证土地近期收益不减少，远期收益有增加也是村集体的基本要求。

对地方政府而言，则更为关注片区质量的整体提升，通过道路基础设施和公共服务设施的建设，以期提升土地价值、改善城市面貌、培植优质产业。这也就意味着必然有一部分土地需要被征为国有，作为培育片区品质的“触媒”。基于二者的利益诉求，联滘片区的再开发需要围绕土地整合，在政府、村集体、企业之间建立一个利益共同体，才有可能实现既定的规划目标，平衡各相关参与主体的利益。针对联滘片区的实际情况，当时的研究曾提出过政府主导、村集体主导、政府和村集体合作三种可能的土地整合开发模式。

对于片区的整体再开发来说，在以上三种模式中，从开发整体性、利益平衡性、可操作性、政府对基地开发的主导性、政府承担的财务风险、农村集体承担的财务风险、农村集体接受程度、土地作为资本的融通性（主要是指将土地作为抵押品融资的可能性）等八个方面进行定性比较可知，政府主导模式具有明显的优越性，但是对政府的考验也非常大，必须承担巨大的财务风险；而村集体承担风险的能力较低，“求稳、保增长”的经济发展思路使村集体主导模式在一般情况下难以推行；相比之下合作开发是较为综合的模式，对政府和村集体的利益均有较好的顾及，关键是如何在二者之间建立相互信任、共担风险、共享利益的合作关系，共同参与土地的经营开发。

联滘样本再思考

珠江三角洲片区30年的“自下而上”发展，造就了一批经济增长的明星城市。如果说前30年的城市化发展仅仅是“非农化”过程的话，目前则急需启动提升城市化质量的“二次城市化”，以土地的“集约节约”利用为核心，实现从“无序”到“有序”、从“低效”到“高效”的转变，支持产业结构升级和生态环境改善，从而获得持续发展的能力。然而，对于珠三角片区来说，“二次城市化”是一个艰难的过程，意味着对现有城乡空间和利益格局的重新分配。

从大沥镇联滘片区的案例可以深切的体会到，对村集体和村民来说，土地出租已经成为提高生活水平的重要手段，固守土地的集体所有权、争取土地收益最大化是每个村集体的基本发展思路，使得传统的、以城市规划为手段、以征地为基础、建立在国有土地上的“自上而下”城市化进程难以展开。

因此，在城市中保留一定的集体建设用地看来是解决上述问题的出路之一，通过建立政府与村集体的利益共同体盘活农村集体建设用地，实现集体土地上的“二次城市化”，以提升城市化质量。在此过程中，最关键的是土地整合问题，涉及问题错综复杂，但联滘片区的再开发案例表明：政府和村集体之间能够达成共识，共同在集体土地上建设更好的城市化。

在经过长时间的谈判博弈之后，政府与村集体选择了由政府主导，向村集体整体租赁土地的模式对联滘片区进行整体再开发。虽然这是提出的三种模式之一，但仍然有值得进一步研究的问题，如为什么会选择合作模式？有哪些因素决定这一选择的？具体的合作方式如何？等等，深入分析这些问题将有助于揭示制约珠江三角洲“二次城市化”的关键性要素，从而制定适当的应对政策，建立灵活的合作机制，构筑互惠互利的利益共同体，促进珠三角快速城市化片区的转型。

（原文见《城市规划学刊》，2010（2）：P14-20，作者：杨廉、袁奇峰）

2. 大沥应以发展生产性服务业为重

经过多年的发展，大沥的商贸业发展已经具备了一定的规模，如何在此基础上实现产业发展的飞跃，如何在全国范围内打响大沥的商贸品牌，南方日报记者就相关问题采访了一直关注大沥发展的广东省社科院研究处处长丁力教授。

发展三产要着力于提升二产

记者（以下简称“记”）：大沥计划在东部以商贸业为龙头发展服务业，您如何评价这一战略？

丁力（以下简称“丁”）：大沥本身不是一个中心城区，如果放在广佛经济合作中看，它可能有它特殊的地位。但目前广佛经济合作还没有实质性启动，在这一情况下，我曾建议在联滘发展“大沥商务区”，因为那边与千灯湖相连，算是南海的中心城区。但即使是南海的中心城区，目前南海也未发展成熟，其工业化还有很长的路要走。

现在有一种观点，认为工业可以洗洗手了，从而全力发展第三产业。但我认为，这一观点还需警惕，因为这需要前提条件。发展第三产业应该有两重目的，第一重是发展生活性服务业，主要是为了提升当地老百姓的生活质量和水平。第二重就是发展生产性服务业，而生产性服务业则主要是为了帮助第二产业转型升级。

记：其实大沥现在提的也是“强三优二”，即做强三产做优二产这样一个战略。

丁：应该说，目前大沥还不谈不上“强三”，因为生产性服务如今才刚刚起步。“优二”则要看怎样的优法。我认为，目前的实质是搬走第二产业而腾出空间发展第三产业，而三产则无非是房地产或总部经济、商务楼，但这都不是我们想要发展的重点。这并非生产性服务的本质，生产性服务应该主要围绕企业转型升级而提供廉价、优质、高效的服务，而非仅仅建设一个中心区就能使企业的成本降低。目前企业成本居高不下的一个重要原因，就是因为营销成本高。

由此，我认为，目前发展第三产业略带盲目成分。发展第三产业的核心问题并非建设多少高楼，而是在于当地企业通过生产性服务，其效率是否得以提高、其成本是否有所下降。

记：那么如何去发展这种生产性服务呢？

丁：现在的商贸业的基本形态就是批发加零售，而由于近年来南海包括整个佛山的批发均已上升了一个档次，目前大沥批发商户的水平丝毫不逊色于广州天河，所以现在大沥的主要目标是发展批发和专业市场。不过，专业市场一定要和当地的支柱产业挂钩，不能仅仅是引进几个商场就完事。

当然，我理解佛山市领导的用意，引进一至两个大商业项目，以此带动当地经济发展。但需要注意的是，并非引进就能提升当地的服务，这是两个概念，不能混淆，否则这会影响到我们发展第三产业的根本目标。

因此我主张，大沥必须通过发展生产性服务业来提升其传统制造业的竞争力，这是发展问题的关键。

工业化仍是重点

记：您也参与制定大沥联滘地区的规划方案，该方案将这个区域定位为未来的广佛商贸城，这一定位的具体内涵是什么？

丁：当时我们提出来的主要是建立一些专业市场，指的是第三代甚至第四代专业市场，如果去浙江义乌就会知道，现在的专业市场就是大卖场，已发展到了一个较高水平层面。从此意义上而言，大沥需要有超前意识。大沥从地理位置上看，毗邻广州，并承受广州经济辐射，具有桥头堡地位。在此区域拿出部分土地，为企业提供一个高效的生产服务中心，这是应该的。

但从目前观察看，大沥把建设的重点放在了五星级酒店、商务大楼，这可能不是眼前的核心问题。目前制造业所面临的最严峻的问题，就是各种成本居高不下，而且生产没有走外销，所以带来企业运行效率不高，这是问题的核心。

再举例说，如千灯湖的金融问题，金融需要发展，但目前在南海及大沥发展金融，主要不应是面向企业的金融，并不是与广州争抢区域性服务平台。如果是争抢这一平台，那么广佛经济合作势必形同虚设。因为双方都在发展平台，就只能各自做各自的。

所以我认为，南海发展服务业，政府当紧扣南海如何发扬传统的工业化优势。汪洋书记考察佛山时也已明确提出：产业转移和提升是必然趋势，其中一个重要问题就是要推动本地的传统产业，使其上一个台阶。所以需要紧紧围绕这一问题发展第三产业。

但目前也有部分人认为，我们的工业化已发展差不多，可以全力发展第三产业。但我并不同意此观点。我认为，目前工业化仍是南海乃至整个佛山市的重中之重，应紧紧围绕如何提升工业化制造业的竞争力，而不是取消它。

记：目前大沥发展商贸业的重点也是重点发展专业市场，但专业市场发展已久却仍未脱离马路经济的形态，客源及其品牌认知仍局限在广州以西的部分地区。从您的经验来看，大沥专业市场如果想突破这一地理区域限制，打造一个全面的专业市场定位，还需要在哪些方面提升？

丁：我认为，大沥服务广州以西地区，这是必然，因为它是西南大门。大沥如果真的要服务其它地区，并不容易。因为各地均在发展生产性服务，从这一层面看，大沥首先还是需要服务本地区企业，这才是解决问题的关键。

记：“广佛都市圈”一直是各方强调的一个概念，认为这是大沥发展的一个机遇，那么大沥的商贸业该如何吸收广州的辐射来发展自己呢？

丁：佛山、南海吸收广州经济圈的消费，这是应该的，但如何吸收还要研究。据我了解，大沥的商贸目前主要是为本地外来工服务，所以发展一些专业市场，这些当然有利于带动当地商业，但它的定位还需重新考虑。一个人不可能为了享受广州的商业服务而专程前往大沥，因此这一理念仍需有一个度的把握。

（原文见2009年9月5日《南方日报》，作者：吴智臣　周满奇　梁江萍）

第二节　二元融合　制度先行

城市化牵一发而动全身，要推进城镇化进程，就必须统筹城乡发展，片面追求城市而忽略农村的做法，只能带来短暂的繁荣，不能实现整个城市的可持续发展。这需要运筹帷幄的智慧，更需要有平衡利益关系的技巧。

2011年3月16日，分布在广佛路沿线的佛山市南海区大沥镇一如往日运行，可平静之下却已然经历了一场“新生”。当天，大沥镇的32个行政村统一进行“村改居”挂牌仪式，镇内14.37万户籍农民同时变身新居民，迎接他们的“城里人”生活。

从2011年年初起，一场涉及40多万人的“村改居”改革，在南海全区迅速推进，大步开启农村城镇化进程。佛山市委常委、南海区委书记邓伟根介绍，此次南海农村综合改革将从体制、机制入手，通过政经分离、股权固化等一系列措施，破除农村改革的坚冰。南海将用5—8年时间逐步实现农村综合改革目标，把“农民”变成一个职业名称，只是因其居住在城市之外，叫“城外市民”。

作为闻名全国的制造业重地，南海曾经的乡村工业星光熠熠，也正因为如此，才奠定了南海在广东乃至全国的地位。但是，南海以传统制造业为主体的经济形态已不能满足广佛同城核心地带的发展需求，加快产业转型步伐，构建现代产业体系成为当下必然选择。在此背景下，以往村、组各自为战参与经济发展，自行调配土地等要素资源的模式已难以为继，与城市经济需要集约经营的运行规律相违背。

城市化牵一发而动全身，要推进城镇化进程，就必须统筹城乡发展，片面追求城市而忽略农村的做法，只能带来短暂的繁荣，不能实现整个城市的可持续发展。这需要运筹帷幄的智慧，更需要有平衡利益关系的技巧。

1. 探索土地的资本化促进内生型产业升级

他是见证者，更是参与者。

上世纪80年代，当国内著名的“三农”问题专家温铁军还在中央书记处农村工作室工作时，作为土地改革先发地区的南海，就已进入他的视野。20多年来，他多次到南海调研，甚至还在1996年时在南海首次设计了“增人不增股，减人不减股”的股权固化模式。

2011年3月29日，温铁军受邀再次来到南海，对南海再次启动的农村综合改革进行指点。3月28日晚，在从白云机场到南海的路上，温铁军接受了南方日报记者的专访。不仅是对南海农村改革，更对发展全局提出了其独特见解。

“上世纪我们曾设想，南海应变成一个村民自己开发土地、自己占有土地收益分配权益的典型”

记者：南海曾以“六个轮子”一起转的自由经济模式进入工业化阶段，现在希望更进一步推进城镇化，您怎么看？

温铁军：上世纪90年代时，政府开发的土地很少，在珠三角一带，80%以上的土地是由村自己开发的。这种方式，尽管在哪个时候也是不合法的，但被农民广泛认可。从上世纪80年代到90年代，没有经过政府插手，老百姓自己把土地租出去，就是集体建设用地。行政村自己规划出“基本农田”、“工商用地”和“经济作物用地”，这叫作“三区规划”。

今天广州基本上没有工商业用地了，实际上广佛同城化后，南海的土地价格就不再是过去南海县的土地价格了，而是广州的价格了。这时候，政府要介入可以理解，这里有极大的一笔增值收益。从政府的角度说，当年“你们”把土地开发了，“我们”现在要第二次开发，分享广佛同城化的好处。这时候，政府与村民之间的关系就可能变得紧张。

这点恰恰是上世纪80年代到90年代我们搞试点时的政策设想：南海

应该变成一个村民自己开发土地，自己占有土地收益分配权益的典型。当时我们搞了那么多乡镇工业化，为什么没有引发农民和政府之间的矛盾？因为那时是农民钻出来的空子，那时政府也不知道土地会有这么大收益。

“如果做不到股权的相对可流动性，政经如何分离？”

记者：目前南海在“三旧”改造中，采取了“政府出规划，村集体主导”的土地开发模式，政府并没有在利益层面过多介入土地开发。这种模式壮大了村集体经济，但带来另一个问题，财富增长后在分配环节出现了大量纠纷，南海试图通过基层治理的“政经分离”来解决这一问题，是否可行？

温铁军：南海的路子和珠三角很多地区集体经济运作的演变路子是差不多的。1996年广东省委发文件，全省推进以土地为中心的社区股份合作制。当时就提出在这基础上，进一步推进“政经分离”，当时的广东省委书记林若在那时就已经推进这事，已经有15年历史了。

上世纪90年代就试图这样做，一直没做成，为什么？这里面的关键在于利益的调配。在一个村的财产关系的变迁中，可不是简单的谁对谁错，而是利益上大家怎么协调。早年就试图推动村集体经济股份化后就公司化，我们当年在草场设计“减人不减股、增人不增股”的股权固化模式，原来就是这么设计的。但到了后来村民们的愿望是调整当初的股权，现在我就是想看看他们是怎么调整。这次我让助手先过来看看，就是想知道股权增减变动在村民中的反应。

如果做不到股权的相对可流动性，那么财产关系就不是一个完全可以流动的财产关系，那么政经如何分离？

“南海农村每年几十亿地租无法转化为金融资本进行再投资，经济发展不得不主要靠外来资本，这是个大问题。”

记者：“政经分离”后至少可以避免一家独大，经联社和居委会相互有个制衡。南海推行“村改居”后，经联社可以引入专业人员，朝着专业化方向走，不是更有利于村集体经济发展吗？

温铁军：村改居了，户口和人员都流动了。尽管我是股东，不外乎是关心分红，经联社社长等于是董事长，或者是总经理，他运作的这份集体资产，不外乎就是从过去农业的资源形态，转化为工商业的资本形态？但从目前情况来看，集体经济的资产形态不过就是收地租？这谁不会呢？

“地租”与企业经营中的“利润”不同，利润可以转化为金融资本进行再投资，但南海农村现在每年几十亿的地租为大量分散的农户占有，首先考虑的是为村民“分红”。这每年稳定的几十亿资产，无法转化为金融资本进行再投资。

长期依赖“地租经济”严重制约着南海经济的发展，导致内生性经济结构升级的难度很大。目前南海经济发展主要靠外来资本来拉动，农村发展的内生动力不够。南海现在的农村综合体制改革中，如果真要进一步推进试验，倒可以尝试在已经完成了工商业改造的背景下，思考如何进一步培育内生性的经济增长因素，能否探索土地的资本化，以促进内生性产业转型升级？

同时，伴随着这样的经济结构调整，还可以进一步考虑，是否能够做出相应的上层建筑方面的调整安排？因此，不管是不是“政经分离”，首先要解决是“租”还是“利”的问题，这很关键。

（原文见2011年4月1日《南方日报》，作者：周冬冬）

2. “村改居”社区走向城市治理

在2011年3月29日举行的2011南方有为论坛之农村改革分论坛上，佛山市委常委、南海区委书记邓伟根就目前南海在农村综合改革中遇到的困惑，向前来参加论坛的温铁军、党国英等4位专家抛出5个问题：政经分离后，自治组织、经济组织和社会组织之间如何分工、协调？如何引导经济组织按照市场化、社会化的规律来运行？宅基地换房能否争取国家政策的支持，如何本着先行先试的原则突破政策瓶颈？村改居后，如何从法律途径到各个层面对原有村民的既得利益加以保障？新体制之下城乡公共服务如何实现均等化？

基层改革者的五连问引发了党国英：党国英强烈的探讨兴趣，他当场表示“回去研究后逐条答复”，并在论坛后委托本报整理好邓伟根的讲话稿及相关问题，他将深入了解并进行书面答复。4月4日，党国英给通过南方日报记者向邓伟根发来分析解读南海农村改革的文章《南海农村综合改革下一步如何走？》。

针对邓伟根在论坛上提出的5个问题，党国英将其梳理成政经分离后的公共领域改革怎么办、处置“改居村民”的建设用地资产如何确保效率与平等的统一、“改居村民”的长远利益如何保障、城乡公共服务需要一体化还是均等化等4个问题并一一进行解答。同时他表示，南海农村综合体制改革的“六个转变”符合社会经济规律的一般要求，奠定了南海城乡经济社会一体化发展的基础。

发展非政府社会服务组织，做好城市物业管理改革

中国改革在权力纵向分配方面也做了一些调整，例如各级政府的权力下放、实行“市管县”体制等，而一项颇有影响的改革是“村民自治”，农村综合改革多与村民自治制度有关。但由于我们对民主政治发展规律和权力纵向分解规律认识不够清楚，村民自治改革引出的问题要多于它能够解决的问题。

在此，有两个结论性的意见可回答贴近南海改革的问题。第一，民主政治发展的一般路径是从上至下；若依从下至上的路径发展民主政治，极易造成社会摩擦乃至国家分裂。第二，地方是否自治、如何自治是一个国家的基本制度安排，意在解决各级政府之间的权力分配关系。自治程度决定于立法权限的大小，任何国家没有绝对的地方自治。基于以上意见，可以认为，村庄民主自治无论之于民主，还是之于自治，都不是可选择的改革起点。

在目前的体制下，南海改革在公共领域难以做更多的事情。保守的办法是完全按城市管理方式套用于村改居社区，而涉及到资产分配方面的事宜另行处置。如果要做改革，也应按城市治理方式去做些小的改革。当下可做的事情，一是发展非政府的社会服务组织，即所谓“第三部门”；二是搞好城市物业管理改革，适度打破物业管理企业的自然垄断，促进物业管理的专业化分工。

农户参与开发分享利益

第一，按照中共十七届三中全会精神，我国要建立城乡统一的建设

用地市场，实现同地同权。因此，村改居以后，不必将农民的建设用地（包括宅基地）收归国有。同时，按照“产权明晰，用途管制”的改革原则，应明确将国家或政府对产权的“分割”体现为维护土地使用中的公共利益，而手段则是严格实施政府的土地规划权。

第二，根据南海的实际，大部分脱离农业的农民是可以通过“上楼”而集中居住的，但要处理好其中的利益关系。如果南海已经被列入国家农村建设用地“增减挂钩”试点范围，应按照国土资源部的有关规定办理。

第三，如果不是重大公共利益需要，不可用强制性的法律手段要农户搬家、拆房；在其他情形下，也不可用“少数服从多数”的原则要求农民搬家、拆房。那如何做到让农民自愿地服从政府土地利用规划目标呢？一是给当事人足够的的补偿，直至当事人愿意“上楼”、拆旧房。二是由政府规划、政策引导，让农户自己参与开发、分享开发利益。从长远看，后一种办法更有意义，更能体现效率与平等统一的改革目标。如果南海能利用后一种办法实现政府的土地利用目标，将对我国建设用地利用制度改革的探索作出重要贡献。

改造经联社，打造股份交易平台

南海已经打造了一个农村集体资产交易平台。更深入的改革是改造经联社，打造一个“改居村民”的股份交易平台。具体办法是：

按照市场化的原则改造现有经联社，使股份具有可交易性，经联社具有开放性，建立股份交易中心。政府成立股份交易监管机构，制定交易规则。经联社的资产由交易中心代管，各个经联社仍然拥有农地使用和未来农地转用的权利。

全区设立一个股份交易中心（如此项改革能实施推广，可考虑在佛山市建立统一的股份交易中心）。股份交易中心参照深交所体制建立，实行会员制。交易者委托会员单位的营业部完成交易。

股份社的资产和分红账目向社会公开，给交易者提供出价依据。股份交易收取手续费，手续费的一部分收入补贴原始股份拥有者的养老基金交费，一部分用来支付交易中心的公共开支。对于股份的增值收取一定比例，并全部用来补贴原始股份拥有者的养老基金交费。对股份拥有的最大规模进行限制，其限额可做定期调整。一个经联社的股份在少数人手里集中到一定程度以后，可以由股份持有人自愿决定是否退出交易平台，转变为普通的企业。

制度一体化，服务可差异

为解决“三农”问题，中央提出“城乡基本公共服务均等化”。这个表述的本意应该是强调城乡公共服务在体制上的统一性，而不是指城市和乡村人口所获得的公共品在数量上完全相等。有了制度的一体化，城市和乡村地区的公共服务可以有差异，有的农村地区公共服务综合水平可以高于城市，有的则可以低于城市；还有的公共服务农村不需要或不必要，城乡公共服务制度一体化的方向是土地市场的一体化、劳动市场的一体化以及公共财政的一体化。

就南海而言，可考虑将农村实行的“新型合作医疗”保障改造为居民基本医疗保障，并将原城市居民中未纳入医保系统的人员也纳入基本医疗保障系统。养老保障方面，可使那些已经在非农部门就业的“村改居”人员尽可能参加城市职工养老保障计划，其他收入较少的人员可和原城市非职工人员一起参加社会基本养老保障计划。在基础设施服务方面，还是应该处理好“普惠”与“效率”的关系。少量的专业农户适合分散居住，他们只能享受远距离的文化服务设施，一些与规模有关的服务设施也不可能完全享受，政府对他们的排水、垃圾处理方法要放宽限制。

（原文见2011年4月7日《南方日报》，作者：党国英　整理：文聪玲）

3. 在集体土地上“生”出城市

“农村需要社区化管理，但根本问题在于把农村财产关系梳理清楚，再把公共服务均等化，重新构造农村和城市管理模式。”

国务院发展研究中心农村经济研究部研究员刘守英认为，“村改居”实现社区化管理有必要，因为其可以让公共服务延伸到农村。但根本问题不在这里，而在于第一将集体财产关系梳理清楚；第二要把公共服务均等化；第三是重新构造农村和城市的管理结构。

建立以资本权分享利益的纽带

南海原来有三个经验值得充分肯定：一是集体土地上的工业化；二是集体所有制下的股份制，让农民分享发展成果；三是“三旧”改造，让集体土地参与城市化。以前是集体土地上发展工业，现在是集体土地上能否生出城市。

现在面临的问题核心，是农村以成员权来分享集体经济利益的问题没解决。必须切断以成员权来分享集体经济利益的纽带，建立以资本权分享利益的纽带。

可以定一个时间节点。比如某一个时间节点前，股份分红和集体所有经济的收益，都是按照集体经济组织成员的身份来获得。但是在这个节点后，相应的股份分红和集体经济收益，则按投入的资本多少来定。如果是外来人口，也可以资本入股，完全公司化运作。这样，就能解决外嫁女、农转非等一系列因为成员权分红而带来的问题。不过，这个要推下去，难度很大。

政策层面，必须要突破集体土地流转的法律困境，实现集体土地跟国有土地平等平权。这可以归纳为“大胆”、“规范”、“变通”六个字。“大胆”是指把原来的集体土地重新确权。“规范”是指新建项目必须按照规划建设。“变通”，一是集体土地用途变通，比如集体土地发展第三产业，做大市场；二是收益变通，将集体用地转变为国有土地，将收益中的部分返回给农村、农民，形成利益共享机制；还有一种办法是政府征地，但是保留农民一定比例的物业，从原来用地参与工业化，变为用物业来分享级差地租。

城市化要尊重市场机制

南海也要提防城市化成本过高的问题。当然南海现在还没走到这一步，相比深圳这些城市化水平高的地方，南海还处在城市化的过程中。因为南海农村现在没多少土地，大项目要进来，必然又会需要大量土地，这跟深圳这些城市一样，其实也会遇到同一个问题。

在城市化过程中，要按市场机制来。其实建农村集体资产交易平台，是因为原来土地在开发利用过程中，不是市场说了算，现在是要在市场上交易，谁出价高谁得，由市场说了算。

一方面要结成利益共同体，政府、集体、农民各自该做什么，得什么，要分清楚，进行谈判。政府不是从项目中得利，而是要让项目落地。另一方面，像深圳等城市，在城市化过程中长出很多东西占用了大量土地，比如小产权房。如果有项目要落地，如果继续采取原来的征地拆迁模式，拆迁补偿会补不起，有时候一家就要补偿几千万甚至上亿元。

这是非常值得我们反思的问题：城市化，到底是走政府主导、征地拆迁、安置农民的路，还是在两地平权、规划统筹的情况下，让整个集体土地能参与进来？按原来的模式，城市化的成本会越来越高。

（原文见2011年4月1日《南方日报》，整理：赵进）

4. 确权才能进一步改革

“南海新一轮的农村综合改革依然以产权为中心，最重要的是确权，确权后才能进一步改革。”华南农业大学经济管理学院院长罗必良说。

南海是一块创新高地，其农村改革做的最重要的工作是确权。上世纪90年代，南海农村股份合作制解决了“三农”问题的两个核心，一是解决怎样分配，让农民享受工业化城镇化发展成果；另一个是从一定程度上解决规模发展的生产性问题，解决了土地流转与集中的机制。

股权固化到户是改革核心因素

现在南海农村发展到了一个新的阶段，南海新一轮的农村综合改革依然以产权为中心，改革目标与早期相比，层次、档次更高，此次是解决农村发展转型问题，进而推动城乡一体化发展，相信二三十年后会带来重大变革。

如今确权，由原来的股权到人转为现在的股权到户，是一个重大改革，是南海变革最核心的因素。确权到个人有一个弊端，不仅人口的规模会不断扩大，而且保证不了农民的既得利益。比如，两户人家，每户都有5个孩子。第一户是5个儿子，都有股。而另一户生了5个女儿，全嫁出去了，只剩下老两口，结果到村里一投票，票就变少了。而确权到户，人口增加分红就减少，家庭内部就会控制人口增长。一户一股有着自我的约束机制，以户为单位，原来的行政管理赋予了更多的社会功能，改革更单一。

另一个变化是股权可以继承，给了农户一个长期的行为预期，即使离开农村外出谋生也不怕，因为我有一户，这样就可以打破农村社区的封闭性，推动城乡的人口流动，在一定层面上是城乡一体化的重要表达。

建立适应产业布局的农村教育体系

同时南海农村集体资产交易平台的建立，将大大压缩村官的权力寻租空间，保障土地等农村资产的良性流转。改变了既得利益集团的问题，集体资产就可以走市场化道路，由原来的社区型股份合作制转型为企业化的股份合作制，集体经济可与其他资本合作，走可持续发展道路，真正实现政企分离。

政经分离，需要思考的是，村民进城后必然会有就业的问题。现行的农村教育方式不能有效地提升村民的职业人力资本与增收能力，因为现有的农村教育体系与城市相同，都是高考升学体系。一旦高考失败，农民的“高考资本积累”几乎与就业能力无关。应该建立以提升就业能力为宗旨的农村教育体系，强化职业教育。

南海新一轮农村改革后，农村现有的经济性质将发生变化，迟早会往现代企业制度走。新的产业布局将产生新的就业机会，可以根据就业需要，相应地做前期的人才准备，对村民进行培训，提升职业技能，甚至做成订单式培训。

（原文见2011年4月1日《南方日报》，整理：张素圈）

第三节　城乡统筹　核心在人

城镇化牵一发而动全身，城市规划、社会保障都需要配套进行。大沥是中国城镇化进程中的样本，南方日报记者就城镇化进程中的普遍问题，采访了中山大学岭南学院财税系主任林江教授、广东省社科院区域与企业竞争力研究中心丁力教授两位专家。

问题：目前南海推行沥桂一体化工程，通过金融、科技的杠杆，让南海东部镇街既错位发展，也在产业上协同发展，在民生方面也从长远规划的角度均等布局。政府引导的这种合作模式，在推进南海城镇化进程中的意义是什么？

回答：林江认为，毫无疑问，南海的这种一体化模式确实是政府引导的，这与珠三角地区的东莞的情况大同小异。把大量农村土地释放出来，确实有机会提升土地的劳动生产率，而沥桂一体化工程也确实有借鉴意义，这对于提升南海的城镇化进程将起重要的推动作用。

不过，他分析指出，在一体化工程中，谁能够保证政府的作用一直能够保持发挥正面的作用？譬如说，政府来拉动土地的集约化经验，本来也无可厚非，可是土地的管理者到底由谁来指派？是政府还是村民？如果政府委派的土地管理公司总裁或者财务总监，村民有意见，又该如何解决这个矛盾？如果总裁没有为村民带来预期的回报，村民是否有权罢免总裁？

至于这种模式如何改进，林江建议应采取市场化的模式来推动，不要太迷信土地管理公司的作用，相反，应尽量让其经营团队更应充分的市场化，才能化解以上的矛盾。当然，对原村民而言，如何对他们宣传现代公司治理的理念非常重要。

问：珠江三角洲城镇化带来的一个重要现象就是“民工潮”。在户籍制度下，外来人口成为推动大沥城镇化的重要力量，同时也是城市膨胀的重要人口来源。大沥城镇化，该如何对待这些农民工？

答：农民工问题不是一个简单的问题。南海城镇化应该要善待外来工，兼顾他们的利益，因为他们是南海城镇化的重要推动力。大沥自然也应如此。

林江认为，在当前的户籍制度下，可以考虑在区政府的权限范围内适当放宽户籍限制，让更多的符合资格的外来工成为南海的居民。具体而言，“如果有证据证明某农民工在南海合法居住了5年，包括提供居住证明、煤电水费证明等就可以申请成为南海居民，拥有南海区的户籍。因为这些农民工不一定拥有大学本科以上学历，但是至少他们是自食其力的，就可以是合资格的居民了。有了户籍，他们就有更强的对本地区的认同感，会在本地生根，甚至做生意，从而带旺整个区域。”

广东省社会科学院区域竞争力研究中心主任丁力则提出，与“民工潮”相对应，目前出现的“民工荒”在向我们传递一个信息，珠三角城市对外来劳动力的吸引力正在减弱。随着大量劳动密集型企业挥师内地，作为传统劳动力输出地的中西部城市开始吸纳更多的本地剩余劳动力。而农民工的大量返乡，又会让更多企业选择西进北上，这可能会导致广东产业转型升级出现“断层”现象：一方面传统企业转出去了，而另一方面高新技术企业还没有引进来。

在这种情况下，丁力认为，一来珠三角要加快转型升级的步伐，二来地方政府应该创造更多条件吸引高素质人才、留住农民工。如何创造条件？固然，在广东无力为农民工的各种福利买单的前提下，通过市场化手段来满足农民工在城市生活的需求是一个途径，比如民办学校为农民工子弟提供教育机会；但政府在衡量利益得失时，也应该考虑对农民工群体进行适当补贴，例如给农民工子弟部分医疗补贴等，用真诚挽留农民工。

问：随着城镇化进程的加速，资源消耗剧增，人口规模、地域规模急剧扩大，对原有的城镇功能和结构产生巨大冲击，一些诸如资源短缺、环境污染、生态破坏等外部性问题突显。大沥如何协调解决这些问题？国内外有哪些城市的城镇化经验值得大沥学习？

回答：城镇化进程不易过快，否则，大沥也会产生以上的问题。必要的时候，甚至应该重新思考城市化战略，即便是处于广佛中心地带的大沥，不应该盲目强调大城市的好处。

林江认为，目前我国城市居民在享受到大城市的好处的同时，也深深受到城市规模太大所引发的负面影响，譬如环境污染问题、城市房价过高问题、拥挤问题等等。如果能够大力发展一些中小城镇，并保证公共产品和服务的提供到位，鼓励更多的适合在中小城镇居住的居民就地居住和工作，这样，大城市就不会太大，其城镇功能和结构才不至于受到如此大的冲击。巴黎和伦敦就是城市化的成功例子，两个城市的周围有不少的卫星城，而不少居民宁愿住在郊区，只要城市的公共交通四通八达就可以了。譬如说，伦敦的公共汽车，在非繁忙的上下班时间，通常人都的不太多的，居民和游客都感觉很舒适，不像广州，人们把乘坐公共汽车视为畏途，因为太拥挤了！

基于此，林江认为南海应该在城镇化过程中走出一条新的路子，不要再走导致资源短缺、环境污染、生态破坏这样的旧式的城镇化道路了！

问：村民变居民后，不仅享受与城市居民均等的公共服务，同时也享有分红带来的保障，生活没有后顾之忧。在这种情况下，政府应如何作为，才能避免产生“新地主”？

答：丁力提出，城乡一体化中的一个核心问题是，农村人离开了土地该怎么活？在南海的“村改居”中，股权固化，村民们持股“进城”，同时又享有和城市居民同等的教育、社保等公共服务。社会保障跟了上去，“村改居”南海模式由此部分解决了迈向城镇化的第一步障碍，就是为村民提供社会保障体系。

城镇化不仅是土地的城镇化，还包括人口的城镇化。相对于一些内地城市来说，南海已经具备了一定的人口城镇化的条件。一方面，南海制造业基础雄厚，南海人创业意识强，许多村民在工厂打工，同时有土地分红，早已不靠务农为生；另一方面，南海产业体系以工业和服务业为主体，在此背景下，不少农村人早已融入到城市的生活中，成为了“事实上”的居民。

在由村民转为居民的过程中，有种现象值得我们关注：农民的合法权益固然要受到保护，但也要避免出现对农民权益过度保护。“村改居”后，村民持股“进城”，既享受股份分红，同时也享受着与城市居民一样的公共服务，其权益已经远远超过部分城市居民。如果在取得利益后，变身为城里人的村民们根本不考虑就业创业，而是过着“早晨喝早茶，晚上吃宵夜”的日子，那这种城镇化后的生活方式是要被打上问号的。

而这也引出了一个关键话题：城镇化过程中，政府究竟应该对农民承担怎样的责任？应该鼓励他们过怎样的一种生活？

土地对农民的重要性不言而喻。农民一旦与土地分离，他们会成为世界上最弱势的群体。但“村民转居民”是大趋势，既然推行城乡一体化，那农民就应该可以在没有土地的情况下，拥有和城市居民一样的生活能力。而地方政府要做的，就是大力提高农民的就业和创业能力，加快普及教育，提供各种培训机会，让村民拥有和城里人一样的就业能力。政府应该引导“进城”后的农民更高水平地就业创业，而不是让他们坐靠分红度日。

“村改居”的核心是让农民融入城市生活。唯有如此，村民们才会成为城镇化的推动力量，而不是城镇化的负担。

（原文见2011年3月4日《南方日报》，作者：周冬冬）

第十章

第三只眼

是否我们可以预计，基于市场制度与道德思想相融合而形成的“中国式商道”，将是中国未来经济社会生活中最为重要的力量？此前，我们在大沥看到了中国商业思维的草根式崛起；今后，在这个号称孕育了“自由市场经济萌芽”的区域，我们能否看到“中国式商道”的继续成长？

这将是一个更有价值的研究话题。

政府与民间的良性互动

管俊

一提到大沥，自然会让人想起铝型材、内衣，还有广佛路上鳞次栉比的市场。没错，大沥的铝型材产量超过全国的三分之一，盐步内衣和专业市场更是响当当的区域品牌。“中国有色金属名镇”、“中国铝材第一镇”、“中国内衣名镇”，乃至“广佛黄金走廊”，居于广佛都市圈中心地带的大沥，盛誉良多。

大沥的发展轨迹，是在传统产业的酝酿、崛起和升级换代中绘就的。改革开放之初，大沥人抓住机遇，依靠临近广州的优势，办起了铝型材厂、内衣厂，如今两大传统产业企业均过百家。现在，广佛国际商贸城、广佛智城，传统制造业不仅走上向先进制造业的提升之路，借助总部经济，其经济形态也在转变。

大沥的城市形态也在变。2005年南海区镇街区划调整，原大沥、盐步和黄岐三个镇街合并为新的大沥镇。这为大沥的发展搭建了更广阔的平台。资源整合的效应，开始在这片125平方公里的土地上显现。尤其是以桂和路沿线为脊的区域，渐渐成为大沥新的城市亮点。几十层高的总部大楼、金融服务业，这些从未在大沥聚集的城市建筑，渐渐在这里扎堆。而在“沥桂一体化”的新思路下，大沥又明确地扛起了构建南海未来中心城区、打造广东金融高新区的重任。

在改革开放的大潮中，大沥抓住了机遇，实现了从农业到工商业的过渡；而在科学发展、转型提升的时代命题下，大沥同样找到了符合自身实际的路径。这背后，是怎样的力量？

有人说，这是来自民间的驱动力。铝材、内衣等制造业的发端和在国内外市场打下大片江山，专业市场不仅把生意做到国内，还把货品卖到东南亚等地，这大沥众多民营企业家的智慧的结晶和努力的成果。广佛智城作为总部经济、现代服务业的聚集的项目，也确实恰恰体现了大沥民间资本在新时期的投资新去向。

也有人说，这与大沥的人文底蕴有关。无论是历史上，还是现实中，大沥都是中国的龙狮运动之乡，龙狮文化在大沥深入人心。大沥也曾诞生中国的科技先驱——邹伯奇，他追求科学、钻研技术的执着，至今仍鼓舞着一代又一代的大沥青年。大沥人的身上有一种创新不息的精神，大沥人的骨子里蕴藏着一股源源不断的活力。正是这种精神和活力，推动了大沥人不断开辟新的领域，带动大沥完成一步又一步的跨越。

而在这两股力量的背后，政府的努力，尤其是近些年的引领作用，更应该被看到、被认同。

大沥曾经相当乱，无论是区域的城市布局，又或是产业的组织形态。来自民间的驱动，即使其是由很多个体形成的合力，也无论其能形成多大的冲击波，也难以逃脱一叶障目、各逐各利的局面。而其结果，是经济“高楼大厦”下的城建滞后，是众多富有的企业家身影中的产业低端。

在这种背景下，政府的适度“出手”，成为转变这一局面的最大推动力。对于一个企业而言，生产基地往大沥西部的搬迁，简直就是“伤筋动骨”，但对于一个地方而言，或许换来新的居住环境，新的功能布局和更有序的城市运行。对于一个村而言，将违章建筑全部拆除，或是将集体土地租给政府集约开发，貌似是既有的收入渠道的断绝，却换来大沥一座新城的崛起，以及农村面貌的彻底变革。

……

从近几年大沥政府重点推进的项目中，无论是广东有色金属产业园，又或是广佛国际商贸城核心区，抑或是岳利沙片区的铁腕整治，可以明显地感受到来自政府的力量。这只“有形之手”的力量，与来自民间的“无形”力量“汇流”，在资源的重新整合中，改变着民间力量的“流向”；在对发展大势的把握中，激起大浪淘沙，影响着民间力量之流的“含金量”。由此，“汇流”之后形成的驱动力，更有万马奔腾、一日千里之势。

城市的更新、产业的升级，这些是在大沥能用眼睛看到的。如果说看不到的，就是在经历了阵痛之后，大沥所形成的政府与民间力量的良性互动。而对于中国的任何一个区域而言，这种良性互动是其科学发展的关键要素。

（作者系佛山日报南海记者站站长）

城市化中的乡土味

刘志文

有人问我，在你作为记者的那么多年，什么令你感触最深？我说：大沥平地村的祭祀。离开佛山、离开传媒界已经一年多了，每每忆起往昔，总会有这么一个场景：古朴庄重的黄氏祠堂内，渺渺飘香，上百名长者、身着长袍马褂，对着列祖列宗三跪九叩———

在这里，传统文化一直在传承，从未被抛弃！

而围绕这个村子的，却是繁华似锦，一片城市喧嚣。

每每与朋友闲聊及大沥，耳边听的最多的莫过于大沥的经济如何的发达，大沥的老板如何有钱，大沥的铝材、盐步的内衣，占据全国多少市场等等。而对于我来说，我更感兴趣的是，是这种城市文明、工业文明背后的一种乡土味，以及这种乡土味体现出来的大沥的人文实质。

大沥，就是这么一个地方，你越深入，你越不舍得放手，对这个地方会越来越着迷。

每每去一个地方，我要了解此地，都会拿上一张地图，就此区域定位，他的前后左右都是些什么特征所在，然后，我将大致了解此地的经济状况、人文脉络。

大沥就是这么个非常值得研究的地方，从区位来看，他位于广佛两大都市之间，在双城记中，他扮演着纽带的作用，这一点，在20年前显得更为明显，那时候，广佛间的交通不如现在如此网状分布，最重要的道路便是125国道，曾被称为“黄金走廊”。大沥承接着两大城市间的亲密往来，亦接收城市的辐射。

众所周知，广府文化，亦以广佛为代表，当城市化进程，不断的接受各种新的文化品类时，曾经作为绝对力量的本土文化，将不可避免的让出部分市场，但欣慰的是，还有大沥，在区域之间的竞争中，特别对于本土文化而言，洼地顿时变成了高地，大沥，这个中间地带，其乡土民俗文化，在民间，仍然得到了非常好的传承与发展，在广佛之间熠熠生辉。

在写这篇文章的时候，电脑中正在播放着罗文的经典曲目，我必须承认一点，大沥丰富的本土文化，一开始就深深的吸引了我。时至今日，我已经离开佛山、离开传媒，回到江西高安服务于陶瓷行业，由于产业转移之缘故，很多佛山人来到这里，共同的生活背景，让我们很快就称为朋友，总能在一起K歌，甚至《帝女花》、《禅院钟声》这种老的经典粤剧，谈及大顶苦瓜、谈及盐步秋茄！令这些佛山大佬直夸我“牛”。

还在从事媒体时，就有很多同事问我，你怎么对本地文化这么感兴趣？我笑而不语，我心中知道，这是一份爱，一份对这片土地的热爱，而最根本的是，是对大沥人给我的一种亲切感，一种家的感觉，一份感动。

我曾流连于大沥的各个角落，参加过盛大的千叟宴，见证了庄严的冬祭，亦投身于热闹非凡的龙舟竞渡、粤剧比赛，以及颜峰村的万人祭祖，这种民间自发的活动，常常令我感触不已，传统的道德价值在此彰显，千年的民俗风物在此传承，大国文化的复兴，在此可见一斑。

一个没有文化的国度，一个对传统缺乏敬意的国度，是一个没有灵魂的国度，中国曾经经历过这样的时期。而大沥，让我充满着自豪。

又快到端午了，我仿佛又听到了雅瑶水道上传来锣鼓喧天，仿佛看见狭长的龙舟在劈波斩浪，岸边人山人海，神情振奋，我看见了很多熟人，他们可能是某村的村长、小学的老师、甚至身家上亿的老板，或者这场活动就由他赞助，但他隐身于人群中，分享着快乐！

人们常用“稻草盖珍珠”来形容大沥人，他们低调而务实，亲切而包容，这低调的性格，还曾被诟病，被外界称“有宝不会挖”，我不这么认为，大沥一直在寻找一个好的切入点，事实上，他们已经找到，邹伯奇，这个被称为“中国照相机之父”的大沥人，已经开始变得家喻户晓。

基于对广府文化的热爱，基于大沥是一个绝好的标本，曾经，我还在从事媒体时，就有一个规划：从各方面整合大沥的传统文化，用文字来记录、剖析，不求其他，只求让世人了解大沥对于广府文化的标本意义。但难免俗务，加之本人慵懒成性，直至离开时，仍未了愿。

仅以此文，虽匆匆成稿，却聊补憾意！

（作者系原南方都市报记者，现为江西瑞鹏陶瓷集团副总经理）

媒体之于城市

吴兴华

大沥对我而言是一座有着特殊意义的城市。回忆不太长的媒体生涯，现在想起来能稍觉安慰的报道作品大都出于在大沥驻站的日子。是接触大沥的机缘让我对佛山城市、企业的发展开始有所思考。身处这个城市，它的面貌每天都在发生令人惊奇的变化，你不去思考都难。

该怎样表达对大沥的印象？写这篇文章的时候颇为踌躇。是站在全国看大沥，还是站在华南看大沥抑或是站在广佛都市圈看大沥？大沥今日之区位优势和城市发展定位不断有大量的报道见诸媒体，专家、学者都从不同角度作出了精辟的注解，毋庸画蛇添足。

作为广佛两大经济体之间的战略要冲，大沥面临的机遇和挑战都是巨大的。有一点是肯定的，一旦广州或佛山的发展思维有了“风吹草动”，大沥就需要立即跟进并对自身的发展思路作出相应的调整。就好像冲浪运动，选手必须根据风和浪来调整自身的动作和姿势，只有依托良好的专业素质和应变能力才能乘风破浪。从这种角度而言，大沥的确是改革开放三十年来珠三角城镇中独树一帜的冲浪高手。

但仅有好的专业素质和应变能力还不能成为一名出色的冲浪选手。他还必须得有对大海的渴望和超凡的勇气。

我想说说这座城市的性格。

我驻大沥的两年，恰逢大沥城市、社会、产业的深刻变革。三旧改造、节能减排、内河涌整治等等，无论是城市环境的优化还是产业结构的升级，大沥有着许许多多的亮点。现在，这些亮点以高瞻的文字、精美的图片或精心剪辑的视频向外界传播，人们看到的大多是大沥城市发展的现状成果，而两年前变革启动之初的深刻背景，各类利益群体面对政府决策时的不同反应，重点整治工作在推进过程中遇到的突发阻力，这些非亲历者不能体会。在关键时刻，大沥领导层的勇气和魄力，以及根植民间的“敢为人先”的精神就成为决策顺利实施的重要推动力。

就这样，曾经带来财富的厂房、物业被推到，曾经一度促进经济繁荣的发展思维被重构，大沥政府和民众在不断挑战自我的进程中重新定义发展的内涵。三十年来，大沥勇字当头，披荆斩棘，从当初的马路经济到如今的广佛商都。李贻伟书记在担任南海区委书记时，在一次全区干部的会议上提出了“勇为百德之首”的观点，并号召全区“勇敢学习、勇敢实践、勇敢创新”。大沥无疑是勇敢者的绝佳代表。

作为勇敢者，得敢想、敢干、敢言。其实我有一个不成熟的观点：想得好还要说的好，干的好亦要说的好。沟通的能力是当下各级政府的核心竞争力之一。政策的制订和实施，依赖民智的聚合、民意的交流和民力的发动。充分、细致、换位的沟通，是政策是否能有效实施的重要前提。大沥近年来的大发展与宣传部门良好的内外沟通能力有着重要的关系。

我曾经对大沥诸多重点整改工作的顺利实施作过总结，大致可谓四个步骤：一、媒体广泛预热，制造强大舆论；二、线下精准宣传、发动，有针对性地强化公关；三、各部门分工明确，强力实施整改；四、总结工作，深化内外宣传，扩大成果。从这四个步骤可以看出，给力的宣传工作对城市的发展有着多么重要的作用。

在大沥两年的驻站生涯中，有一次非常难忘的经历。在和大沥有关领导的一次沟通中，得知大沥即将开展西部地区的大开发，但西部各村、组的发展思路尚不够统一，民众对大开发紧迫性的认识尚不够清晰，在这种情况下，需要以宣传工作促进西部村、组对开发工作的思考和认识。这种题材有较大的发挥空间，我自然是兴奋，但同时也对自己的政策水平以及党委、政府思路的把握力不够信心。这位领导说：“周密思考是对的，但也不必畏首畏尾，大胆发挥，责任我背”。

在这种鼓励下，一组针对大沥西部开发的系列专题报道逐一出炉，里面不乏我对大沥西部发展现状的个人思考，有些语言的表述明显不够“中庸”。报道刊出后，我也焦急地等待大沥领导的反应。有一天大沥宣传办一位工作人员告诉我：书记看过了，说报道很好，很受启发。而我悬着的一颗心也终于落下。现在想想，这就是勇敢者的气度和宽容。

向大沥，这座勇敢者的城市致敬！

（作者系原珠江时报记者，现为佛山海纳天成广告策划有限公司总经理）

代后记

中国式商道

胡智勇

最近，一位南海的企业家朋友向我推荐了两本书，分别是日本经营大师稻盛和夫的《活法》和《干法》。“前者讲‘心’，后者讲‘行’。虽然你不做企业，但这两本书其实也是对于财富、对于人生的哲学书，值得看。”我的这位朋友是土生土长的南海大沥人，他说，稻盛和夫一生亲手创办了两家公司——京瓷和KDDI，日后都成为跻身世界500强企业，为何？他的成功哲学最重要一点就是“自利、利他”——“自利则生，利他则久”。这很值得我们反思和学习：我们到底需要什么样的“活法”和“干法”？

从1984年在位于南海大沥镇盐步的小作坊里创业至今，这位朋友的企业可以说是伴随着中国改革开放的历程一起成长，如今其品牌专卖店已经开遍了全国300多个城市，已算得上是南海商界的领袖人物。他把稻盛和夫的这两本书也送给了自己企业所有的中高层管理人员，“中国企业的“活法”必须回归中国传统文化的‘正道’本源：讲诚信、讲用心、讲利人、讲责任。‘自利’、不考虑‘利他’，不就是所谓的‘唯利是图’吗？你认为，一个急功近利、唯利是图的企业会走得长远吗？”

在南海，这个号称平均每12个人就拥有一家企业的地方，我不知道有多少企业老板在追求财富的过程中会如此把商业与人生价值联系起来思考？在此前的30多年时间里，中国改革开放的顶层设计一直都在为构建市场经济制度而努力。其中，回归到亚当·斯密所说的“经济人”是最为根本的变革。而对于像南海这样一个企业家聚集的区域来说，商业更是已经渗透了普通人的生活。那些在田野乡间兴起的草根式商业思维，已经成为民间思想、社会思潮的重要组成部分。这种思维，不仅在影响着这个群体追逐财富的方式，也影响着他们的价值观和生活方式。

在此其中，我们既看到了他们改变命运、大胆闯关的精神力量，也看到了中国传统思维理念与西方现代市场经济制度的剧烈碰撞。每一个个体都有追逐财富的权力，但同时每一个个体都有尊重市场法则的义务。企业不是追求利润的机器，企业家需要有良知，有愿望寻找自己人生的“正道”。但令人遗憾的是，我们见证了中国市场经济改革的成功，见证了中国财富的爆炸式增长，也同时见证了“毒奶粉”、“苏丹红”等事件的发生。而2011年发生在南海大沥专业市场里的“小悦悦事件”，更是让人看到了市场经济所带来的最为残酷的一面。

有人说，过去30年，我们一直在向西方的经济学家、管理学大师比如彼得·德鲁克等人学习如何做企业，但他们的思想有“道”有“术”，可惜多半情况下我们无法体会其基督教背景下的“道”，因而只得到了一点“术”。这是中国市场经济改革飞速前进，但各种问题层出不穷的根源吗？当市场经济理论的先驱亚当·斯密的《国富论》风靡中国时，其另一本同样重要的著作《道德情操论》却无人问津。市场观与道德观，我们却只见其一而不见其二？

这也能够解释为什么在大沥镇的联滘村，在很长一段时间内，人们在享受财富增长的同时，却也能够忍受家园被“垃圾”侵占。同时由于社会责任的缺失，也由此导致了在这样一个工业大镇里，在很长一段时间里，会有那么多的企业在创造财富的同时，却不会顾及对河流、对空气所造成的污染。我的那位朋友就说，“26年来，我们从没拖欠过员工的一分工资，在银行也从没有不良记录，表面上这些都好像微不足道，但是放眼26年，你在中国能数出几家这样的企业？”

另外，正如著名经济学家吴敬琏先生所说的，“中国的市场经济发展到现在这个阶段，需要把它放到一个法治的基础之上，否则的话，就可能会变成打滥仗的、坏的社会经济。”这说明，中国市场经济的进一步改革必须建立在法治的基础上，这就如同南海的“环保风暴”，仅靠企业家的自醒、自觉还难以实现，必须基于政府以法律为准绳的“铁碗治污”才可以打开突破口。

这也说明，起于草莽、兴于民间的中国式商道，其首先源自人们追求财富、追求物质的常识理念，而其成长过程，还必须建立在学习西方市场经济的制度与法治思维的基础上。更为重要的是，中国在追求市场经济法则的同时，能否与稻盛和夫所说的 “敬畏上天，关爱众人”等东方思想中早已有之的人生哲学融合在一起，成为中国式商道里的“道德情操”，让市场规则与人生理想能够并行不悖，回归人生之“正道”。

很多人说，南海是“中国民营经济的标本”，如果这句话成立的话，那大沥镇无疑是标本中的标本。这个有很多理由让人喜欢，也有很多理由让人不喜欢的区域，在经历高速的工业化、城镇化进程后，于2011年喊出了“关爱”的口号，第一次把“关爱建设行动”列入全镇的中心工作。这是不是这个工业大镇对以往只偏重经济的发展路线的思想校正？而人与人之间“关爱”的实现，对于大沥这个拥有70万常住人口，其中绝大部分人都聚集在企业、与各种经营活动打交道的区域而言，其主流的商业思想无疑决定了整个区域的社会思想。那么，“爱己及人“的“关爱”思想能否渗透到整个区域的商业思想中？

2011年年底，曾经获得诺贝尔经济学奖的百岁老人、新制度经济学鼻祖科斯发表视频讲话，他说我有重要的话要对中国说，“如今的中国经济面临着一个重要问题，即缺乏思想市场，这是中国经济诸多弊端和险象丛生的根源。”科斯认为，一个运作良好的思想市场，培育宽容，这是一副有效的对偏见和自负的解毒剂。思想市场的发展，将使中国经济的发展以知识为动力，更具可持续性。他乐观地预计：假以时日，中国将成为商品生产和思想创造的全球中心。

是否我们可以预计，基于市场制度与道德思想相融合而形成的“中国式商道”，将是中国未来经济社会生活中最为重要的力量？此前，我们在大沥看到了中国商业思维的草根式崛起；今后，在这个号称孕育了“自由市场经济萌芽”的区域，我们能否看到“中国式商道”的继续成长？

这将是一个更有价值的研究话题。

（作者系南方日报佛山新闻部副主任、南海工作站站长）